JN077648

ベルリンブルーの波濤

神坂　俊

目次

第一章　遭遇

（四月二十四日 水曜日）

書道塾の帰り、成城学園の駅のホームにいたリョウは、入ってきた電車の開いたドアから一人で乗り込んだ。

リョウはなぜか、学生服ではなく、紺とくすんだ青の中間のような色の細身のスーツを着ていた。スーツは元々体の細いリョウの体にピッタリだった。襟も細く、ネクタイは細い濃紺のアイビー調のものだった。タイピンはしていなかった。

おそらくファッション雑誌から抜け出てきたような華奢で、粋な雰囲気があったのかもしれなかった。しかし、それは、リョウの兄からもらったものだった。

リョウは老け顔ではなかった。顔は細身で、鼻もどちらかと言うと高い方だった。しかし、格好からして、高校二年になったばかりの少年には見えない。

同じ車輌の隣のドアから、一人の若い女性が乗り込んできた。

リョウはその女性の顔を知っていた。同じ書道塾に習いにきていた女性だった。女性もリョウに気が付いた。

リョウは、その女性に若干の興味を持った。正直、話しかけたい衝動に駆られたが、自分から切り出す勇気がなかった。

リョウは、年頃の女性と交際したことがなかった。リョウは、男子だけの進学校にいた。何を話していいのかさえ、とっさに出てはこなかった。

乗り込んでから、二人は視線が合った。まもなく、女性の方からリョウに話しかけてきた。

「あのう、先生の所にいらっしゃっている方ですよね」

「ええ、そうです」

「長いのですか？」

「いや、つい最近始めたばかりです。まだ、人にお見せできるものではないので、恥ずかしくて」

「私も、始めたばかりなんです。毎週、この時間ですか？」

「そうですね」

「どこまで、帰られるのですか？」

「豪徳寺なのです」

「それではもうすぐですね。私は、井の頭線の駒場東大前。また次回、お会いできるとよいですね」

「そうですね。一緒に稽古できることが楽しみです」と話すうちに、電車は豪徳寺に着いた。

女性が手を振る。リョウも手を振り返した。

豪徳寺のホームから電車が去り、リョウは不思議な気持ちに襲われた。少し緊張し、興奮しているのがわかった。

リョウにとっては、見知らぬ若い女性と親しく会話をしたこと自体が初めてだった。会話をしている間、女性の方も少し緊張気味だったことは、リョウにもわかっていた。

「あの女性の気持ちはどういうものだったのだろう」帰り道を歩きながら、漠然と考えた。

春の暖かい、ほのかな香りがする風が体を包んだ。これまで経験したことのない、新しい世界に足を踏み込みはじめたような気がした。少し、気持ちが浮き浮きして、数ヶ月前からは想像できない精神状態に急に変化していた。

リョウは、家を出てアパート暮らしをしていた。この数日前から住み始めたばかりだった。そして、学校に行かなくなっていた。登校拒否という状態にあった。

特段、何をするわけでもなく、中原中也やアルチュール・ランボー、太宰治、松尾芭蕉の紀行文などを、気ままに読んだり、渋谷や新宿、池袋、銀座あたりで映画を観たりした。煙草も覚え始めていた。

生活費は全て親が出していた。アパートの近くに母の兄、つまり伯父夫婦とその娘が住んでいた。リョウの従兄姉たちは皆年上で、末娘の春美を除いて実家から離れて暮らしていた。

アパートは、一階はダイニング・キッチンで小さいバスとトイレのセット、洗濯機置き場があったが、寝室は階段で上がるロフトを使っていた。天井は低かったが、寝るだけならそれで十分だった。

リョウは、普段は、歩いて五分の所にある伯父の家に行き、夕食をごちそうになることが多かった。アパートに自炊の設備はあったが、ほとんど手を付けたことがなかった。アパートに越してきてまだ一週間も経っておらず、この先どうなっていくのか予想がつかなかった。

リョウは、学校を休学する手続きをしていた。このままいけば、学校を辞めるか、留年してもう一度高校二年をやり直すかしか選択肢はなかった。

超進学校で、今のリョウの実力では、例え数ヶ月間の遅れでも取り戻すことはできそうにもなかった。学校の中の雰囲気は、学年が変わって、一流大学を目指した勉強体制に入っていた。

リョウは、一ヶ月前にはまだ精神科病院にいた。二月の下旬に入院し、四月の初めに退院した。四月に一度、学校に通い始めたが、周囲との断絶や精神的なショックからの脱出ができていないことを実感していた。それは、リョウにとって初めての挫折だった。その精神的な苦痛から逃れるため、リョウは一人になりたかった。

両親は心配し、リョウを立ち直らせるためにあらゆる手を尽くした。しかし、純粋培養のようなリョウの精神状態は、ショックからは立ち直ることが困難だった。

しかも、リョウの志向は学校の勉強には向かず、文学や映画や哲学に深入りしていた。

この一週間はほとんど人と話さず、本を読むか、映画を観るか、壁と話をするかだった。

声をかけてきた不思議な女性が、リョウのことをどう思ったのか……。明らかにリョウの方が年下に見えて、声をかけやすかったように思えた。小柄で、不思議な顔立ちをしていた。日本的な雰囲気で、体の全てが小作りだった。

その女性は、リョウが夕食の世話になっている、三つ年上の従姉の春美とは正反対の雰囲気で、顔つきもまるで違っていた。

書道塾は、土曜か水曜と決まっていた。リョウが大人の部で書道塾に行くのは、初めてだった。小学生の頃、今の先生に習ったことがあった。その頃は子供の部で、先生が書いてくれた半紙の手本をまねて書くものだった。

しかし、今はその都度、先生が一週ごとに手本を続けて書いてくれた。先生の手本は完璧と言っていいほど美しい字で書かれた。失敗の許されない続き物で、書くときは先生自身、本気で作品を書いていた。中国の古典を臨書するものだった。リョウにとって、それは芸術作品に思えたし、先生の本気の意気込みが伝わってきた。

それを真似て、半紙数枚書き、先生に添削してもらうのだが、書いているときは、自分が挫折をしていることは忘れていた。

「あの女性は、今度は水曜に来るのか、土曜なのか……。出会えばまた話しかけてくるのか……」が気になった。しかし、それは恋するような気持ちとは違っていた。

アパートに来てから、リョウを縛るものは何もなかった。朝起きるのも、食事をするのも、出かけるのも一切が自由だった。飲酒やギャンブルの世界とは全く無縁だったが、漠然とした不安が頭の中をよぎった。いつか、自分が置かれた挫折の状態から脱出しなければならないという、強迫観念みたいなものがリョウを支配していた。

越してきてから、夕食は伯父の家でお世話になった。いつも、従姉の春美が食事を出してくれた。伯父の家は敷地内の建物を全部造り変え、コンパクトなスーパーを営んでいた。伯父の家は、食べることには困ったことのない人たちが暮らしていて、家族全員働き者だった。

春美は、頭の回転も、身のこなしも速く、シャキシャキしたタイプの女性だった。決してお嬢様ではなく、店を手伝っていた。大学には行かなかったが、伯父たちは春美にいずれ家業を継がせようとしているかのようだった。

（四月二十五日 木曜日）

夜、伯父の家に出かけた。

伯父には子供が三人いた。上から下までかなり齢が離れていた。女の子は皆活発で、美人だった。上の従姉はもう既に結婚して、家を出て、裕福な暮らしをしていた。割合近くに住んでいて時々、伯父の家に顔を出した。

伯父の家の唯一の男の子の従兄は、正式な結婚をしていなかったが、家を出ていた。今は、伯父の家に住むのは春美だけだった。春美は伯父の家に行くと、気にかけて世話をしてくれた。

母方の親類は、全員、現実の世界だけを相手にしていて、リョウが抱えたアウトサイダーとしての非日常の世界とは全く無縁の人たちだった。

リョウは、伯父の家にいる間は、その場所の空気に合わせた。春美とテレビを見て、笑い転げたりもした。

しかし､それはリョウが本来持っている本質的な世界の一部でもあった。リョウは､伯父の家に行くようになって笑うことを覚えた。笑うと八重歯が見え、笑顔が魅力的に見えた。

従姉たちが言うには、リョウの笑い顔は、横から見ると高く浮き出た鼻と、柔らかく甘い頬との対比がとてもよいのだそうだ。

上の従姉が、たまたま伯父の家に寄って、リョウと会ったときに言った。

「素敵な笑顔は、作ろうとして作れるものではない。持って生まれた性質よ」

春美は、リョウが笑うとてもうれしそうな顔をする。従姉たちは、久しぶりに出会って見る、子供から青年に脱皮したリョウの表情に驚きを覚えた。

リョウの伯父の家の人間たちとの付き合いには、かなりのブランクがあった。物心付いたときから、小学校低学年までは伯父の家によく連れてこられた。泊りがけで連れてこられることもしばしばで、滞在するほとんどの時間は、従姉たちとの他愛ない遊びに費やされた。しかし、小学校四年くらいから今まで、正月など以外に伯父の家を訪問するのは稀だった。思春期の間、リョウは意識的に伯父の家を遠ざけていた。

リョウの母親にとって、伯父の家には老いた父親もいて、母方で唯一血のつながった親戚であった。リョウが敬遠することに、母は歯痒い思いを感じていた。リョウが自ら休学し、母の家を出ると申し出たときには、躊躇なく伯父の家の近くのアパートに向かわせる決断をした。

しかし、十七歳になったリョウは、子供の頃のリョウではなかった。従姉たちも美しい女性に脱皮していた。伯父の家での全てが、リョウにとって新しい世界に変わっていた。

また、リョウと春美とのコミュニケーションは、全てを言葉にしなくても通じ合える状態にあった。その中で、春美はこれまでのリョウの世界とは異なる普通の人間の暮らし方や営みを見せてくれた。

たまに寄る従姉たちは挫折したリョウの状況を知っていて、リョウに対する気遣いをしてくれた。

しかし、リョウは今、幼かった頃とは違い白鳥に変わっていた。その一挙一動には新鮮な若さがあり、光放つものがあった。春美はリョウが姿を現すと目の輝きが違った。

(四月二十七日 土曜日)

リョウが初めて書道塾に行ったのは、四月の最終週の水曜で、季節は鶯色のような新鮮な若葉が眩しい日だった。このとき、先生が「うちは基本、週一回だが、今度の土曜はやることにしたよ。その代わり、連休はお休みにする」と言った。

それで、リョウは三日後の土曜に塾に出向いた。リョウが稽古場に入ると、前回の帰りの電車の中で声をかけてきた女性がいた。

リョウの方からは、挨拶だけで、離れた席に座り、他に話しかけることはしなかった。

リョウは、何枚か書いた半紙を先生のところに持って行き、添削を受けた。先生は朱の墨で直しを入れる。リョウは、もう一度書き直そうとも思ったが帰りの支度をした。

先日の女性は、リョウの姿を見て急に道具をしまいだした。リョウは挨拶だけして塾を後にした。

リョウが帰り道を歩いていると、その女性が後ろから小走りでリョウに追いついた。横に並んで歩き、話しかけてきた。

「お会いできてよかった。お名前聞かせていただいていいですか?」

リョウは少し緊張した。これまで、あまり若い女性と話した経験がないためだった。

「松井良と言います」

「これまで何回くらい通っているのですか?」

「あの塾に通うのは、今日で二回目です」

「あら、私はこの四月から始めたの。よろしくお願いします。あなたの書いたものがちらっと見えたのですけど、お上手ね」

「恥ずかしいです。子供の頃、あの塾に通っていたもので、またやってみようかと思いまして」

そう話しているうちに、二人は駅の近くまでやってきた。

「よろしかったら、お茶でも飲んでいきませんか?」

駅のすぐ近くに、コーヒーショップがあった。

リョウは「ここでよいですか? 電話を一本だけかけさせてください」と言って、春美に電話をした。時間が遅くなるので食事は要らないと告げた。

リョウと女性は店に入り、二人掛けのテーブルに着いた。女性は「何にします? 私、買ってきます」と言う。リョウはミルクティーがいいと告げた。

女性は、販売しているカウンターに行き、お盆にカフェラテとミルクティーを乗せて戻ってきた。

「やっていただいて、すいません」

「気にしなくてよいのよ。私が誘ったのですから」

「松井さんは、大学生?」

リョウは、一瞬困った。相手はどう見てもリョウより年上だった。高校生だなんてとても言えない気持になった。

「受験に失敗して、浪人中なんです」

「あら、それは大変な時期ね。私は女子大の三年なの。頭が悪いから、エスカレーター式に四年制大学へ進む試験を受けただけなの」

「お名前聞かせていただいてもよいですか?」

「あら、ごめんなさい。自分の名前も言っていなくて」と女性は言い、鞄から小さいノートを出した。一枚を破り取って、大きな字で「細川茉莉」と書き、リョウに手渡した。

「素敵な名前ですね。それに字が大らかでしっかりしていると思います」

茉莉は顔をほころばせた。

「茉莉さんの専攻は何ですか?」

「一応、文学部なのだけど、日本の文化に興味があって、茶道や華道も習っているの。でも、文学部では社会に通じないわね。小学校の先生とかなら就職できるかもしれないけど……」

「茉莉さんは、ご自宅から通われているのですか?」

「そうよ。箱入り娘なのよ、私……。今時、珍しく。だって、能力がなくて、ろくなことできないの。中学、高校と付属で、何も苦労しないで育ってしまったのね。恥ずかしいのよ」

「恵まれた環境なのですね。僕は将来のことが不安です。学校でも上手くいかなかったし……」

「あら、あなたはとても上品な顔で、良い所のお坊ちゃまに見えるわよ。とても話しやすいわ」

二人は、お互いに飲み物を飲み終え、お腹が空いていることにも気がついた。

「ちょっと、席を外してもよいですか?　トイレに行きたいので……」

「あら、私もお手洗いに行きたいので、ちょうどいいわ。でも、あなた何歳なの?」と聞かれたが、

「僕は、四月生まれなので、ちょうど二十歳になったところです」と嘘を付いた。

リョウがトイレに行き席に戻ってみると、茉莉はまだ戻っていなかった。

茉莉は、ほどなくして、販売カウンターの方から、お盆に飲み物とケーキを乗せて、戻ってきた。

「ケーキ食べません?　飲み物とセットになっているのよ。お腹空いちゃったでしょ?」

「ありがとうございます。いただきます」

「もう、敬語を使わないでいいわよ。『リョウ』って呼ばせてもらってもいいかしら？　リョウは普段はどういう愛称で呼ばれているの？」

「僕の名前は、良いという漢字で一字なんですけど、母や母の方の親類からは、『シーちゃん』と呼ばれることが多くて、物心付いたときからずっとそうで、恥ずかしくて……」

「あら、『シーちゃん』と言うの。想像がつかなかったわ。どういう意味かしらね？」

「母の話だと、僕が赤ん坊のときに、母が僕を寝かしつけていて、周りの人間に静かにするように、ことあるごとに『シーっ』と言っていたらしくて、それで『シーちゃん』になったみたいです。でも、僕は『シーちゃん』では恥ずかしくて嫌です。従姉たちは皆、そう呼びますが……。友達は『リョウ』と呼び捨てにします。その方が、スッキリしていいです」

「そう、それでは、これから『リョウ』と呼ばせてもらうわ。私を呼ぶときも、『茉莉』と呼び捨ての方がいいわ。呼び捨てにできるって親しい関係に感じるでしょ？」

リョウは、頷いていたが、しばらく黙っていた。年上の人を呼び捨てにすることに少し抵抗があったが、反発しない方がいいと思った。

「リョウは一人っ子でしょう。そうでなければ、上にたくさんお姉さんがいる中の末っ子でしょう？　絶対そうよ」

リョウは黙って茉莉を見つめた。小柄の造りの顔が微笑んで、大きな瞳がキラキラ輝いていた。

「僕は、家に甘え続けていることに抵抗があって、家を出たのです。出たなんてカッコイイ言方ですけど、一週間前から、アパートで独り暮らしです。何て言うか、自立したかったのです。でも、現実はニートみたいな生活で、一人ぼっちが多いのです」

それを聞いて、茉莉の瞳はさらに輝いた。

「そうだ、リョウのスマホの番号、聞いてもいいかしら?」

リョウは番号を教えた。茉莉が番号をスマホに入れると、リョウのスマホに着信があった。

「私の番号、登録しておいてね。リョウはおとなしいね。大学はどこを目指すの? 私は、数学とか苦手で、文系とかにしか興味なかったけど、リョウは理系とか目指しているのかしら?」

「自分でも情けないのですが、方向が明確ではないのです。父は、建築材料関係の事業をしていて、父方の叔父が建築設計の仕事をしているもので、建築の方へ進もうとか、漠然と考えています。自分自身は文系、それも文学とか哲学の方が向いているように思っています。でも、建築を出れば、働き口には困らないように思います」

「そう、建築なんて素晴らしいじゃない? 建築のデザイナーなら、あなたにきっと合うような気がするわ。芸術に興味があるみたいだから……」

「そうですね、そういう方向にすごく興味があります。僕の好きな詩人の一人に、立原道造という人がいます。昭和の初め頃の詩人で、建築家でもあった人です。僕とは比べものにならないほど優秀な人ですけど……」

「立原道造? なんか名前は聞いたことがあるような気がするわ。詳しくは知らないけど」

「とても良い詩を書いたのですよ。でも、二十代の半ばで亡くなってしまいましたけど」

「あら、そんなに早く亡くなってしまったの? 残念ね」

「そうですね。僕は道造の詩集を持っています。よければ、今度お貸ししますよ」

「ありがとう。楽しみにしているわ。あら、もう、すっかり夜になってしまったわ。私たち、二時間近くも話していたのね。そうだ、今度、根津美術館に一緒に行きません? 庭が美しくて素敵なところよ。来週は私、課題のレポートを作らなくてはいけないので、金曜か土曜はどう? あなたのスマホに電話してもいい?」

「ええ、いいですよ。僕はほとんどが自由時間ですから」

「ありがとう、楽しみにしているわ。では、そろそろ行きましょうか……」

二人は、店を出て、駅から同じ電車に乗った。そして、リョウが先に電車を降り、別れた。リョウの気持ちは浮き浮きしていた。

アパートに戻り、一息付いてから立原道造全集の第五巻『優しき歌』を取り出して読み始めた。それは、方の叔父からもらったものだった。

改めて読んでみると、日記のような旅行記と知人に宛てた手紙が面白かった。

年譜には、道造は二十六歳の三月に、結核で亡くなったと書いてあった。

東大を出て、設計事務所に勤めたが、体調が悪いにもかかわらず、よく旅をした。仕事は休みがちで、建築の仕事よりも、むしろ詩や旅を愛していたように、リョウには感じられた。死の数ヶ月前まで、奈良や山陰や北九州まで旅をした。しかし、道造は結核に侵されていて熱がある中でも、憑かれたように旅と日記と詩に明け暮れた。

時代は、日本が中国に攻め込み始めた頃で、道造にも徴兵検査があったが、体が弱いことで不合格になった。「不穏なこの時代に、日本は優れた文学者を輩出している」とリョウには思えた。

そして、道造は長野県の追分で静養したり、旅を繰り返したりした。

リョウは、他の本で、道造が設計事務所の時代に出会った恋人、水戸部アサイという女性の写真を見たことがあった。一言では言い表せない気品と優しさに満ち溢れた、美しい人だった。

道造は、昭和十四年十二月中旬、旅先で容態が悪化し、東京に向かって引き返した。東京駅に着くと、家族が迎えにきていて、そのまま病院に入った。

水戸部アサイは、東京に戻り入院していた道造の看護を献身的にした。翌年二月、道造は第一回の中原中也賞を受賞した。

三月、小康状態があったが、結核菌は肺から腸にまで回っていた。最期は喉に痰が絡まったようで、道造はその月の二十九日に、息を引き取った。

リョウは、道造についてこう思った。「結果的に道造は、自分の体よりも、文学を深く掘り下げることを優先してしまったと言える。それは、明治以後の文学者には多かれ少なかれ、そのような傾向があったのかもしれない。それが、日本文学の美しいところかもしれない。道造は、自分の中の小宇宙の純粋さを何よりも大切にした」

リョウが『優しき歌』を読んでいるところに電話が鳴った。リョウは、一瞬、誰からか……、と緊張したが、出てみると、それは入院以来会っていなかった森本からだった。

「もしもし、リョウ？　しばらくだ……。俺、先週病院から出たよ。お前、どうしている？」

「僕も、三月中、一ヶ月ほど入院していた。四月になって、一度、学校に復帰したんだけど、すぐ、壁にぶち当たってしまって、四月の下旬から休学してしまった。このままだと、当然、高校二年をまた来年やり直すことになる。先週から家を離れて、アパートで一人暮らしをしている。それより、森本、お前治ったのか？　普通に暮らしてきているのか？」

「ああ、大丈夫だ。でも、俺は、もう退学の手続きをしてしまった。今は何もしていない。一人でアパート暮らしなんて、羨ましいな……」

「そうだな。今は全く自由時間だよ」

「実は、お前に話したいことがある。二、三日中にお前のアパートに行ってもいいか？」

「ああ、狭くてむさ苦しい所だけど……」

「じゃあ、住所を教えてくれないか？　行くときまた電話をする」

リョウは住所を教え、電話が切れた。リョウの心は、実際には電話が切れて、ホッとしていた。しかし、予期せぬ森本からの電話に、新たな緊張感が沸き上がってきた。

それは、かつて、同じ方向の世界観を共有した親友への敬愛の気持ちと、重い非日常の世界に引き戻された心の揺らぎが同居しているものだった。

リョウは、森本と蜜月だった高校一年だった数ヶ月前の会話や、入院したときの体験を回想していた。

森本との関係は、リョウにとって決定的な人生の転機となった。森本からの影響によってもたらされたものにより、思春期から青春期に脱皮しようとしたときに起きた、スパークであり錯乱だった。そのときはまだ、その後襲ってくるリョウの挫折につながるものとは、知る由もなかった。

そして、森本から家にかかってきた一本の電話が、リョウの挫折のきっかけとなった。

わずか二ヶ月前の二月の下旬だった。まもなく三学期末のテストが始まろうとしていた。学校の中は次第に緊張感に包まれつつあった。

リョウの試験への取り組みは、森本との付き合いの影響で遅れ、土俵際に追い詰められていた。つま先一本で持ちこたえているような状況だった。

しかし、リョウは短期間で集中して取り戻せる自信があり、ギリギリやり抜く計算をしていた。

運命の電話はそんな状態の中だった。夜の八時ごろだった。森本が初めて家に電話をよこした。

リョウの母親が初めに電話に出た。

母親がリョウを呼んだ。「シーちゃん、森本さんっていう人から電話よ」

リョウが替わって受話器をとった。

「松井……。俺、今病院から電話をしているんだ……」

「えっ、森本何かあったのか?」

「入院をすることになったんだよ。精神科病院にいるんだよ。統合失調症かもしれない。もう、当分会えないと思ってさ、それで電話したんだよ」

リョウは耳を疑った。リョウにとっては思ってもみない衝撃的な言葉だった。

「学校は当分休学をすることにした……。一年留年するかもしれない。もう、会えないかもしれないな……。俺、今結構強い薬飲まされているんだよ……」

リョウは言葉が出ず、激しく動揺をした。立っていられないような感じになった。

森本からの最後の言葉が「ショックか？　じゃあな……」だった。

リョウは無言で電話を切った。そして、ダイニングのテーブルにうつ伏せになった。

息をすることもままならないくらいに、リョウはショックを受けていた。

リョウはこれまでも、森本との交友関係については、あまりに非日常的だと感じていた。そして、会話をしている間、極度の緊張感を伴った。この先どうなっていくか、全く計れないでいた。

しかし、他の友人とは全く違う特殊な状況であっても、森本のことを敬愛していた。

今回の電話でそれが全て崩れたわけではなかったが、少なくとも学校で勉学する日常の世界の方が脆くも崩れようとしていることを強く感じた。

それは、何よりも今自分がパニック状態であることと、つま先一つで土俵際に立って、逆転の投げを打つ気持ちが完全に崩れ去ったことを意味していた。

リョウは自分が森本と同じように、統合失調症ではないかとも思い始めていた。もう、自分の力では立ち上がることができない状態だった。

リョウは近くにいた母親に言葉を発した。電話の内容についてあらまし報告した。

「お母さん、僕もうだめだ。精神的におかしくなっている。入院しないとだめかもしれない」

リョウの母親は、今、息子が異常な精神状況にあることを、いち早く理解していた。

「シーちゃん、もう森本さんとは付き合わない方がいいね。精神科の診察を受けることは私がなんとかするから、今はゆっくりお休み……」

二、三日経って、リョウの母親は、重度の精神障害者が入院する施設ではなく、比較的患者に自由を与えることで有名な病院を探してきた。
母親は、既に学校に一報を入れ、体調不良で三学期の残りの期間は、学校の授業と期末試験を欠席する旨を、伝えていた。入院することになるかもしれないと察知しての行動だった。

今の自分の息子には、休養が何よりも必要だと理解しての素早い行動だった。

リョウは、小さいときから母親から惜しみない愛情を注ぎこまれて育てられてきた。これまでの間、医療も含め、幾度か危機的な状況があったりしたが、全て母親がその都度、なし得る最適な手を打って、息子を立ち直らせてきた。

リョウは日を置かず、精神科の病院に母親に付き添われ、診察を受けに行った。

精神科医との面談による診察が始まった。医者がリョウに伝えた診断はこういうものだった。

「統合失調症の初期段階の疑いも全くないとは言い切れませんが、幻聴や幻覚などの症状を全く伴っていませんので、今のところ、そう心配されることではないと思います。まあ、神経症として診断書には書こうと思いますが、急にこうなったことも考え合わせると、軽いパニック障害が起きているのが実態かと思います。休養を取ることを含めて、一ヶ月ほどの入院をお勧めします。精神安定剤の投与はしていきたいと思います」

病院のベッドがちょうど空いていて、リョウは、そのまま入院することになった。

翌日、リョウの母親が着替えや、生活の小物を持ってきた。

病院の中では、特にすることは何もなかった。朝は定時に起こされ、食堂で朝食を取り、薬を飲み、昼食も定時に、ほとんど決まりきったような内容の食事をした。同じ時間に厳密に管理されていた。その他は、特に何も強要されることのない、しかし、社会とは隔絶されたような時間と空間……。そんな日々が過ぎて行った。

入院したのは二月二十八日だった。春を迎え、徐々に日差しが明るくなる時期ではあったが、しかし、バルコニーなどの屋外に出ると、まだ風が冷たい日々が続いた。

病院の中を歩き回ることは自由だった。看護婦室に申し出れば、外泊でない限りは、病院の外に散歩することも比較的簡単に許された。

リョウは、薬のせいか、だるい日々が続いた。神経症というよりは、まるで鬱病みたいな状態だった。母親は毎日のように身の回りの世話やおやつの差し入れに通ってきた。

リョウは入院して、気ままな生活を送っていた。縛るものは襲ってこなかった。

母親が病院の隣にある菓子店でシュークリームを買って部屋に入ってきた。

「いっしょに食べよう。調子はどう?」

「薬のせいか、眠くてしょうがない……」

シュークリームの甘い香りが、暖かくなってきた春にはぴったりだった。

食べ終わると「少し、横になって眠りたい……」と言い、ベッドで横になり、小一時間ほど眠りについた。母親はその間、横で本を読み始めた。眠りから覚めると、母親はまだ本を読んでいた。

「ここにいる間は、何にも考えずにゆっくり休んだ方がいいわね。今、起きられる? 少し卓球でもしようか?」

「うん、そうだね……。やろうか」

病院には卓球台などがある娯楽室が設備されていた。リョウと母は無邪気な親子になっていた。

母親は気丈夫で、しかも美人だった。

母親からリョウへの一方通行の愛で満たされていたことが実態だった。

そういうリョウの母親に、周りの入院患者が、関心を持っていた。多くの入院患者は、比較的軽度の鬱病や神経症の人たちばかりで、おおよそ人の好い人たちだった。リョウは徐々に硬さが取れてきて、時間が経つうちに、他の入院患者とも話すようになっていった。

患者には、絵や文学などが好きな人が多かった。看護婦とはクラシック音楽の話もよくした。

しかし、リョウ自身の心の内は、学校との乖離に大きなプレッシャーを抱えていた。

好天気の日の昼間、それを癒すかのように屋上のバルコニーに出て、リョウは詩を創ったり、中学時代の思春期を思い出したりした。

リョウの思春期は、内向きで感受性が強すぎる状態にあった。神経質で、クラシック音楽に夢中になり、パスカルやデカルト、ヘッセ、ゲーテなどの文学や哲学を読み漁っていた。

一般の世の中からは隔絶された世界を歩んだとさえ言えた。

リョウは、中学二年の後半になると、行動パターンが親から自立しはじめ、一人で渋谷や新宿、池袋によく映画を見に出かけた。

そんな具合だから、比較的上位にいた学校の成績も中学三年くらいから下がり始めた。

そして、リョウが高校一年の夏になったとき、森本との決定的な出会いを迎えた。

森本のことは、哲学書や映画の本を持ち歩いていたので普段から気にはなっていた。

学校の中では、勉強そっちのけで哲学や文学やクラシック音楽の議論にはまり込んでいく人間はあまりいなかった。

映画や文学などの語らいを通じて、二人はまるで映画評論家になった錯覚に陥るかのように、お互いを認め、お互いに相手に驚いた。

リョウは、高校に入ると、成績がさらに下がり始めた。精神的に暗くなり、学校に馴染めないと感じることもあった。森本によって、リョウの世界が緊張を伴いながら大きく変わった。

リョウと森本は映画や音楽や文学の話をするのが好きだった。特別な緊張感があり、学校の他の友達の交友とは、全く異質な世界だった。

「松井はどんな哲学書を読んでいる？」

「ウーン……、定番でいえばパスカル、デカルトかな。それとニーチェも少しかじったけど戦後のコリン・ウィルソンの『アウトサイダー』という本に影響された。それに、カミュの『異邦人』も不条理という世界では共通していると思う」

「えっ、コリン・ウィルソンを知っているんだ。それに、カミュも。カミュは、ほぼ処女作といってもいいくらいの『異邦人』を四十歳代で書いて、そのまま『ノーベル文学賞』を獲得したんだ。それにカミュは、戦後のサルトルなどの実存主義にも、もちろん一九五〇年代後半からのヨーロッパの革新的な映画にも、すごい影響を与えたんだ……」

「そうだね。それは、わかる。カミュの不条理感やコリン・ウィルソンの疎外感なんかは、非日常の世界だけで生きている感じだね。ちょっと、病的な感じもするけれど。あまりその世界に浸り続けると、自分の日常に引き戻すことができないのではないかと不安になるよ……」

「それはそうだな。まあ、パスカルなんかは良心的で、比較的そういう危なさは少ないと思うけれど、実存主義や不条理やコリン・ウィルソンの世界なんかをやっちゃうと、もう、日常の勉強の世界に引き戻すことが難しいかもね……」

リョウと森本が、言わば密月のように深い交友を結んだのは、高校一年の秋ごろから翌年の二月中旬までで、特に一月から二月にかけては、お互いの会話の世界に心酔し合っていた。

森本とは哲学や文学の話だけではなく、クラシック音楽についてもよく話をした。

森本はベートーヴェンのピアノソナタやシンフォニー、弦楽四重奏曲などをよく聴いていた。

ベートーヴェンに関して、森本が残した言葉が今も耳に焼き付いていた。

「松井、ハンス・フォン・ビューローがこんなことを言っていた。『ベートーヴェンのピアノソナタは例えるなら新約聖書で、バッハの平均律クラフィーアは旧約聖書のようなものだ』とね……」

そして、録音していた「平均律クラフィーア」を聞きながら、森本がこの曲について重要なことを語っていたことを思い出したことがあった。

森本がリョウにこう聞いたことがあった。

「松井、バッハの曲ではどういうものを聴いている?」

「オルガン曲で『トッカータとフーガ』とか『幻想曲とフーガ』かな……、定番だけど……。盲目の有名なオルガニストが、バッハの音楽についてこう言っている。『バッハの音楽を通じて宇宙が見える』とね……」

「バッハはやっぱり大天才で『平均律クラフィーア』は、伴奏音楽のように聞こえるけど、実は美しい旋律が隠れているような気がしてならない。だけど、その隠れているものを引き出すことは一人の力だけでは難しく、触媒の力を持った人を活用する必要があるということだ。それは何も音楽に限ったことではなくて、この世界でほとんどのことに当てはまるような気がするんだ。テンポをすごくゆっくりしたり、一オクターブくらい高くしたり、低くしたりして、インスピレーションを得れば、あるいは何か偶然の作用が加われば、隠れている主旋律を引き出すことが可能なのかもしれない。そういういじくり方は、どんな世界にも共通して有効なことと思うけど、研ぎ澄まされたインスピレーションが求められるし、それでも結果が伴うかどうかは、きっと難しい世界なのかもしれないね。触媒と運と偶然の力にもよることが、きっと大きいのだと思う」

このような、森本とリョウの極めて緊張した会話は半年以上続いた。しかし、つい二ヶ月前の二月下旬、思いもかけない出来事で蜜月の終焉を迎えることとなった。そして、リョウの挫折が始まることになった。

森本のことや、入院していたときのことを思い出し、もう夜中になっていた。しかし、今のリョウは、森本と付き合っていた頃の気持ちには、もう戻れないと思った。

最近、二ヶ月の間に、リョウを取り巻く環境は劇的に変化していた。

従姉たちとのこともそうだったし、書道塾で出会った茉莉のこともそうだった。リョウ自身の芸術や哲学への志向は変わってはいなかったが、今、リョウを取り巻く日常、一般的な人たちとのコミュニケーションがリョウを変化させ、厚く取り巻いていた。

突然の森本からの電話で、一瞬、緊張と重苦しさがよみがえったが、すぐに「何を考えても自由なんだ。縛る人間はいないし、このまま自由な時間に包まれていた方がいい」という思いに切り替わり、眠りの中に落ちていった。

（四月二十八日 日曜日）

夕方に近くなり、従姉の家に向かった。

伯父の家に入ると、ちょうど、同居している祖父がおり「おお、リョウ、上がれよ。風呂とめしはうちでやっていきな」と言ってくれた。

店の仕事は、伯父と伯母、春美で代わる代わる切り盛りしていた。

リョウは、テレビのお笑い番組に笑い転げた。自然とリョウ自身の顔のほころんでいくのがわかった。そこへ、祖父と入れ替わりに、春美が入ってきた。

「あら、シーちゃん。お腹空いている？　おじいさんがさっきお風呂から上ったから、よかったら先にお風呂に入ったら?」

「うん、ではそうする」とリョウはバスルームに向かった。リョウは、自分を主張することはあまりなかったし、自分から周りの人間に話しかけることもなかった。

風呂から上がると、体が温まり、顔が少し火照った。

「食堂にいらっしゃいよ。文兄ちゃんが珍しく来ているわよ」

文兄ちゃんとは、上から二番目の従兄だった。リョウとは年齢が十歳ほど上だった。普段は建築の職人をしていて、ぶっきらぼうな話し方をする人間だったが、リョウには優しかった。

リョウが食堂に行くと、その文兄が食事をしていた。春美がリョウにご飯をよそってくれた。文がリョウに話しかけてきた。

「リョウ、身体は大丈夫か? お前、相変わらずおとなしいな……。でも、表情に少し影があるな。影がある男は女にもてるのだぞ。俺なんか、お前の歳には、家を出たきり放浪していた。でも、女を欠かしたことはなかったな。お前、女いるのか?」

「学校は男ばかりだし、僕はそっちの方は全然ダメだ」

「そうか、でも気をつけろよ。下手な女に引っ掛かるなよ。でも、リョウは学者だからな。女が近づき難いのかもしれないな。お前は勉強が得意だけど、俺だって得意なものが二つある。聞きたいか?」

「うん、聞かせてよ」

「一つは競馬。遊ぶ金はこれで稼いでいる。もう一つは女だ。これは特技と言っていい。狙った女は必ず堕ちる。女には品行方正な男と見させてはダメなんだよ。俺みたいに、危ない所がある人間に魅かれるのさ」

「シーちゃん。止めといた方がいいわよ。文兄ちゃんは宿無しなんだから」

「いや、俺は、女の所を渡り歩いているのさ。リョウにだってその血が流れているかもしれないぞ。人生一回きりだ。気の向くままに、自分のしたいように生きた方がいい」

夕食時は、伯父と伯母が店のレジをやっていた。三人での夕食が終わり、居間でくつろいでいると、伯母が居間に戻ってきて言った。

「文、たまに来たときくらい、お店手伝っておくれよ。私も食事をしたいからさ」

「ああ、いいよ。今日は閉店まで手伝うよ」

文兄は店に向かい、伯母は食堂で夕飯を食べた。リョウと春美は居間でテレビを観ていた。

「シーちゃん、競馬もパチンコも女遊びもやってはだめよ。まだ、十七歳なんだから。結婚だって十八にならないとできないんだからね」

年上の春美は、リョウにとっては、しっかりした姉のようだった。見つめられると、眩しいくらいに、目が美しかった。リョウを見つめるその瞳は、リョウの表情の変化に伴って、また変化するようにも思われた。テレビのおふざけシーンでリョウが笑っていると、春美がリョウの表情を見て、うれしそうな顔をした。

「シーちゃん、笑顔がとてもいいわよ。それがシーちゃんの魅力なんだから、難しい顔をしていてはダメよ」

そうしているところに、伯母が食事を終えて、居間に入ってきた。

「シーちゃん、トランプでもしようか?」

「僕はトランプやったことないんだ」

「すぐ覚えるわよ。教えてあげるから。シーちゃんもたまには頭をほぐさないとダメよ」

伯母は「ポーカーがいい」と言い、トランプとチップを取り出してきて、ルールを説明した。

「ポーカーは、掛け方の判断と駆け引き、それに運ね」

リョウは、教えてもらった通りにやるだけだった。リョウのチップは徐々に減り、一時間ほどして伯母が大半のチップを集め「もういいわ、賭けないポーカーは全然緊張感がなくて、面白くない。もう寝るから、後は二人に任せるわ」と言いながら、寝室に向かってしまった。

「二人だけでやってみる？」

「うん、いいよ」

「でも、何か賭けないと面白くないわね。お金ではなく、何か掛ける？」

「春姉ちゃんが勝ったら、チョコレート買ってあげるよ」

「あら、チョコレートだけ？　ネックレスではないの？」

「だって、僕、無職だもの」

「そうか、ではシーちゃんが勝ったらどうするの？」

「僕は、特にもらいたいものはないし、どうしようかな。そうだ、今はいい季節だから、深大寺へ行って、お蕎麦をごちそうになろうかな」

「悪くはないけど、水曜か木曜の昼頃なら大丈夫かも。でも夕飯までには帰らないと……」

十一時までということで、二人だけのポーカーが始まった。時間はどんどん過ぎ、春美の優勢が変わらなかった。十一時近くになって、リョウが「あと一回、最後の大勝負をしたい。春姉ちゃんのチップを貸してよ。チョコレートを倍にしてあげるから」と申し出た。

「いいわよ。どっちにしても私の勝ちね……」

しかし、勝負はそう簡単ではなかった。最初に配られた五枚のカードのうち、両者とも二枚の交換を申し出た。両方とも、ドキリとした。リョウは「両方とも、手の内にスリーカードか同じマークの札を持っている確率が高い」と思った。リョウは最初から手の内にエースのスリーカードを持っていた。交換したカードの中にさらにもう一枚エースかジョーカーが入っていれば、フォーカードで、まずリョウが負けることはあり得ないことだったが、交換してもらったカードは六のワンペアだった。つまり、リョウはフルハウスという手になった。

リョウは、春美の顔の表情をよく観察したが、自信が有り気に見えた。実態はフルハウス同士で、両者ともある程度、勝ちを確信した。相手が、フォーカードやストレートフラッシュでなければ、フルハウスの勝ちということになる。

二人の間に、初めて緊張が走った。真剣な表情を見せ、お互いの顔が凛々しくなった。たかが蕎麦かチョコレートだけなのに、なぜか二人の気持ちは人生の全てを掛けているかのような雰囲気だった。

「どっちにしても、これが最後よ」

二人はカードをオープンした。

春美はクィーンのスリーカードを持っていた。そして交換した二枚が三のペアだった。

「ええーっ、お互いフルハウス同士だ」

そこに、店から戻ってきた文兄が顔を出した。

「兄ちゃんどう思う?」

「同じフルハウスならスリーカードの強い方を優先なのではないかな」

春美は、表情が一変してこわばった。

「私の負けよ。シーちゃん運がいいのね。エースのスリーカードが優先だわ」

「リョウ、男は女にわざと勝たせるくらいでないと、モテないぞ」と文兄は言って、消えた。

「いいの……。私、深大寺のお蕎麦を食べたいもの」と春美は冷静になっていた。

「楽しみだな。春姉ちゃんと外歩くのが。僕は、まだ女性とデートしたことないんだ」

春美は、その言葉で少し顔がほころんだ。

「今週の木曜でいい?　十一時ごろ、山下の駅で待ち合わせましょう。念のため、前の日に電話ちょうだい。

さあ、今日はこれで終わりよ」と言い、台所の片付けに消えた。

（四月二十九日 月曜日）

朝、リョウは目が覚めると、朝食のために、駅の近くのコーヒーショップに入った。パンとミルクティーを食べながら、久しぶりに、鬱の気分から遠ざかっている自分を確認した。

お腹が落ち着き、何も考えないでいるところに、スマホが鳴った。森本からだった。

「松井、突然で悪いけど、今日の三時ごろ、お前のアパートに行ってもいいか？」

「ああ、今日は大丈夫だよ。直接、アパートに来るんだね。パニュラという名前の二階建てアパートの、一階の四号室だ」

「そうか、悪いな。少し長話になるかもしれないから、食べるものや何か買って行く」

リョウは、朝食の帰りに、お腹の足しになるものや飲み物を買って、アパートに戻り、部屋の中を少し片づけた。

三時を少し回ったころ、ドアを叩く音がした。森本が飲み物などが入った袋を下げてやってきた。

「コンパクトにまとまった、綺麗な部屋だな。キッチンやバスルームもあるのか。ここで、一人で自由に過ごせるなんて、贅沢だな。寝るのはどこなんだ？」

「上に、ロフトがあるので、そこで十分なんだ」

一階のダイニングには小さなソファーとテーブル、それにコンパクトな机とイスがあった。

「森本、お前太ったな」

「ああ、そうなんだよ。八キロくらい増えてしまった。病院で動かなかったせいもあるが、薬のせいもあるんだ。四月の中旬まで約二ヶ月近く入院してしまった。お袋には心配かけてしまった。俺は、幻聴とかあって、それを治すための薬は太るんだよ。血糖をコントロールするインスリンが、その薬のせいで出過ぎてしまうんだ。インスリンは脂肪を体に付けてしまうらしい」

森本はソファーに座り、薬のせいで言葉につまるのか、途切れ途切れ、ゆっくり言葉を続けた。

「俺の抱えている状況が、激変したんだ。あの学校には退学届けを出してしまったし、これから違う道を行くしかないんだ。この病気はデリケートで、自覚症状がなくなるほど危ない。再発も多いらしい。今は普通にしていられるけど、悪くなると、現実と幻想の世界の区別がなくなってくる。割合、この年齢での発病が多いらしい。でも、お前まで入院するとは思わなかったよ。お前は、俺の病気とはきっと違うと思うよ。医者になんて言われた？」

「一時的なパニック症で、軽い鬱もあるという話だった。病院に一ヶ月と少しいて、そのときは徐々に回復したのだけれど、学校に復帰してもついていけなくて……。一ヶ月以上のブランクはそう甘いものではなかった。もう一度高校二年をやり直そうとは思っているが、なんか家から離れたくて、こういう一人住まいをしている。ところで、森本はお袋さんと二人暮らしなんだろう？」

「ああ、そうだ。俺のところは、松井みたいに経済的に恵まれてはいないんだ。お袋が働いて精一杯なんだ。入院費だってたいへんだったんだ。松井、お前のせいではなく、俺はお前に出会った頃から変わり始め、お前からも影響を受けた。これから、おそらくまるっきり違う生き方をせざるを得なくなるのだと思う。今日ここへきた理由は、本当は、お前が多分知らない入院の頃にあった出来事で、お前に伝えたいことがあるんだ。まあ、でも、それは最後でいい。よもやま話がけっこうあるんだ。松井、俺たちが行っていたあの学校、一流校だと思うか？」

「まあ、取りあえずは、数字の上ではかなりの進学校であることは事実だと思う。中学を選ぶときも、入ることへの憧れがあったし、入ってからの誇りみたいなものも、僕だけではなく、皆が持っていることも事実だと思う。しかし、皆の目標は、一流大学へ行くことなのさ。僕は今、道が狂ってしまったけどね。あの学校では、大学に受かるまで、脇目も振らず、そのための勉強を最優先にしていくことが、最も適した過ごし方なのだと思う。でも、今の僕は、それが閉塞感に思えて、周囲からはじき出されている。あの学校が今は好きではない。この年齢の多感な時代を、もっと自由に過ごさせてくれたらいいのに……と、正直思っている。しかし、それは幻想に過ぎない。今の社会全体が、何かそういう延長線上の重苦しさを持っているような気がする。僕たちは、文学や哲学だとかへの思いに外れ過ぎたのさ」

「俺は、あの学校が一流校だなんて、思っていない。人間にはいろいろな素質があると思う。その素質を思い切り引っ張り出してくれるような環境を作ってくれるのが本当の教育だと思う。しかも、学校全体が一流校であることのプライドに凝り固まっている。そうして、いずれあの学校を卒業して優秀な大学を出た人間が、自分のそのブランドに酔いしれて、やがては自慢して歩くのではないだろうかと。そんな気がしてならない。俺たちが、映画や音楽や哲学について語り合ったことについて、他の人間は『それは、一生かかって、どこかでやればいい』と言うかもしれない。そんなことはわかっている。俺には松井の影響が大きかった。そんなに器用には振る舞えないんだ。俺たちは、ちょうど少年から大人に脱皮する、感性の変わり目にあったんだ。その時期でしか感じられないものもある。その時期はもう二度とやってこない。たとえ敗者になろうとも。俺は病気を抱えてしまった。今はそれから脱出することの方が、大事なような気がする。少なくとも、お袋や社会に迷惑を掛けないためにも……。しかし、脱出できないかもしれないな……。これからどういう生き方がいいのか、正直わからないんだ。その不安やプレッシャーが、やっぱり俺を追い詰めるんだ」

「森本、お前の気持ちがよくわかるような気がするよ。僕も本当は不安でしかたないんだ。どうして、学校は一律のシステムを押し付けるのだろう。人は成長過程でさまざまな波に襲われる。どうして、学校や社会の方が、もっと寛容でフレキシブルに対応してくれないのだろう。僕の家族は皆学がないし、中学までは、自分の限界まで挑戦するような気持でやってきたんだ。両親は、教育ママでも教育パパでもなかった。学校の世界の中では、全て自分一人で闘ってきたように思う。中学の一、二年のときは飛ぶ鳥を落とす勢いで成績も上がったけど、高校に入ってからは迷路に入り込んだようになった。特に森本と出会ってからは、新たな世界に入ってしまった。でも、結果が出ていないのに変な言い方だけど、自信あったんだ。切り替えて進学路線に乗ることについては、ものすごい集中力でやりきる目算は立てていたんだ。しかし、一ヶ月の入院が全てを変えてしまった。僕は、サラブレッドではないんだ。伸びきったゴム紐を引き戻せると、安易に考えていたが、一度プッツンした紐はもう元には戻らなかったんだ。現実はそう甘くはなかった。僕は、正直言うと、四月に学校に復帰してから二週間くらいして、自殺を考えたことがある。学校に追いつけなくなったことを自覚してからだ。僕は、生まれて初めて、挫折を経験した。いや今も挫折の中にいる。この苦しみは他の人にはきっとわからないと思う。森本だから話せるけど……」

「松井は煙草吸うんだな?」

「僕はだいたいがミルクティーと煙草だ。このアパートに来て覚えた。イギリスなんかでは、十二歳頃の知能テストで高い点が出ると、大学に優先的に入れる制度があるみたいだね。高校でどんなに優秀でも、そんなの人生の最終の答えでもなんでもないと思う。本来、社会はそういうものを求めてはいないと思う。どこの高校を出たとか、どこの大学を出たとか、そういうことがブランドになること自体が、社会のあるいは人間の器の小ささを露呈しているようなものだ。うさん臭くてしょうがない。人間の価値なんて、そんなことからは決まらないと思う。まあ、負け犬の遠吠えかもね……」

「そうとは言わないが、それ以上は言わない方がいい。松井、お前、相変わらず率直だな。それがお前の良いところだけどな。でも、俺たちは相当厳しい状況だよ。まあ、どういう人生のコースをとろうと自由で、結果が全てかもしれないが……。世界には、自由もなく、思考や立場や経済的なものも含め、危険にさらしまくられている人たちもいることを思えば、俺たちは甘ちゃんなのかもしれないけどな……。でも、やっぱり器用にはできないいんだよ」

「そうだな、ランボーのように二十歳を過ぎて、砂漠の商人のようになるかもね……」

「ふん、そう思うのは勝手で、実際はそう甘くはない。学歴やコネから外れるということは、世の中で有利に生きるツールを外されるということでもあるのだと思う。俺、入院していて思ったことがある。俺の家、お金無いんだ。お袋も大変なんだ。お袋は、病気を治すことが優先だとは言ってくれるが、今は言うなればニート状態で、この先、しっかりした学歴を得る見込みは薄いと思う。どこかで、バイトでもいいからお金を稼ぐ必要があるし、自分の人生を組み立て直していかなければならない。さまざまなことを考えたり、チャレンジしていかなくてはならない。でも、それがプレッシャーになって苦しい」

「森本、僕もひとごとではでないと思っている。自立できない落伍者として、今の状態にすごく不安だ。でも、森本は能力があるから、何をやっても、どういう方向へいっても、きっと上手くやれると思うよ。僕たち、微妙で危うい年齢で、アクシデントに見舞われたようなものだよ。きっと……」

「そうか、でもお互い苦しいな。俺はとてつもなく不安なんだ。世の中には、俺たちみたいに悩みを抱えたり、考えないで済む楽な学校もあるとは思うけど、エリートであればあるほど、踏み外したときの痛みは大きいものだと思う。超エリートコースをまっしぐらに進んで行く人間もいると思うけど、一生のうちに、きっとどこかでつまづく人間もいると思うよ。全てが上手くいくなんてきっとないよ。そういう人間は、何もわかっていないということだと思う。今の俺は一つ一つやり直すしかない。そしていつか、悔いなく何かにエネルギーを注げる生き方をしたい。それより、お前、いっぱいいろいろな本読んでいるな。それに習字の道具もあるじゃないか。お前は好奇心が強いから、また、新しいことを始めたのか?」

「ああ、このアパートにきてから、書道塾に通い始めた。つい最近、そこで大学生の女性と出会って、いろいろ話すようになった。夜は、近くの従姉の家で過ごし、自由だし、今までとは環境が一変したんだ。でも、本質的なものは何も変わっていない。

「そうだ、森本、統合失調症だと言っていたけど、この前その病気の人が主人公の映画を観たよ。十八年くらい前の映画だけど、去年の夏くらいにテレビで放送したものを録画しておいて、退院後、たまたま見たんだ。ショッキングだけど､良い映画だった。ジョン・フォーブス・ナッシュという数学者の一生を描いた作品だ。ナッシュは、優秀な頭脳を持っていて、孤独で闘い続ける天才だった。ネットでいろいろ調べたんだけど、ナッシュは二十代の初め頃、戦略的非協力型ゲームについて研究し、いわゆる『ナッシュ均衡』について論文を書いた。これが世界にすごい影響を与えた。特に、経済学や政治の分野でも、今、世界で起きているさまざまな事象が、ナッシュの理論そのものを具現化しているように思えるよ。冷戦時代の米ソの対立、現代の北朝鮮と諸外国の有り様、アメリカと中国の対立、ヨーロッパで起きている連合か自立かをめぐる対立、それら政治や経済で実際に起きている対立は、ナッシュの理論で想定できるはずのものだったし、世界中で起きつつあるオプティミズムの台頭も、ナッシュの理論の延長線上にあるのかもしれない。

「ナッシュの均衡理論が生まれるきっかけとなったのは、大学の飲み会でのアダムスミスを巡る議論だった。合コンのその席で、ある金髪の美人を獲得しようとする学生たちが次々とアクションを起こそうとするが、競争が激しすぎて、結局誰もプロポーズに成功しないとナッシュは読み取った。アダムスミスが言う『ある特定の個人の富への欲望と成功は、集団全体の利益に貢献する』という理論を多くの学生が支持し、その考え方の基に、美人の女学生へのプロポーズを正当化していた。しかし、ナッシュは、アダムスミスの理論は部分的に間違っていると直感する。そしてこう言った。『個人の利益と集団の利益が両方備わる方向へ行動しなければいけないのではないか』と……。映画では、そのことがナッシュ均衡のヒントになった形で描かれている。

「トランプがアメリカ・ファーストと言うけれど、彼の政策が世界全体の利益を生み出すとは、考えにくいと僕は思うんだ。それに、彼は多様性から遠のく政策に舵を切っている。生物の進化は、多様性から生み出されていると思う。しかも、生物は多様性を獲得するために偶然を利用したシステムを重視している。多様性を否定すると、国家はやがて破綻すると思う。

「さらに、僕がナッシュに魅かれるのは、彼がとても純粋な世界を歩み続けた人だったことだ。『ナッシュ均衡』を発表したとき、もう既に彼は統合失調症を発症していた。そのときの精神の病の状況をあの『ビューティフル・マインド』という映画は、克明に描いている。アカデミー賞も受賞した名作だよ。ナッシュは、幻覚と妄想がひどくて、それを妻のアリシアが必死に介護する。映画の中では、ナッシュは一生、幻覚が消えず、病気が完全に治ることはなかった。しかし、プリンストン大学の教授に復帰してからは、幻覚を無視しながら、その幻覚と上手く付き合えるようになるんだ。そして、一九九四年に、ノーベル経済学賞を受賞した。

しかし、今の世界の動きはおかしいよ。ナッシュの理論をあまり役立てていないと思う。世界中で対立が続き、僕はとても不安だ」

「実は、その映画、俺も見たよ。去年だったけど。映画に関する感想は、ほぼお前と同じだ。しかし、俺は、ナッシュのような天才ではない。これからどうなるのか分からないし、それを考えることがとてもプレッシャーになる。学校復帰どころか、これから経験したことのない世界に行かなくてはならない。今の俺には慰めになるものは何もない。最近は、幻聴の関係で音楽を聴くこともできないんだ。松井は、今も音楽を何か聴いているんだろう?」

二人の会話には沈黙があった。

「入院する前の去年の秋にコンサートに行って、とても感動した。『アレクサンダー・ガヴリリュク』というピアニストの弾くコンチェルトだったけど、このピアニストに得体のしれない魅力を覚えた。とても繊細な弾き方で、主張し過ぎることもなく、媚びることもなく、とても熟練された演奏だった。すごい人だと思った」

そう言ってから、リョウ自身、話の内容が、森本との蜜月時代に戻っていることに気が付いた。

しかし、森本の方は変化していて、自分をあまり出さない話し方になっていた。

「そうか……、お前はいろいろなことができていいな。羨ましいよ。ところで、そろそろ、俺がここで話そうと思っていたことを伝えて帰らせてもらう。松井に伝えておいた方がいいと思う話が二つある。二つともお前のお袋さんが俺の家に電話をしてきて言った話だ」

リョウは、自分の母親が森本の家に電話を入れたことを、このとき初めて知った。そして、予期していなかった話にショックを覚えた。相手は、多分、森本の母親だと思った。

リョウは、森本と付き合っていた時代、彼の自宅を訪問したことがあった。母と子の二人暮らしで、小さい家だった。母親は親切で、人の良さそうな感じでリョウのこともえらく心配してくれた。今になって振り返ると、森本がリョウと付き合ってくれたのは、リョウの家庭環境も自分たちと同じように、かなり貧乏暮らしなのだと、誤解してのことのように思えた。

実際には､リョウの父親は創業家の会社の社長だった。しかし､そのことをリョウはあまり気にしていなかった。しかし、リョウの母親からの電話で、おそらく森本も彼の母親も、リョウが自分たちとは違う家庭環境にあることを知ったのが事実のようにリョウには思え、不吉な予感がした。

『松井の母親はこう言ったんだ『もう二度と､息子には近づかないでほしい。会って話すことは止めてほしい』とね……。かなり強い調子だったようだ。俺は、そのことを非難しているのではない。そう言われた以上、俺自身そうするしかないと思わざるを得ないんだ。だから、今後はもう会うことはしないつもりだ。その方が、俺たちにとっていいことだと思う。いずれ、行く道は違ってくると思うし、俺たちは、危うい時期にたまたま出会って、一瞬、影響されあっただけさ。それぞれに自分の生き方を模索する他はないんだ。俺とお前とは、生まれ育った環境も、本来持っている性質も、本当は違っているのかもしれない。似たもの同士だと錯覚しただけかもしれないと、俺は思ったんだ」

リョウにとってはショックな話だったが、来るべきものが来たと、納得できるような気もした。

少し間をあけて、森本は続けた。

「もう一つの話が、これは俺も全く予想していない話だった。お前の母親はこう言ったんだ。『俺とお前が同性愛をしている』と……」

リョウにとって、この話の方がショックだった。確かに、中学、高校と男子校で、周囲に全く女性がいない環境であったが、自分の母親が森本とリョウの関係を同性愛と見ていたこと自体が、リョウの心を揺るがした。

リョウは、言葉を発することができなかった。二人の間に、しばらく沈黙が続いた。

「お前にとって、ショックな話だと思う。俺にとっても同じだ。しかし、お前に何も伝えないでおくのは、耐えられないんだ。事実、俺たちは同性愛なんて関係では一切なかったけど、どうしてそう思われたのか、納得いかなかった。まあ、蒸し返しても仕方ないけどな……。お前と俺の取り巻く環境は違ってしまった。おそらく、俺の頭の片隅には、お前の記憶が一生残るかもしれないが、お互いに傷付け合いたくはないよな……」

リョウは、森本の一言一言を噛みしめるだけだった。そして、言葉を振り絞ってこう言った。

「森本、僕はすごいショックだ……」

「そうだろうな……。邪魔をしたな。俺の話はこれで終わりだ。悪いけど帰ることにする。もし、お前を思い出したら、お前が世間を出し抜いて生きていく姿を想像することにするよ」

森本は立ち上がり「送らなくていいよ。俺はこのまま帰る」と言いながら出ていった。

リョウには、ショックが残ったが、森本という人間の本質がよく分からなくなってきていた。というよりは、もうお互いに歩むべき道が違っていき、その距離がだんだん遠くなるのだと実感した。そして「もう思い出さない方がいい」と思った。

リョウは、森本といた数時間に、ひどい疲れが残っているのを感じた。なかなか寝付けず、医者からもらってあった睡眠剤を飲んで、眠りに落ちた。

（四月三十日 火曜日）

目が覚めると、もう昼になっていた。無意識の深い眠りがあった。

昨日、森本から聞かされた話のショックがまだ尾を引いていた。学校で挫折したときの、鬱に少し戻ってしまったような気がした。

今のリョウにとって、最大のショックは、母親が二人を同性愛だと思い込んでいたことだった。リョウが若い女性と会話をしたり、戯れたりするのは小学校時代を除けば、ここ一週間余りが初めてのような気がした。そういうことからすると、母親が二人の同性愛を疑う素地もゼロではないようにも思えた。しかし、リョウがそういう世界を意識したことも、欲望も全くないということが真実だった。

リョウ自身、母親に「家を出たい」と告げたとき、母親が伯父の家に近いアパートを推薦し、従姉の家にリョウを近づけようとしたことは、リョウの同性愛への母親の疑念と無関係ではないような気がしてきた。

リョウは、そんなことを考えながら、お腹も空き、外へ出た。そして無意識のうちに伯父の経営するスーパーに来ていた。

伯母が「おや、どうしたんだい。店で何か買うのかい？」と聞いた。

「うん、少し自分でも作ってみようかと思って……」

リョウはご飯の小さいパック、牛乳、ベーコン、卵、ホウレンソウ、ソースなどの調味料を少し買った。レジで会計しながら、伯母が「夜はなるべく家に食べにおいでよ。そのほうが、気晴らしになっていいと思うし」と言ってくれた。

リョウは「そうだね、なるべくそうさせてもらおうと思っている。ちょっと自分で料理をしてみたくなっただけだよ。今日は、アパートで一人でいることにする。春姉ちゃんに言っておいてください」と言い、アパートに戻った。

食事を初めて自分で作ったが、一人で食べる食事は何とも味気ないものだった。

リョウは、まだ森本からの話のショックが残り、若干鬱状態で、ボーッと煙草を吸い、ランボーの詩を取り出し、読み始めた。

読むうちに、早熟の天才詩人の奥の深さに、あらためて圧倒された。

ランボーは、リョウと同じような年齢でありながら、飽くことのない探求心と新鮮な感性で、人間や社会の本質を読み取り、深くえぐり取って詩にした。そして、最後には世界を冷静に見つめた。

わずか三、四年の間で、詩作に関しては、全てを出し終えてしまった。そして二十歳を超えて、もう詩の世界に戻ることはなかった。青春期に落雷が走ったように、詩を創作した。

ランボーは、詩作の絶頂期に年上の詩人ヴェルレーヌから愛され、同性愛とその破綻の事件を起こしていた。詩を捨てたことはそのせいではなかったが、十九歳で『地獄の季節』を書きあげ、二十歳で『イルミナシオン』を清書したランボーは、二十一歳のとき、服役を終えて出てきたヴェルレーヌに『イルミナシオン』を預け、外国への放浪に旅立って行く。

リョウと同じ年齢で、輝かしい詩を次々に生み出していた。二十歳を超えてそれを続けることは、ランボー自身の生き方にそぐわなかったのだろう。

何よりも、青春から分別のつく大人に脱皮する一瞬の過程で、世界の本質を読み解いてしまったからだと言っても過言ではない。

ランボーは、自分とは全く比較にならない天才だ。しかし、彼の詩を読むことは何人も自由だ。

彼は自分と対峙して、時に自らを他者と呼び、そして自分を責め続けたりもした。それは、求道的とさえ言っていいのかもしれない。生きるとは、どういうことか。詩を創造したとき、ランボーは自らさえも疎外し、社会から距離を置いている。それは、群れたがる種類の人間たちとは、真反対の生き方だ……。

夜が近づいた。リョウは、再び傷つき、疲れに襲われた。平成最後の日だった。

(五月一日 水曜日)

令和最初の日、外は雨模様だった。テレビをつけても、皇室のニュースしか流れていなかった。初めての十連休は、社会に経験したことのない異様な時間を与え続けた。

朝、リョウは外に出て、駅近くのコーヒーショップに向かった。そこで遅い朝食を食べた。

そして、常に鞄に入れていたノートに、

「世界の苦悩は深い。しかし、快楽は苦悩よりさらに深いのかもしれない。全ての快楽は永遠を欲するが、そこからは美は生まれない。美は、自らを捨て去ったときにこそ生まれる」と、自分の頭に浮かぶ言葉を書き留めた。

ミルクティーをお代わりし、煙草を吸い、二時間ほどボーっとしていた。いつもなら書道に行くはずだったが、先週、先生がお休みにすると言っていたのを思い出した。

学校もおそらく十連休なのだ。「皆はどうしているのか。休みでも宿題に追われているのかもしれない。僕は学校からどんどん遠のいていく」とリョウは思った。

コーヒーショップを出て、リョウは無意識に伯父の家に向かった。

春美が「あら、シーちゃん、ここのところ来なかったけど、何かあったの?」と聞いた。

「いや、特にないよ。学校の同級生が訪ねてきたりして。来れなかった」と言うリョウにはいつもの笑顔がなかった。

「でも、あまり元気ないじゃない？　明日は深大寺、大丈夫なんでしょ？」

「明日、約束どおり大丈夫だよ。駅に何時だっけ？」

「十時半にしようか。お風呂を早めに沸かしたから、一番で入ったら？」

「わかった。先にお風呂をもらうね」とリョウは返事をして、バスルームに向かった。

風呂に浸かりながら、リョウは書道のことを思い出した。お手本を書く先生の姿は、気合が乗り、真剣そのものだった。そして、前回、お手本を書き終えた先生が言っていたことを思い出した。

「当面、面白くないかもしれないが、まずは、書の基本を学ばなければいけない。今やっているものは、千五百年くらい前の中国の作品だ。長いけど、なるべく早く進めたいから、週二回来れるなら来るといい。これが終わったら中国の他の古典の臨書をやっていく。臨書とは、自分を出さずに作者の字にそっくりに書き切ることだ。そのことによって、作者の精神に迫ることができる。それは、君にとって一生の財産になるはずだ。一緒に頑張ろう」

リョウは、先生の並々ならぬ思いを感じ、胸が熱くなった。

少しぬるめの湯に長く浸かり、森本との緊張の記憶から少しづつ解放されていくような気がした。湯から上がり、体を洗っていると、汗がかなり噴出した。シャワーで洗い流すと、爽快な気分になって、さらに仕上げに、水道の水だけに切り替え、火照った体を一気に冷やした。そうしているところに、春美が来て、声をかけてきた。

「シーちゃん、だいぶ長いけど、大丈夫？　気分でも悪くなっていなければいいけれど」

「うん、大丈夫だよ。もう出るよ」

「そう、良かった。タオル、ここに置いていくね」

「うん、ありがとう」

リョウは、体をゆっくりよく拭き、服を着て居間に行った。すると間もなく、スポーツドリンクを持ってきてくれた。リョウは、ペットボトルを一気に飲み干し、ほっと息をついた。

そして、ソファーに背をもたれながら「春美が、母の代わりを半分してくれている。しかし、それはちょうどいい距離感だ」と思った。

リョウの母親は、もっと丸ごとリョウを包み込むような対応をした。家にいたときには、リョウはさなぎの状態に近かった。今は、そこから少しずつ、這い出ようとしていた。

リョウの母親は、仕事も持っていた。家は家政婦を雇っていたが、父の経営をカバーし、昼間は目くるめく仕事をこなした。夜は一家の食事や家事をてきぱきとこなした。

リョウが小さいときから、家には齢若い家政婦さんがいて、両方からリョウは面倒をみられた。リョウがまだ小学生前半で、性に本格的に目覚める前から、性には無意識に興味を持っていた。

遊び心で、家政婦のスカートの中を覗き見することも、しばしばあった。それは本当に子供のじゃれ合いというふうに捉えてもらえた。

母親や家政婦は性的なものでなく、愛情表現のキスを日常的にくれたし、手をつないで出歩くことは、彼女たちの楽しみでもあった。映画館にもよく付き合ってくれた。

その頃は、リョウにとって、怖いものが何もない、一番楽しい時代だった。

しかし、リョウの性の目覚めは、十歳のときだった。父が営んでいた会社の社員寮に何かの拍子で入ったときに、たまたま誰も人がいなかった。部屋のドアは空いていて、リョウは、部屋の一角に写真集のようなものがたくさん積まれていたのを見た。それは、男性向けに作られた、女性のヌード雑誌だった。その時、リョウの心臓の鼓動は急に激しくなり、生まれて初めての衝撃とともに、性に対する心の決定的な変化を経験した。

元来、リョウは早熟と言えた。しかし、中高一貫教育の男子だけの学校に入ってからは、女性への興味は塞がれた状態となり、やがてそこに思春期がやってきた。哲学や文学やクラシック音楽の世界がまともにリョウの心のほとんどを支配した。伯父の家の従姉たちや、日々のテレビなど世俗的なあらゆる日常をリョウは遠ざけた。

リョウは、伯父の家のソファーでくつろぎながら、自分の生い立ちを振り返った。そして、ボーッとしていると、十数分くらい眠りに落ちた。

目が覚めたのは、テレビの音だった。そこには文兄がいて、テレビをつけたのだ。

「起きたか、リョウ。難しいことばかり考えていると、病気になるぞ。俺は、今日は誘われているから、早くごはん食べて遊びに行く。お前は、ゆっくりテレビでも観て、ここで遊んでいけばいい」と言い、食堂に行った。食堂では、伯父と文兄が食事をしようとしていた。春美が食事の支度をしていた。

やがて、伯父は店に出ていった。文兄は、雨の夜の闇に消えていった。

春美が、リョウを呼びに居間に入ってきた。

「あら、面白いテレビやっているわね。今日から令和元年だから、そのニュースばかりで飽きてたからちょうどいいわ」

「そう、僕はテレビを観る気も起こらなかった。ちょっと嫌なことがあって」

「あら、どうしたの？　何があったの？」

「ちょっと、話しにくいことなんだ。でも、春姉ちゃんのところにきて、気持ちがほぐれた」

「女性に振られたの？」

「そうではないよ。同級生に嫌な話を聞かされただけだよ」

「もし、アクシデントがあったら、明日、出る前に電話ちょうだいね」

「うん、そうする」リョウは、アパートに戻り、早く眠りに就いた。

（五月二日 木曜日）

リョウは比較的早く、世田谷線の山下駅に着いた。もう昨日までのことは頭になかった。おそらくは、一人で出かけるのであれば緻密なことをいろいろ考えたのかもしれないが、今はそれがなかった。

春美は、時間通りに駅にやってきた。

「シーちゃんごめん。待った？」

「いや、大丈夫だよ」

二人は下高井戸に出て、京王線に乗り換えて調布に向かった。下り電車は空いていて、二人並んでシートに腰かけた。春美の方が、少し緊張している感じだった。

「シーちゃんと電車に乗って、どこかへ行くなんて初めてだね」

「そうだね、なんか変な感じ。今まで、二人だけで出歩くなんて、考えたことなかったよ……」

「少しお化粧してきちゃった……。みっともない姿では、シーちゃんに悪いと思って……」

リョウは、じっと、春美の顔を見た。

「春姉ちゃん、そのままで十分綺麗だよ。僕たち、恋人に見えるのかな？　それとも、姉弟に見えるのかな？」

春美の瞳が輝いた。

「今日一日だけ、恋人でもいいわよ。私、高校も女子ばかりだったし、男の人と付き合ったことないの。だから、何か緊張しちゃっている」

二人は、調布の駅で降り、ぶらぶらと神代植物公園の方向に歩き出した。雲が足早に流れ、風が並木の新緑を駆け抜けた。

「普通、恋人同士なら、手をつなぐのかしらね」と春美が言う。

リョウは「手をつないでもいいよ」と言い、春美の手を取った。

「僕は、母や家政婦のお姉さんとしか、手をつないだことないけど、春姉ちゃんと手をつなぐととても良い気持ちだ」

リョウの鼓動は早くなっていた。まるで母親に手を握られているような感触だった。

植物公園までの道のりは、かなりあった。どちらがリードするともなく、固くなって二人は歩いた。やがて、川に向かうなだらかな登り坂になって、橋が見えてきた。

橋の上で二人は立ち止まり、河川敷を眺めた。河川敷には少し、木や草が生えていた。

そこに、数羽のカラスが飛んできた。何やら騒がしく、カラス同士が喧嘩をしているようだった。一羽のカラスが数羽のカラスから攻撃を受けているように思われた。

やがて、喧嘩をしているカラスたちが、橋の欄干に飛んできて、その鋭い口ばしで、一羽のカラスが攻撃され、傷ついているように見えた。

「仲間同士なのに、恐ろしいね。早く逃げればいいのに……」

数羽から攻撃を受けているカラスは、次第に疲弊し傷ついて、まるで殺し合いのような様相になった。攻撃を受けたカラスは、かなわないと思ったのか、残る力を振り絞って、飛んで逃げようとした。しかし、高く飛ぶ元気は残されていないようだった。

逃げるカラスは、道路をすれすれの高さでやっと飛んだ。しかしそのとき、後ろからトラックが走ってきた。そのカラスは、勢いよくトラックに衝突し、車道の上に落ちた。

そこに、後続の車が通り、そのカラスは、タイヤの下敷きになった。当然、そのカラスはもう息絶えていた。

二人は、ボー然とその光景を、眺めるだけだった。やがて、攻撃していた一羽のカラスがさらに、車に敷かれたカラスを攻撃しようと道路に飛んできたが、もう死んでいることを確かめると、仲間とともに遠くに飛び去った。

一瞬の騒々しさが嘘のように、静寂が降りてきた。

「ひどいわね。信じられない。残酷で……」

「生き物って恐ろしいね。いや、生き物というより集団の暴力だ。どうして、あんなに狂暴になれるのだろう。単なる縄張り争いとか、そんなものではないように思えた。あのカラスたちは、まさに殺そうとしていた。それが目的であるように……」

「せっかくのデートなのに、不吉なものを見てしまった」

二人は再び歩き始めたが、そのショックから、気持ちが動揺していた。

なだらかだが、長い坂を歩き、二人は植物公園の入り口に着き、入場料を払って中に入った。入り口を入った所に情報棟があり、聞いてみると、バラはまだ蕾らしい。しかし、サツキやボタンが観られるとのことで、二人は牡丹園に向かった。

二人は、大きな花にウットリとした。先ほどのカラスから受けたショックも癒された。

「立てばシャクヤク、座ればボタン、歩く姿はユリの花というでしょ？　シーちゃんから見て、私はどうイメージできる？」

「それはもう、ユリの花に決まっているよ。だって、春姉ちゃん、スラッとしていてスタイルが良いもの。本来のユリの花って香りもすごく良いよね。でも、最近、いい香りのユリに出会わないね」

「多分、今は品種改良されていて、いろいろな種類があるのよ。もう少ししたら、ユリの季節になるわね。私、これからユリの季節になっていく頃に生まれたのよ。五月八日……」

「そうか、覚えていなかった。ごめんね。でもその頃は、いろいろな花が咲くんでしょ？　バラとか、サツキとか。また、どこかへ観にいきたいね」

二人は、ツツジ園を通り、植物会館の前に行くと、ブルーハイビスカスが紫の花を付けていた。そして、ぶらぶらと山野草園の中に入り、高木や低木、草類が密集している中を歩いた。

大きな気品のある山桜、ヒノキ、クマノミズキ、エンコウ楓などの高木の中に、ムラサキシキブやモチツツジ、ヤマブキやクリスマスローズなどが混じり、ほとんどの木に名前の札が付けられていた。木々の下の地面には、カンスゲやゼンマイ、シダ類などの草類があり、鬱蒼とした暗がりが所々にあった。リョウも春美も、木々の名前などは正直よくわからなかった。付けられている名前の札をよく見ながら歩いた。

しかし、木々の陰影は、リョウに春美に触れてみたい衝動を与えた。手はつないでいるが、それ以上の触れ方への欲望を誘った。しかし、他の入園者も周りにたくさんいて、無理なことだと悟らざるを得なかった。

やがて、二人は芝生の広場に出てきた。売店で飲み物を買い、芝生の中の大きな草むらの近くに、二人で腰を下ろした。風に吹かれながら、広い園内の景色を黙って眺めていた。

しばらくすると、春美は芝生の上に仰向けに寝転んだ。そして「なんか、歩き疲れちゃった。でも、緑に囲まれているって、いいわね……」と言った。

リョウも、同じように仰向けに寝た。そして、少しの間、会話のない沈黙があった。リョウが、ふと、横を向いて春美を見ると、うつ伏せに寝ていた。それは眠っているようでもあった。

髪をかき上げたウナジが美しく見えた。リョウは、背後から近づき、首筋を眺めた。そして、リョウは春美の首筋に、ほとんど衝動的に口を付けて、香りを嗅いでいた。

春美は、仰向けに向き返り、上半身を少し起こし、びっくりした顔でリョウの顔を見つめた。そして、リョウの顔を両手で挟んで言った。

「悪い子ね。それ以上はダメよ」

「嫌だった？」と聞くと、春美は顔を左右に振って言った。

「背中に電気が走った。シーちゃん、いつからこういうことを平気でできるようになったの？」

「初めてだよ、だって、僕は女性を知らないもの」

「ほんとう……？　だったら、許してあげる」

リョウは、その言葉にホッとした。それまでの、胸の中の不安が消えていくようだった。

「春姉ちゃん、美しいね。でも、神様はきっと、許してくれないよね」

「そうね、私、もう少し年頃になったら、お金持ちの、力の強い人のところにお嫁に行くんだ。そしたら、シーちゃん、悲しむ？　泣く？」

「うん、大泣きする。きっと許せないと思う」とリョウが言うと、春美は、微笑みながら、そっと横になっているリョウのお腹をなでながら言った。

「可哀そうなシーちゃん。でも、シーちゃんが大人になるのは、もっと先よ。私たちには厚い壁があるように思うの」

「でも、ポーカーの偶然は、春姉ちゃんとのデートを仕向けたんだよ。もしかしたら、神様は、許してくれているのかもしれないよ」

「でも、あなたは、まだしなければならないことがあるわ。勉強して、いい大学に入って、エリートにならなくては……。そうしないと、シーちゃんのお母さん、悲しむもの」

リョウは黙った。しばらくの間、吹き抜ける風の音と広場で遊ぶ子供の声だけが聞こえた。

「せっかくだから、もう少し、植物を見ていこうよ」

春美は立ち上がり、ゆっくり歩き始めた。リョウは、春美の後を追った。そして、二人は、木立が生い茂る狭い道の中に入った。

池のようなものがあったが、水はあまり綺麗ではなかった。奥に池の水を浄化するためにあるのか、ポンプ小屋のようなものがあった。

二人が歩く小道はうねり、木々の緑は深い影を作り出していた。木々には、名前を書いた札が掛けられていた。リョウは、丹念にその札を見て回った。そうするうちに、アカガシワと書いてある大きな木の前に立った。太い幹には、キノコやコケのようなものがはりついていた。樹に寄生して、生き延びる生存戦略のような気がした。リョウも、結果として親に寄生しているように思った。それではいけないとも思いながら、その光景をじっと見ていた。

そのとき、春美が忍び足で近づき、リョウの頬にキスをした。リョウは、不意を突かれてびっくりし、辺りを見回した。

春美は逃げて、木陰に隠れていた。リョウは、思春期以後初めて、キスの味を感じた。春美は、木の陰から半分顔を出し、リョウを見つめた。

「王女様のキスを味わうのは、シーちゃんが初めてよ。光栄でしょ?」

リョウは、腰を屈めて、片足を地面に付け、おじぎをしながら「ハイ、光栄でございます。国王陛下にお伝えください。リョウはどんな罰を受けても従いますと」と言った。

春美は、無邪気でうれしそうな微笑みを見せた。

二人は、木立の中を歩き、再び広場が見えてくる所に出てくると、カラスが数羽飛んできた。今度は喧嘩もしていなかったが、先ほどの殺し合いをしていた情景が、頭によみがえってきた。

春美は「嫌ね、またカラス、早く行きましょう」と言い、リョウの手を取って、舗装された通路に出た。しばらく歩くと、出口の門が見えてきた。深大寺門と書いてあった。入った正門とは別の出入り口だったが、二人は何となくそこから出てしまった。

出てすぐに、お蕎麦屋さんがたくさん並んでいた。もう二時近くになるが、人が並ぶほど混んでいた。

「シーちゃん。約束のお蕎麦食べなくてはね。少し並べば入れるわよ」
二、三分待っていると、タイミング良く店を出る団体客がいた。二人は、席に案内された。
「シーちゃん、何食べる？」

「僕はざる蕎麦」

「オジサン、ざる蕎麦二つお願いします」と春美が注文した。

「美味しいね、僕はあまり蕎麦を食べないけど……」

「これで、約束を果たせてホッとしたわ。お腹が空いていたから余計美味しいわ」

「これは、神様がくれたお蕎麦だね。でも、神様はどうして、僕たちにあんな嫌なカラスの姿を見せたのだろう。なんか不吉な予感がする」

春美は、黙っていた。やがて食べ終わると二人は店を出て、木に囲まれた道を歩いた。そして、しばらく歩いた先にある、横に外れた小さい道に入り込み、ベンチに腰を下ろした。

「シーちゃん、今日のことは、家には内緒だからね。私、シーちゃんのお母さんや、家の他の人たちが怖いのよ。私、シーちゃんとラブラブしちゃったら、きっと、あの殺されたカラスのようになるのではないかと思う」

二人がいる場所は、周りが木立に覆われ暗かった。春美は、リョウの手を取った。

「広場で寝転んでいたとき、首の後ろにシーちゃんにキスされて、自分の中に抑えていたものが、吹き出したように思う。私、とても悩み始めてしまった……」

「僕自身、なぜそうなったか、よく分からない。女性とキスしたのは本当に初めてなんだ。ごめんね」

「私の責任よ。私たち、体の関係を持つことは、許されないのよ。キスをし合うのはもうこれっきり。シーちゃんも我慢できるでしょ？」

「完全に、誰にもわからなければ大丈夫ではないのかな？　ダメ？」春美は黙ってうつむいた。

しばらく沈黙が続いた後で、人通りがなくなった。春美が突然、リョウの肩を腕で抱きしめて顔をリョウの顔に付けた。女性の香りが匂い、リョウは性の刺激を受けた。

リョウは、ぎこちなく春美の顔を両手で挟み、唇にキスをした。それは一瞬ではなく、お互いに舌の感触が分かるほど長くお互いに求め合った。

二人は、興奮していた。キスをしている間「はあ、はあ」という春美の息遣いが感じられた。

そして、二人は唇を離し、顔を付けたまま、しばらく息を整えた。

「ダメよ、シーちゃん。今日のことは忘れるのよ。私たち、一緒になれないもの。私、とても罪だわ」

春美は立ち上がり、リョウの手を引いて歩き始めた。やがて、来た時の大通りに出て、駅の方角に歩き始めると、ちょうどバス停があり、後から調布駅北口行きのバスがタイミング良く到着した。

「シーちゃん、これに乗って行こう。家まで早く帰るよ」

バスには並んで座ることはできたが、二人は沈黙したままだった。調布から電車に乗り、それは山下まで続いた。駅に着く前に春美が
「シーちゃん、悪いけど駅を降りたら離れて歩いてね。一緒ではなかったかのように」と言い、電車を降りると振り向かず速足で一人で帰った。

リョウは、駅前のコーヒーショップに入り、ロイヤルミルクティーを飲んだ。喫煙ブースで煙草を吸っている間は、身の回りに起きたさまざまなことを忘れていられたが、その後は植物園での出来事が克明に蘇ってきた。

その時、リョウのスマホが鳴った。

「シーちゃん、今日はどうするの？　できれば、当分は家には来ない方がいいと思っているの。数日してお互いに冷めたら、何事もなかったかのようにしていきたいの」と春美が言った。

「うん、わかった。そうする。日曜までは行かないことにする」

春美が「ほんとに、ごめんね」と言い、電話が切れた。

リョウにとっては、今日の一日の出来事は、月曜に森本からの話で受けたショックを消し去るのには十分だった。ゆっくりミルクティーを飲みながら、もう一本煙草に火を付けると、またスマホが鳴った。

茉莉からだった。

『リョウ？　元気？　さっき電話中だったわね』と言うので、

『ごめんね、家から電話が来たので……。当分、図書館に籠りきりで勉強するから、日曜までは帰らないと言っておいたんだ』

『まあ、リョウは、忙しいんだ』

『本当は、そうでもないけど、そう報告しておかないと怪しまれるもの』

「では、約束どおり明日は大丈夫なの？」

『大丈夫だよ。二時だっけ？』

「そう、二時に、表参道の五番出口から出た小さい神社の所に来て」

「わかった」

茉莉からの電話は、さらにリョウが森本との世界から抜けていくために貢献してくれた。


(五月三日 金曜日)

リョウはいつもより早く目が覚めた。煙草を一本吸うと、シャワーを浴びた。身長が百七十五センチで、体重が六十キロの体は痩せていた。

久しぶりに鏡で自分の顔を写してみた。細面だが、目も鼻も顔全体の造りも均整がとれていて、自分でも美しい顔だと思った。腕も首筋もみずみずしい新鮮な肌で、水をはじくようだった。リョウには、いつの間にか自分の体が、少年を完全に脱しているように思えた。

体を拭いて外を見ると、昨日よりも空が明るかった。リョウはホッとした気分になり、サンドイッチとミルクティーで朝食を済ませ、服を着替えた。

玄関を出て、歩き始めながら、まだ時間があるので、生まれて初めての美容室に行ってみることにした。リョウは、若い俳優や歌手がしているような流行の髪型にしてもらった。

美容室を出て、初夏のうららかな風の中を歩き始めた。母親が買ってくれた白い半袖のポロシャツの上にブルーの麻のジャケットを羽織り、白いスリムな綿のパンツをはいていた。元々足が細いリョウの足にぴったりと綺麗な線が出て、人が振り向くほどだった。

リョウが吸い込む空気は爽やかで、心が癒されるようだった。

小田急線から千代田線に乗り換え、表参道に着いた。予想していたよりも早かった。

五番出口から地上に出ると、人の流れは青山通りとは反対の方角の方に流れていた。リョウは、何となくそれについて行くと、すぐ右側に小さい神社があった。

約束の時間より、十分ほど早かった。しかし、二、三分待つと茉莉が現れた。茉莉はリョウを見ると、手を振って微笑んだ。

「ごめん、待たせちゃって」

「僕も今着いたところだよ」

「あなた、今日はキマッているわね。髪型変えたのね」

「うん、初めてパーマをかけてみた。せっかくのデートだから、この方がいいでしょ？」

二人は、表参道の道を根津美術館の方向へ歩き始めた。茉莉は、リョウにもたれるように、腕を組んできた。リョウは、緊張していた。昨日の春美とのデートとは全く違う雰囲気で、明らかに茉莉の方が年上だということを意識した。

「昔、この辺に来たことがあるけど、かなり変わったね。有名なお菓子メーカーの喫茶店はまだそのままだけど、周りはファッションのお店ばかり。それもブランド物の……」

「そうね、私は高校のとき、学校がこの近くだったから、この辺は庭みたいなものよ」

茉莉の体から、少し香水の香りが漂った。

「いい香りだね……」

「私ね、生まれて初めて、香水付けちゃった。毒という意味の香水よ。どう？　毒の香り、する？」

「うん、少し頭がくらくらする」

茉莉は、少し茶の混じった黄色のスカートと、少し濃い緑のブラウスの上に、薄い茶のカーディガンを羽織っていた。歩きながら、時々顔をだす日差しに、茉莉のスカートが黄金色に翻った。

「茉莉は、黄色とか緑色が好きなの？」

「本当は、緑が好きなのよ。でも、あまりこだわりはないわ」

そう言いながら、二人は根津美術館の方向にゆっくり歩いた。周りは斬新な建物が多かった。中でもひと際目をひいたのが、全面ガラス張りの高さ十五メートルくらいのブティックショップだった。それは、分厚いガラスの大きなコップを逆さにし、地面にくっ付けたような感じがした。

「すごいデザインの建物だね。どういう構造の建物か、見ただけでは分からない」

「そうね、最近よ。あの建物ができたの」

「茉莉は、心が強い方？　それとも、弱い方？」

「あら、面白いことを聞くのね。さあ、どうかしらね。これまでは、どちらかというと、ファーザーコンプレックスが強かったと思っていたのだけれどね」

「それは、強い男性に憧れるということ？」

「あら、はっきり言われちゃったわね。確かに、これまではそういうところがあったとは思うわ。でも、リョウと出会って、変わってきてしまったように思うわ」

「茉莉は、姉妹はいるの？」

「リョウからはどう見える？」

「一人っ子にも見えるし、たくさん姉妹がいるようにも見える」

「私には姉が一人いるの。姉は、私より少し背が高くて、何をやっても優秀なの。比較される私は辛いわ。家の中でも目立たないし、いつも貧乏クジを引く方なの。でも、期待されない分、自由なんだわ。芯は強いと思うけど、でも、気持ちが不安定なのよ」

「うーん、そういう風には見えなかった。それでは、僕と同じような立場だね。僕は上に兄がいるから」

「あなたは、過保護な甘えん坊に見えるよ……。嫌な言い方だった？」

いつしか、二人は美術館の敷地内にいて、行列の後ろに並んでいた。連休のせいなのか、美術館はとても混んでいるようだった。しかし、二人は会話に入り込み、そのことが気にならなかった。

「茉莉が言うことは、当たっているんだ。実は、皆からそう言われる。僕は、兄とは別々に育てられたような環境にあったんだ。母は僕を特別に愛したんだ。だから、一人っ子のようでもあるし、また、僕には母方の従姉がいる。全部、僕より年上なんだ。だから、きっと末っ子のような感じもあるのかもしれない。でも、過保護の甘えん坊と言われるのは、ちょっとショックだ」

「傷つけたのならごめんなさい。リョウとはいい関係でいたいわ、せっかく出会ったんですもの」

「いい関係って、お友達ってこと？　それとも、愛し合うってこと？」

「私の心からあなたが離れないのよ。自分でもすごい変化だと思うわ。自分でも、何とも表現しようがないの」

「それは、お互いに大切にするということ？　かけがえのない存在になりつつあるということ？」

「リョウはすごいことを言うのね。びっくりだわ。私、これまで男性とお付き合いしたことがなかったの。でも、あなたのような人は、多分いないと思うわ。あなたは何考えているのか、正直分からない。その辺の浮ついた男性とは全く違うように思える。まだ、私たち、出会って間もないけど、初めてあなたを見たときから、興味が湧いたの。何か、引き付けられるものがあったの。リョウは本当に、女性との付き合いないの？　おそらく、あなたに出会う女性は、あなたに引き付けられるような気がする」

「僕は、周りに女性がいない。これまで女性との付き合いはないんだ。だから、茉莉を上手くエスコートできないよ」

そのうち、二人は美術館の入り口にたどり着き、チケットを買って中に入った。

順路に沿って中を見て回ったが、前半は十七世紀の江戸時代に描かれた、舟遊びや紅葉狩りの風景画が出てきた。

平安時代の構図で描かれた、源氏物語図屏風や四季草花図屏風などがあった。人や街並みの鳥瞰図のようなものが多かった。館内で歩いて鑑賞し始め、二人の会話が途切れた。

企画展のメインは、尾形光琳の燕子花(かきつばた)図だった。大きな屏風のようなところに描かれている、カキツバタの葉の緑と花の紫が際立っている絵だった。その紫は濃い色の紫だった。

リョウには、紫の花が咲く季節なのだと思えた。

光琳の絵はほんの一部で、他には同じ時代の絵が展示されていただけだった。

二人は企画展を出て、階段を上がり、上の常設展に行った。そこは、建物の一番上で、屋根の勾配と同じ天井が見え、リョウには、これがこの美術館の特徴なのだと思った。

展示室に入ると、そこには江戸時代を中心にした、茶道の道具の世界があった。

「あら、ここがいいわ。私、茶道も習っているから、興味があるわ」

茶碗は、黒い大きな物の他に、薄茶の渋い色で平べったく厚みが薄い、小ぶりのものもあった。

「僕は、茶道をやったことがないけど、この小さいお茶碗がいいと思うな」

「そうね、私もそう思うわ。今度、機会があったら、リョウにもお茶をたててあげたい」と茉莉が言い、再び一階に降りると、幾つかの仏像が置かれてあった。

二人はしばらくそれらを眺めた。

「リョウ、庭に出てみようよ。この美術館の庭は有名なのよ」と茉莉はリョウの手を引っ張った。

二人は、起伏がある小道の坂を下り、木々の中を歩いた。広い庭だった。池もあり、石が借景を造っていた。園内に幾つか茶室もあり、お茶やお菓子が振る舞われていたが、混んでいて、二人はパスせざるを得なかった。

一番低い所の池に、カキツバタが咲いていた。

企画展の主役である光琳の燕子花図と、実際に咲いているカキツバタを対比して鑑賞できることに、二人はびっくりした。実際のカキツバタは、光琳の絵以上に葉の緑は強く、花の紫は濃く、日本的な奥深さがあった。それは、まるで二人の思いを象徴しているような光景だった。二人のそれぞれの本来の性質と願望を表しているかのようだった。

池の周りでは多くの人が立ち止まり、スマホで写真撮影をしていた。混雑をしていて、二人はほどなくそこから離れ、美術館に戻り、出入り口から外に出た。

そして、元来た道を手をつないでぶらぶら歩いた。

「これからどうするの？」

「お食事したいわ。青山通りを渡って細い道を入ったところに、いろいろなお店があるから行こうよ」

二人は、散歩を楽しむように、表参道を歩いた。茉莉は機嫌が良いようで、初めてリョウとデートをしたことに満足している様子だった。

「根津美術館は良かったでしょ？」

「そうだね、威圧感のない、とても良い建物だったと思うし、庭も良かった。光琳の燕子花図の薄い茶色や葉の緑は、今着ている茉莉の服の色のようだったね」

「あら、うれしいわね」

「この辺は、煙草吸えそうな所が全然ないんだね」

「青山通りに出れば、煙草が吸えるコーヒーショップがあったように思う。先にお茶しようか」

二人は青山通りの交差点を左に曲がって歩き、チェーン店のコーヒーショップを見つけて入った。喫煙ルームは三階にあり、窓側の席に並んで座った。

「眺めが良いわね。反対側のビルの形がとても面白い。この辺りは、年々オシャレになっていく」

茉莉は外を眺めながら、その後、リョウの横顔をまじまじと眺めた。

「リョウは、本当に二十歳なの？　なんか、横顔を見ていると、まだ少年みたく見えるよ」

リョウは、ドキリとし、黙っていた。

「明日は、書道やっているわよね」

「やっていると思うよ。今週は、水曜は休むけど、土曜はやるって先生が言っていた」

話題が変わったことにホッと胸をなでおろした。

「あそこは、三時からだから、三時に塾で待ち合わせようよ。早く終わらせて、また私に付き合ってよ。さあ、これから食事に行くわよ」

二人はコーヒーショップを出た。空は曇っていて、日が長い時期なのに、夕暮れが早いような気がした。茉莉は、リョウの腕にしがみ付き、通りを渡った。

リョウは、茉莉の押しの強さに負けた。茉莉に導かれて、イタリア料理のレストランに入った。二人は席に案内され、メニューを見た茉莉が、ワインのデキャンタと肉料理、ピザ、サラダなどをウェイターに注文した。

「今は、カキツバタの季節なのね。それで、光琳の燕子花図を展示したのね。リョウは、今日の展示をどう思った？」

「僕は、正直言って、尾形光琳を知っていたよ。江戸時代の初期の文化には前から興味があった。最近は松尾芭蕉にはまっていて、病院を出てからかなり読んだし、琳派の作品も、父の弟の叔父の家に行ったとき、本の絵を観て、関心はあった。あの時代は、近松門左衛門や光悦などもすごいと思う。世の中が安定して、江戸時代の中では輝く時代だったのだろう。」

リョウは続けた。

「でも、今日の展示は、光琳の作品以外に、感じるものはあまりなかった。光琳の絵も、本物を観るまでは、実は背景に金箔が貼られているものと思っていたけど、実際は紙が煤けて茶色になったような色だった。絵ではカキツバタの葉の緑と花の紫がどかんと描かれていて、印象的だった。それまでの日本画と比べると、光琳や宗達の絵って、すごいシュールなのだと思う。そこが、魅力なのだと思う。でも、今日は正直、池の本物のカキツバタの色に魅かれた。奥の深い、危うい色だ」

「まあ、リョウは鋭いのね。私の感性とピッタリだわ。曇り空が残念だったけど、池のカキツバタが宙に浮いているようだったわね。あの紫は他の花にはなかなかないように思うわ」

「あの紫は、純粋な日本的な色だね。とても上品で、存在感があると思う。今は、ファッションでもあのような紫はあまり見られないものね。僕は、紫も好きだよ。本当は濃いくすんだ青が好きだけど」

「リョウの話は面白いわね。今日のカキツバタの葉の色は、これが緑だと迫るような色だった。でも、緑が好きな女性は、どこかファーザーコンプレックスがあるように思うの。私自身、そこから抜け出たいって、本当は思っているの。姉は優秀で、父にも可愛いがられている。悔しくて、たまに激しい嫉妬に駆られることもある。どこかで父親にも愛されたいという欲望があるのね……。だって私、存在感ないんだもの。そういうコンプレックスが私の心の奥深くにあるように思うの。ただ、お嬢さんで育ってしまっただけなの……。恥ずかしいけど、これまで男性と付き合ったことがないし、恋人が欲しかった。激しい恋がしたいの……、自分を変えたいの……、今は……」

「僕は、正直言ってよくわからないけど、茉莉も複雑な思いを抱えているんだね。紫って、僕の母がよく好んだけど、どういう心理の色なの？」

「そうねえ、紫ってとても難しい色だと思うわ。平安時代とかだと、紫は高貴な色だったらしいけど……。一概に紫と言っても、いろいろあるのよね。赤が強いものから青に近いものとか、薄いものから濃いものまで、リョウは今日、青いジャケット着ているけど、そういう青が好きなんでしょ？」

「そうなんだ。スッキリした色でしょ？　茉莉は九鬼周蔵という人知っている？」

「知っているわよ。『粋の構造』とか書いた人でしょ？　私、卒論に向けて参考にしているもの」

「そうなんだ。あの本では粋の色についても書いている。粋とは媚態と意気地と諦めの三つの要素からなっているとしている。粋の色は、欲望を削ぎ落したような紺で、少しくすんだ青が入り混じっている。北斎や広重がよく使った青が近いのかもしれない。『ベロ藍』とも呼ばれているけれど、十八世紀の初めのベルリンで、抑えたような感じの青色が作り出された。それがベルリンブルーと呼ばれているらしい。僕はベルリンブルーに興味がある……。諦めの色さ……」

「若くて、諦めなんて、リョウはどうしたの？」

「僕は、挫折しているんだ」

「浪人していること？」

「そう。それに、僕は孤独感が強いんだ。最近、母から離れたいって思うこともあったりしてね」

「そう……、お母様は紫がお好きなんでしょ？」

「そうらしい」

「紫が好きな女性は、どこか母性愛を主張する傾向があるのかしらね。リョウのお母さんは母性愛の強い人なんでしょ？」

「そうだよ。ものすごく強い。それに僕に対する独占欲も。そういうこともあって、僕は家を出た」

「よくわからないけど、紫には、どこか不安定なものが隠されているのかもしれない。姉もラベンダー色なんかは好んでいるみたいだけど、私には似合わないと思っているの……。

緑の補色はオレンジでしょ。私は、本当は太陽のような男性を求めているのかもしれないわ。でも、心のどこかでそれに反発をしている。私も心が不安定なのよ。たまに、お嬢さんから解放されて、過激な世界に突入してしまいたい気持ちにかられることもあるわ。

リョウを壊して、私のモノだけにしてしまいたいような……」

茉莉は微笑んだが、リョウは「えっ……」と言ったきり、言葉が出てこなかった。二人は、料理を食べ、茉莉はデキャンタをお代わりして、かなり酔い始めていた。

「でも、私はリョウに出会って良かった。最初に電車の中であなたを見たとき、今までになく興味を持ったの。あなたに何か得体の知れない奥深いものを感じたの……。あなた、初めて会ったとき、少し青い紺のスーツ着ていたでしょ。私より年上かと最初思っちゃったの。渋くて、似合っていたわよ。あっそうだ、あなたこの前、立原道造の詩集を貸してくれるって言っていたわよね」

　と、茉莉に言われて、忘れたことに気が付いた。

「ごめん、うっかり忘れてきてしまった。結構厚くて、重い本なんだ。詩だけでなく、手紙や旅行記のような日記が大半を占めているんだ」

「そう、明日、書道の帰りにリョウのアパートに寄らせてもらって借りるからいいわ」

「えっ、そんなに急に来られたら困るよ。散らかっているし」

「あら、では、私が掃除してあげる。お料理も少し作ってあげる。私、料理も習っているんだから。そうさせてよ。リョウは詩を書いたりしないの？　リョウの詩も見せてよ」

「僕は、正直、今文学にハマり込んでいる。でも、僕の好きな、立原道造や中原中也やアルチュール・ランボーのような詩は書くことはできない。僕にはそんな才能ないんだ」

「才能があるか、ないかなんて今決めつける必要はないわよ。何をするにしても、ある程度経験を積めば、きっと変わってくるのではないかしら」

　二人は、話しながら料理を食べ、少しずつ緊張感が溶け始めた。

　リョウは、茉莉と出会ったことで、自分が新しい世界に踏み出し始めているように感じていた。それは、リョウにとって生まれて初めての経験で、新鮮なものに思えた。おしゃれも、自然も、季節も、形ある芸術も全てが感じていけるように思えた。

「それじゃあ、明日、約束どおり、お願いね」二人は席を立ち、会計は、茉莉がした。

　表へ出ると、もう日は暮れていて、街の灯りが美しく見えた。茉莉がまた、腕を回してきた。裏道でもかなり人通りが多く、若い人もいるが、中高年の集団もいたりした。その中で、二人は何かアンバランスで、エキセントリックに見えたのか、通りすがりの人が何人か、二人を振り向いて見たりしていた。リョウは、背が高かったのに、茉莉は百五十センチほどだった。リョウは痩せていて、顔立ちも細く、鼻が高く、どこか日本人離れしていた。

茉莉は、小作りの顔の割に目が大きかった。また、体は太ってはいないが、胸とお尻が大きく目立ち、足首や手首が細かった。

どちらがリードするともなく、街の裏を彷徨って、やがてケヤキ並木の大通りに出た。おしゃれな店が多く、外国人も多かった。ウインドウショップを楽しみながら、原宿に出た。

「今日は、ほんとうに楽しかった。私の両親厳しいの。もう帰らなくちゃ」

（五月四日 土曜日）

リョウは遅く目が覚めた。シャワーを浴び、読み散らかした本が散乱していた部屋の中を片付けた。書道は、家ではほとんど練習しなかった。先生からは「上達するには、毎日筆を持つ習慣をつけた方がいい」と言われていたが、時折、お手本を眺めるだけだった。

しかし、リョウにとっては気がかりなことが一つあった。今の塾には、小学生だった頃から通った経験があって、先生はリョウのことをよく知っていた。今の高校も年齢も把握していた。

茉莉と先生の会話の中で、いつかリョウの身分や年齢がばれてしまうのではないかという不安だった。それで、今日は少しでも早く行って、状況を観察したいと考えた。

塾に三時ぴったりに到着したが、中には誰もいなかった。道具を並べ、少しボーっとしているとやがて先生が出てきた。

「おや、松井君、今日は早いね」と言われたので「はい、夕方用事があるもので、今日は早く来ました。よろしくお願いします」とリョウは言って、続きのお手本を書いてもらうため、先生の所に行った。先生はしばらく、墨をすっていて、リョウは少し待ってお手本を書いてもらった。

先生の書き方は、ゆっくり書くところと少し速いところと、筆のスピードに変化があり、リズムがあった。美しい字は、完璧と思えるようなものだった。

リョウは、感動を覚えて、自分の席に戻り、練習し始めた。そこへ、間もなく茉莉がやってきた。「こんにちは」とお互いに声を掛け合い、茉莉は先生の前に行って「よろしくお願いします」と言いながら、お手本のための紙を差し出した。

リョウと茉莉はお互いに声も交わすことなく、黙々と字を書いた。リョウが、書いた字の三枚ほどを持って、先生の添削を受けた。そして、もう少し練習し始めたところに、茉莉が自分の字を二枚書いて、添削を受けた。

それが終わると、茉莉は帰り支度をし「ありがとうございました。失礼します」と言って出ようとした。すると先生から「おや、今日は早いね」と言われたが、茉莉は「今日は用がありますもので、すいません」と言い、一礼して玄関を出た。

リョウは、慌てて帰り支度をし、茉莉から二、三分遅れて塾を出た。茉莉は道路際に立って、リョウを待っていた。しばらくお互い何も話さず、並んで道を歩いた。

「今日は、リョウのアパートに、寄らせてもらってもいいでしょ？」

「いいけど、食事はどうするの？」

「駅の近くのスーパーで、食材を少し買って行くわ。簡単なものしか作れないけど、あとはパンとか飲み物とか買って行こう」

「成城のスーパーで？」

「そうよ。あそこは良いものおいてあるもの」

スーパーでは、茉莉が主導的に買い物かごに、総菜を入れていった。生ハムやソーセージ、卵やパックのサラダ、パンなどを入れ、ビールや小さいウィスキー、お茶なども入れた。

「リョウの所、冷蔵庫とかキッチンとか、あるでしょ？」

「あるよ」

「オーケー、よかった」

飲み物の袋はリョウが持ち、二人は電車で豪徳寺に向かった。豪徳寺の駅からはリョウが先に歩き、五分ほどでアパートに着いた。

「ここだよ。狭い所だけど」

玄関ドアにカギを差し込みながら、リョウは心臓が少しドキドキした。

「女性を連れ込んだことがわかったら、母に何て言われるだろうか」と思いつつも、茉莉を案内した。

リョウの部屋は日当たりが悪かったが、外はまだ明るかった。リョウは、人目に付くのを気にした。

茉莉は、玄関をくぐり、靴を脱ぎ「お邪魔します」と言って、居間に入った。

「ソファーに腰掛けてよ」

リョウは飲み物の袋をテーブルに置いて勉強机の椅子に座ろうとした。

「あなたも一緒にここに座りましょうよ」

「そのソファー、二人では少し狭いと思うよ」

「大丈夫、あなた痩せているから、離れていたら可笑しいでしょ？」

リョウの体は、茉莉の体にくっ付いた。茉莉の体の温かみが感じられて、リョウは緊張して何を話していいのか分からなくなった。茉莉とデートと言えるのは、今日で三回目だった。まだ、茉莉とキスを交わしたことがなかった。

リョウが大人の女性とキスを交わしたのは、一昨日、春美と神代植物公園に行ったときで、そのときのことを思い出した。相手が気心知れている従姉ということもあって、衝動的にそうなった。

しかし、春美との行為の方が、どちらかというと禁断の世界だった。それは、リョウの母親や伯父や他の従姉たちに囲まれて監視されているような状態だったからだ。

それに比べれば、茉莉と愛の行為に堕ちたとしても、とがめられる関係にはないと思えた。

しかし、学校を挫折したまだ十七歳のリョウは、後ろめたさに押しつぶされそうな気もした。先が見えない、沈みそうなリョウは、女性体験もなく、偶然に押し寄せる女性との接触に、次第に心の起伏が激しくなった。自分の中にもう一人の自分がいた。

そう、リョウが考えている沈黙を、茉莉の言葉が突き破るように響いた。

「綺麗だけど、コンパクトな部屋ね。私の部屋より狭い感じ。それに、ベッドがないじゃない。リョウはどこで寝ているの？」

「キッチンの上のスペースにロフトがあるでしょ？　一人で寝るには、そこで十分なんだ」

「まあ、それじゃあ、ここで二人暮らしはなかなか無理ね。ちょっと、お手洗い借りるね。他の所、少し覗いてもいい？」と茉莉は言い、洗面所やシャワー室やクローゼットの中を見て回る。

「ほんとうに一人暮らしという感じね。私、男性の一人暮らしの部屋に興味があったのよ。夕食の仕度をするわね」

茉莉は、買ってきた飲み物を袋から出してテーブルに置き、食材が入った袋はキッチンに運んだ。調理をする音が聞こえ、リョウは音楽プレーヤーを操作した。二番のコンチェルトだった。

「あら、いいわね、私もショパン好きよ」

リョウは、ソファーでくつろぎ、少し気持ちが休まっていくのを感じた。

茉莉が、料理を居間のテーブルに運んできた。オムレツと生ハム入りのサラダ、炒めたソーセージとチーズ入りのフランスパンが並べられた。茉莉が隣に座り、缶ビールをコップに注いだ。

「さあ、乾杯しましょう。リョウも少しは飲めるでしょう？　今日は二人きりの宴会よ」

二人はコップを合わせた。茉莉は、ビールを一気に飲み干し、羽織っていた薄い黄色のニットのカーディガンを脱いだ。下は、ノースリーブの濃い紫色のブラウスで、スカートはかなり短めの濃いショッキングピンクだった。大きい胸がさらに大きく見えた。ストッキングは薄手の黒い網タイツで、艶めかしく、リョウを挑発するかのようだった。

しかも、茉莉はトイレで香水を付けてきたらしく、リョウが隣にくっ付いていると、その香りがストレートに漂った。リョウは、食べ物に手を付けて、少し黙っていた。しかし、ビールのせいもあって、心臓の鼓動は早くなっていた。

「茉莉はいつもそんなに短いスカートはいたり、香水を付けたりしているの？」

「まさか、普段はこんなことしないわよ。あなたに会うから今日は特別。初めてよ。口臭もしないようにちゃんとしてきたのよ」

リョウの口元に息を吹きかけた。甘い香りがした。リョウの、下半身はもう充血していた。

「どう？　変な臭いする？」

「とても、良い香りだよ。僕はこんなの初めてで、頭がおかしくなりそうだ」

「そう……。私、今日は覚悟してきたのよ。だって、男性の一人住まいの部屋に女性が来るのよ。どういう気持ちかわかるでしょ？」

「僕たち、まだ出会ったばかりだよ。どうしていいのか分からないよ……」

「リョウは、本当に女性体験ないみたいね……。私も男性との経験はないの。今日は勇気を出してきたのよ。

本当は、あなたに何をされてもいいと思って……。リョウは、もしかして男性が好きなんてことないでしょうね……」

「それはないよ。僕は誤解されるけど、同性愛なんて気持ちは少しもないよ。母には最近、誤解された。とてもショックだった。アルチュール・ランボーという詩人はそういうことあったみたいだけど、僕はそういうところはない」

「そうよかった。あなたって、純粋なのね……」

リョウは、複雑な気持ちだった。もっと野性的に生きられればいいのに、それができない自分にもどかしさを感じていた。茉莉と四歳の差があることを実感していた。

流れている音楽は、ゆっくりと美しく旋律を奏でる第二楽章に入っていた。

リョウはソファーの背もたれに頭を付け、天井を見つめた。

「僕はコンチェルトのこの部分がほんとうに好きだ」

茉莉は、ロング缶を飲み干し、ウィスキーの瓶を開けた。そして、自分のコップに氷を入れ、ロックでウィスキーを飲み始めた。

コップの半分ほどを飲んだが、リョウは沈黙したままだった。

茉莉は、リョウの横顔を見た。

「あら、あなたって、本当にお酒弱いのね。顔が真っ赤よ。シャワーでも浴びてきたらどう?」

「僕、臭う?」

「臭わないわよ。でも、汗かいたでしょ? そうだ、私、顔や腕の肌を保護するクリームを持っているの。シャワーを浴びて、付けていらっしゃいよ」

リョウは、黙ってクリームを受け取ってシャワー室に向かった。シャワーは、最初冷たかった。その刺激で

「何をやっているのだ、僕は……」と自分に言った。シャンプーで頭や体を洗い、次第に温度が上がった湯を頭から浴びて、しばらくボーっとしていた。茉莉から刺激されて反応した体の変化も治まり、気分が爽快になった。

タオルでよく体を拭き、茉莉から言われたように、クリームを顔や体に塗った。ほんのり良い香りが漂った。

下着と白いポロシャツを身に付けてキッチンに行くと、茉莉は追加の料理を作っていた。

「冷蔵庫にラーメンのパックがあったから、一人前作ってみたの。一緒に食べない？　でも、リョウは自分用の食器しかないのね。ソファーで座っていて。今、持って行くから」

「ごめんね、だって人が来ること、想定していないもの」

「いいわよ、安心した。リョウに他の女性の気配がなくて。卵と野菜とソーセージ入りラーメン、出来たわよ。どう？　食べてみて。まだ熱いかもしれないけど」

「うーん、美味しい。びっくりだ」

茉莉はうれしそうな顔をした。

「私、いい奥さんになれそうな気がするわ」と言う。

「えっ、それ、どういうこと？」

「私の方が少し年上かもしれないけど、将来、リョウとの結婚を考えてはダメなの？」

リョウは、唾をゴクリと飲み込んだ。沈黙して、次の言葉がなかなか出てこなかった。

茉莉は、リョウが食べた後の茶碗に、残ったラーメンを入れて食べ始めた。

「うん、自分でも美味しいと思うわ。これならイケル」

リョウは、ゆっくり口を開いた。

「僕は、まだ世間知らずで、これからどうなるのか分からない。まだ、社会人にもなっていない」

「いいのよ。時間は少しかかるかもしれないけど、あなたが一人前になるまで私が支えるわ」

「僕たち、まだ出会ったばかりだよ。きっと、もっとよく考えからにした方がいいと思う」

「もう少し、私に希望を持たせることを言ってよ。でないと、思いきり酔いたくなってきてしまう」

茉莉は濃い目のウィスキーを飲み干した。

「私ね、大学を出たら、小学校の教員になろうと思うの。文学部では、独り立ちするのにそれしかないと思う。だから、教職課程も取っているのよ。私……」

茉莉の語気が強くなってきた。リョウは、逆らうのを抑えることにした。

「でも、あなた変よ。机に文学書しかないわよ。受験関係の本は全く置いてないのね」

「まだ、ここに越してきたばかりなんだ。受験のための本は実家にまだあって、時々家に帰って勉強している。ここ、一、二週間は休養期間だと思って、好きな小説や詩を読んでいたんだ。そのうち、たくさん運んでこようと思っている」と、慌ててとっさの言い訳をした。

「そうだったの……。そのときは、たまにここに来て、お勉強を手伝ってあげるわ。いいでしょ？」

リョウはまた沈黙した。

「そうだ、私、シャワーを借りるわ。体を洗って、いい香りのするスキンクリームを付けてくる」

リョウは、目の前から茉莉がいなくなって、ホッとした。そして、ソファーにもたれ、煙草を一本吸いながら思った。「茉莉は、男性との交際が上手過ぎるように思える。人間としては、お嬢さんで純粋に見えるけど、することがストレートだ。どう振る舞えばいいのか分からない。それに、結婚の世界なんて今は考えられないし、神様は僕に、また不思議な試練を与えるんだな……」

二十分ほどして、茉莉が戻ってきた。リョウの隣に座ると、香水の香りや、スキンクリームの香りが、茉莉の体臭と混ざって、強く匂った。そして黒いパンストも脱いだらしく、素足が艶めかしかった。足首は細いのに、太腿からお尻にかけて、豊かな肉感があった。

リョウは、気持ちが高揚したが、また一方でじっと我慢を強いる自分もいた。

茉莉は、髪の毛を梳かしはじめ、ノースリーブのブラウスの脇から豊かな胸が見えた。そして誘うような強烈な香りに、リョウは既に自分が興奮している状態を感じ、一方でそれを押し留める自分がせめぎ合いになっていた。しかし、意識を一瞬失い、茉莉の膝に倒れ込んだ。

「ごめん、茉莉、少し気が遠くなってきた」

リョウは、速くなっている心臓の鼓動と呼吸を抑えながら、ようやく声を振り絞って話した。

「僕の中には、悪魔のような欲望と、氷のように冷静で純粋な自分が両方いる。今の茉莉は、僕を誘惑しているよ。茉莉は、僕の頭がおかしくなりそうなほど魅力的だ。でも、僕はそういう自分の悪魔に負けないでいることの方が大切なように思える。僕には、その資格がないんだ」

リョウは、ようやく起き上がった。

「僕には、この数ヶ月間、いろいろなことがあった。本当は、四月の初めまで、精神科の病院に入院していたんだ。パニック障害と鬱病になった。今でも、薬を飲んでいるんだ。僕はきっと、茉莉に相応しい人間ではないんだ。茉莉はもっと冷静になった方がいいと思う……」

二人の間に、しばらく、沈黙があった。

「あなたは誤解しているかもしれないけど、私、処女よ。誰にでも、こういうことしないわよ。でも、あなたが何もしてくれないと、寂しいわね」

「ごめんね。茉莉はすごく魅力的だし、僕は茉莉のことが好きだ。でも、僕も女性と性的な関係持ったことないし、どうしたらいいか分からないんだ」

リョウは、次第に冷静な自分を取り戻し始めていた。立ち上がり、机の上の立原道造の本と、引き出しに入っていたノートを持ってきた。
「これが、貸す約束をしていた道造の本だよ。そして、このノートの中に、入院していたとき、僕が書いた詩なんだ。道造と比べたら、僕は全然だめだけど、一つ読んであげるよ」とリョウは言い、自分の詩を一つ朗読した。

（青い春）

青い春が、風と共にやって来て、体の中に染み込んでいく
それはあまりに、酸っぱくて、そしてほろ苦い
そこには、本来の日常とは、ほど遠い、隔絶された毎日がある
ああ、私は横たわりたい
倒れるように塞ぎ込んで、そして、じっと風に吹かれるのだ
もう、きっと、誰も助け起こしてはくれないのだろうか？
一時の不安にさいなまされて
そして、吹きくる風に問いかける……
私に希望や未来はあるのだろうか？
でも、風はそのまま、返事をせずに通り過ぎていくだけだ
青い春、青い風、それは欲望と希望と意思を、削ぎ落としていく
自分が、何処までも青く、深く、透明になっていくようだ

それはどこまでも澄んで
しかし、厳しい青だ

しばらくして、茉莉は、口を開いた。

「リョウは心の病なの？　そんな風には見えないけど。あなたはカッコ良過ぎるから、心の中まで分からなかったわ。でも、あなただって、性欲がないわけではないんでしょ？」

「そうだね。僕だって、性欲はある。でも、このアパートに来る少し前には、自分で死ぬことも考えたことがあるんだ。とても苦しかった。入院したときのパニックとはまた少し違って、挫折したことが分かって、言いようのない疎外感に襲われて、死んだ方がいいなって思ったんだ。書道を始めたのも、そこから立ち直ることに結び付くかもしれないと思ったからなんだ。でも、偶然、茉莉と出会って、今日のようになるとは思っていなかった。もし、安易に自分の欲望を満たせたとしても、それは今の僕にとって、一時的な逃避でしかない。根本的に、何の解決にもならないと思えるんだ。茉莉のことは好きだし、好意を持たれていることはとてもうれしい。でも、僕にはまだ、そんな力、ないんだ。正直、先が見えないんだ。」

「茉莉、立原道造を読んでみて。彼には恋人がいたけれど、決して欲望には走っていないんだよ。自分の身を削って、旅行記のような日記を書いて、そして帰らぬ人になった。周りの人からすごく愛されたけど、それに甘んじることはしなかった」

茉莉は、道造の『優しき歌』を読み始めた。そして、少し読んで言った。

「短い詩だけれど、純粋で、寂しい詩ね。この人も何か悩んでいたのかしら？　でも、透き通るような美しい詩ね」

「道造は、両親や周囲の人や水戸部アサイという恋人からも愛され、芥川龍之介以来の秀才とも言われた人だった。体は弱かったけれど、人生の挫折なんて、あえて感じる立場にはなかった。結核で亡くなったんだけど、その病気の体を押して、旅に出て……。多分、自分はこれでいいのかとか、人間はどう物事を捉え、生きるのがいいのかとか、常に自問自答していたように思えるんだ。だから、彼は生粋の文学人だと思うんだ」

「そう、では、この本借りて行くわ」

茉莉はリョウのポロシャツのボタンを外して、首筋に鼻を押し当てた。

「あなたの体臭、いい匂いよ。私が処女を捧げるのはリョウに決めた。だから、リョウがいつか受け取ってくれないと、おばあさんになるまで処女のままになってしまうわよ。あなたがその気になるのを待つしかないけど、私の願いをかなえてね。お願い」

「今日は、もう遅くなってしまったよ。帰らなくていいの？」

「ほんとうは帰りたくない。でも、家の両親は厳しいの。遅くならないうちに帰るわ」

茉莉はバッグからストッキングを出してはき始めた。さっき、下着は脱いだといっていたが、茉莉がスカートをめくり上げると、中にベルリンブルーのようなパンティーをはいていた。

「茉莉は大胆過ぎる。僕は初めて女性の下着を見た。その色も形も刺激的過ぎるよ」

「あら、今日は私、どうなってもいいと思ったから、勝負下着を着けてきたのよ。ほんとうは、リョウの前で全部脱ぎたかったけど、今度にするわ」

茉莉は、そう言い終わると少し腰を振るようにスカートを下ろした。

「リョウは、明日も特に予定ないでしょ？」

「うん、この連休は何も予定ないよ」

「じゃあ、明日、映画でも観に行かない？　渋谷の文化村にでも……」

「ヴィム・ヴェンダースという映画監督の『ベルリン天使の詩』という作品を特別上映でやっている。かなり古い時期の作品だけど、ヴェンダースは映画史の中でも屈指の映画監督だよ」

「リョウがいいのなら、それでいいわ。何時から？」

「十時からだと思う。スマホで予約しておく」

「じゃあ、文化村の入り口に朝、九時半に待ち合わせようよ。私、帰るわ。二人で玄関出るところを人に見られない方がいいと思うから、一人でそっと出て行く」

茉莉は玄関のドアをそっと開け、手を振りながら出て行った。

リョウの心の中に、やっと一人になれた安堵感が広がった。茉莉といた時間の緊張と自制は、リョウの心と体に疲労を与えた。

第二章　初体験

（五月五日 日曜日）

朝早く目が覚め、シャワーを浴びて家を出た。渋谷の文化村に着くともう九時半を過ぎていた。

茉莉は、先に来ていた。他の客が並んでいる中に、リョウはわざと大きな声で声をかけ、列に割り込んだ。

茉莉は、黄色いワンピースを着ていて、リョウに微笑み返した。

映画が終わって、二人は会話をせず、映画館を出て通りの向かいにある飲食店に入った。食事をしながら、茉莉はビールを飲んだ。そして、やっと会話が始まった。

「今日の映画は、今まで観たことがないような作品だったわ。でも、ちょっと難しすぎて、疲れるわ……」

「ヴェンダースは世界的に有名な映画監督だよ。戦後すぐに良い映画を残した、日本の小津安二郎のことも尊敬していて、影響されているんだ。イタリアのネオリアリズムの巨匠、ミケランジェロ・アントニオーニとも交流があって、一緒にオムニバスの映画を撮ったりしている。ドキュメンタリーもたくさん手掛けている。アントニオーニもドキュメンタリーから出発していて、二人には共通点があると思うんだ。アントニオーニの映画は難しすぎて、今はリバイバルでもめったに上映しないんだ。僕はＤＶＤで何本か見たけど……」と言った。

「うーん、どういう世界の映画？」と茉莉が聞くので、

「なんか、基本的には愛をテーマにしているけれど、普通の恋愛映画ではない。自分自身や社会からの疎外感をテーマにしたものが多いし、日常の中に潜む非日常の世界を捉えている」と答えた。

「難しいわね。リョウはそんなに若いのに、どうしてそんなに詳しいの？」

「僕は、中学二年くらいから、そういう映画の世界に目覚めてしまって、高校に入ってから付き合った森本という友達と、よくそういう話をしていたんだ。ヴェンダースの映画の中で『パリ・テキサス』という映画は傑作だと思う。カンヌ映画祭でもパルムドールを受賞している。茉莉は、こんな話聞いて退屈ではない？」

「うーん、ちょっと難しいけど聞かせてみて。どうして、パリとテキサスが関係あるの？」

「パリと言っても、フランスのパリではないんだよ。テキサス州の砂漠の中にある、小さい田舎町なんだ。一言で言うと、妻子を捨て、突然蒸発してしまった男がさまよう物語なんだ。元々、その男は妻や子供に優しくなく、男が出て行った後に、妻は子供を親が住んでいた所に預け、自分はヒューストンに出て仕事をし、子供に送金しているんだ。この映画の出だしは、この男が蒸発してから四年後にテキサスの砂漠の中のガソリンスタンドで水を飲み、意識を失うところから始まる。砂漠の中で、妻を捜そうとして倒れたんだ。BGMに砂漠の風の寂しい音のような音楽が流れる。これがとてもいい。その男には弟がいて、兄を助けに行き、一緒に妻や子供を捜すんだ。本人はヨタヨタで弟の助けなしには何もできない状態の中で、その男はテキサスのパリスという田舎町に向かおうとしていたことを明かす。パリスに両親が土地を買ってあったので、そこに向かおうとしたようだ。ロスアンゼルスで子供と出会い、そこにヒューストンから送金されてきていることを知り、男と弟はヒューストンを捜しまわる。たまたま、売春キャバレーのような建物の中に入っていたとき、妻を発見する。その場所で、男は妻に自分が蒸発した理由を告白し、自分が宿泊しているホテルの名を教える。子供も一緒にホテルにいて、妻は夫や子供に会いに行くんだ。そこでハッピーエンドと思いきや、男は外にいて、それを確認しただけで、また放浪の旅に出てしまう。妻の役は、ナスターシャ・キンスキーという女優が演じている。魔性の魅力をそなえた女優だ」

リョウは続けた。

「はっきり言って、よく分からない人間の心理で、人間の中にある深い闇のような部分をこの映画は表現しているように思う。ひと言で言えば、不条理の世界を描き出している。ミケランジェロ・アントニオーニ監督の映画もやはり不条理の世界なんだ。だから、自分の中にもう一人の自分がいて、非日常の世界の中で葛藤する。アントニオーニの映画は、スマホで購入してかなり持っているよ。確か、アントニオーニの映画は、カンヌ、ベルリン、ヴェニスの三大国際映画祭で最高賞をとっていると思う。よく分からないけど、三つの映画祭で最高賞をとれたのはすごいことだと思う。僕と高校一年のときに出会った森本という同級生とは、こういう話ばかりしていた」と、リョウは久しぶりに長々と映画を語った。

「リョウは、難しいことをよく知っているのね」

「そうだね、普通の人にはこういう話はできないよ。茉莉だからたまたま話してしまったけれど……。だから、僕を本当に理解してくれる人は、ほとんどいないんだ。僕は、本当に変人なんだよ」

「あらーっ。じゃあ、私も変人なのかしら。そういうリョウに恋をしてしまって」

茉莉はかなりお酒がまわっているようだった。

「リョウは、もし私が蒸発してしまったら、ショック？　捜す？」

「そうだね。捜すと思う。だって、茉莉は不思議だ。やっぱりあの映画の女性と同じように、一般的な女性とは違うように思える」

「そう……、その映画を観てみたいわね」

「明日、実家に戻るから、持って来るよ」

「では、またリョウのアパートに行くわ。楽しみにしている。ところで若い男の人って、エッチなビデオは観ないの？　私、そういうのも観たことないし、一度観てみたいって思うこともあるわ」

「残念でした。僕はそういうビデオは持っていないよ」

「今は、スマホなどでいくらでも観れるから、リョウはこっそり観ているんでしょう？」

リョウは、黙った。

「でも、それはきっと自然なことなのよ。若い人が興味がないなんて不自然よ」

「僕は、興味がないなんて言っていない。ただ、そういう世界に生きてこなかっただけだ」

茉莉は、赤ワインのデキャンタをかなりの量飲んでいた。

「もう、出ようか。茉莉は酔っている」

そこにちょうどウェイターがやってきて「三時でランチタイムの終了になります」と言った。

店を出て、二人は何となく、細い道の坂を上がって行った。より細い道に入ると、そこはラブホテル街だった。リョウは、近くの映画館で何回も昔の古い映画を観ていたので、裏にラブホテルがあるのは知っていた。

しかし、強引に茉莉を誘うつもりはなかった。

茉莉が、どういう反応を示すか興味があった。

「渋谷って、一歩裏道に入ると、まるっきり雰囲気が変わってしまうんだね」

「そうね、私、ここにラブホテルがあるの知っていたけれど、そういう所にまだ一度も入ったことないの。興味はあるけど緊張するわね」とリョウの手を引っ張りホテルの玄関をくぐった。

リョウは「茉莉」と言ったきり、心臓がバクバク鳴って、体がこわばった。二人は、どうしていいか分からなかったが、正面に大きなモニターがあり、各部屋ごとの内部の映像があり、消えている部屋も多かった。

茉莉は「お金は私が払うから、入ろう」と言って、空き室の一つにタッチし、リョウに一万円を渡した。

「リョウ、お願い、受付で払ってよ。私、奥の隅にいるから」

リョウは、受付に行った。ガラス窓の向こうから「ご休憩ですね」と言われ、紙を差し出されたので、架空の名前を書き、お金と一緒に戻した。すると、お釣りとキーが差し出された。

キーを見ると、三〇四と書いてあるので、エレベーターの方に向かった。すると、隅から茉莉が出てきて、三階に上がり、三〇四号室のドアの前に立った。それまで、二人とも無言だった。

ドアを開けて入ると、玄関は狭かった。茉莉が後から入った。リョウは初めての世界で緊張したが、バスルームのある短い通路を抜け、奥のベッドルームに先に入った。

中には、大きなベッドが一つと、小さいソファーにテーブルがあった。

茉莉は、うつ伏せにベッドに倒れ込んだ。

「ああ、どうしよう。私、とうとう、こういう所に入ってしまった」

「後悔しているの？　何もしないで出る？」

「馬鹿ね。もう、なるようにしかならないわよ。リョウも男でしょ？」

茉莉は壁にかかっていた浴衣を取り、一つをリョウに渡した。

「ここでは、これに着替えるのね」

「リョウ、ホックを外して、ファスナーを下ろしてくれないかしら」

茉莉がワンピースを脱ぐと、赤みがかった下着が見えた。

「どう？　私、今日、とっておきの勝負下着を付けてきちゃった」

「すごい、初めて女性の下着姿をじっくり見た。綺麗だ。茉莉の体は刺激的だ」

茉莉は、うれしそうに浴衣を着て、冷蔵庫を開けて、ビールを取り出した。

「あなたも着替えて。一緒にビールで乾杯しようよ」

リョウは、後を向いて着ている物を全て脱ぎ、浴衣を着て茉莉の横に座った。コップを合わせると、茉莉は一気にビールを飲んだ。

「ああ、美味しい。ようやく少し落ち着いたわ」

普段、お酒を飲まないリョウも半分ほど飲んだ。スッキリしていて、美味しいと感じた。

「じっくり見ちゃった。あなたのお尻から足にかけて、とても魅力的ね。男性の体って、美しいのね」

リョウは、黙っていた。嵐の前の静けさのような気がした。

「そうだ、私、洗面所で、お化粧落としてくる」

茉莉が、いなくなって、リョウは落ち着いて部屋の中を観察した。壁にくっ付いて、大きなテレビがあった。何となく、スイッチを入れてみると、テレビやビデオなど選べるようになっていた。エッチなビデオもあるようだった。

リョウは、フロントに電話をした。

「あのう、ビデオを見ても無料でしょうか」

「どのビデオでも無料ですよ」と答えが返ってきて、リョウはビデオのスイッチを押してみた。

そこに、茉莉が帰ってきた。

「あら、こういう所ってエッチなビデオが観れるのね。私、観てみたい。でもその前に、部屋の中をもう少し暗くしようよ」

リョウはベッドの頭の方にある、照明のコントロールパネルをいじった。

部屋の中がかなり暗くなり、選択したビデオが始まった。

茉莉は、洗面室で下着を外し、香水を首や肩にかけてきた。昨日のリョウの部屋で感じた香りより、もっと強い香りだった。

ビデオでは、女優と男優がキスをしはじめ、徐々に服を脱いでお互いを触り始めた。

「セックスって、ああいうことをするのね……」

二人はぎこちないキスをした。二人はビデオに教わるように、同じような行為をし始めた。

ビデオの女優の喘ぐ声が聞こえ、二人もお互いに興奮し始めた。

「リョウ、優しくしてね」

ビデオでは、実際にセックスするシーンに移っていた。

「ビデオって、本当に写すのね。すごいのね……」

茉莉が、先に立ち上がり、浴衣を脱いで、ベッドに横たわり、毛布を体に掛けた。リョウも、浴衣を脱いで素っ裸になった。

「そうだ、リョウ、洗面所からバスタオルを持ってきてよ。下にひかないと、血が出たら困るから」

「わかった。それに僕、コンドームを付けないと。そこに置いてあるみたいだ」

「大丈夫、もう、明日くらいに、生理になりそうだから……。そうだ、リョウ、アイマスクを取ってくれない？ 恥ずかしいから、私、見えなくする。ビデオと同じようなことをしてみて……」

「茉莉、どう？ 感じる？」

「うん、とても感じる。生まれて初めて。こんなの」

茉莉は大きな声を上げ始めた。

今、リョウは、別次元の成熟した男女のセックスの場面に直面していた。

「こんなに気持ちいいなんて、リョウ、上手だわ」

リョウは、茉莉を満足させるために、汗だくになりながら黙々と自分の務めを果たした。

十分に時間をかけ前戯を施した。茉莉の喘ぎ声は大きくなり、リョウには茉莉の喜びが分かった。

リョウは時間をかけて茉莉の中に少しずつ押し込んでいった。

「ああ、すごい、お願い、私を奪って……、血が出てもいいから」

リョウは少しずつ腰を押し、全て入り切ったのを実感した。

「茉莉、射精してしまって、本当に大丈夫なの？」

「いいよ、中に出して大丈夫だから」と茉莉は、声を振りしぼるように言った。

茉莉の中は狭く、きつくリョウを締め上げていた。スピードを上げることはできなかった。

「すごい、気持ちいい？」

「うん。ちょっと痛いけど、気持ちいい……」

茉莉は半狂乱になったように頭を左右に振った。

「イッテもいい？」

リョウは、オルガスムスが押し寄せてくるのを感じた。最期の喘ぎ声とともに、精液が出た。

リョウは目を閉じて、茉莉の体の上に覆いかぶさった。リョウの汗が茉莉の胸に流れ落ちた。

初めてにしては激しいセックスだったが、茉莉は貫通式だったこともあり、オルガスムスまでは達しなかった。

それでも精神的には満足できる状態にあった。それは、茉莉に誘導されながらも、リョウが無理をせず、時間をかけて、十分な前戯をしたからだった。

二人は、重なりながら荒い呼吸がしばらく続いたが、ようやく息が整い始めて、心地よい疲れに襲われた。リョウは、茉莉の横に仰向けに横たわった。

そして深い闇の中に堕ちていくように、二人は睡魔に襲われた。

フロントからの電話の音で、二人は目を覚ました。

「お時間ですが、延長なさいますか？」

「はい、延長します」リョウはとっさに言葉が出て、電話を切った。

「まずい、もう時間になってしまったよ。寝てしまったんだ。僕たち……」とリョウが言った。

「シャワーを浴びて仕度しないと帰れないわ。私たち……」

茉莉は裸のままバスルームに湯を出しに行った。

リョウは浴衣を着て、ソファーで煙草を吸った。束の間の、何も考えないゆっくりとした時間に包まれたが、茉莉が戻ってきて言った。

「急がなくては、リョウ、一緒にお風呂に入りましょう。お互いに洗いっこした方が、早いわ」

二人は笑いながらお互いの体を洗い合った。そして、湯に浸かり、子供のようにふざけ合った。

「私、血が出なかったね。あなたが上手だったからだわ。リョウは、ほんとに初めてなの？」

「そうだよ。僕は、茉莉に童貞を捧げた」

「あら、私もリョウに処女を捧げた」

「でも、リョウには、なんか持って生まれた素質があるのかも……、怖いわ、私……。他にも、どんどん女を堕とすんじゃないかと、不安……」

茉莉はバスルームから出て、体を拭いた。リョウは、冷たいシャワーを浴びて、後から洗面室に行き、バスタオルを腰に巻いて、部屋に戻った。茉莉は、もう下着を付け始めていた。

二人は、手早く仕度を済ませ、部屋を後にした。

外は、もう暗くなっていた。手をつないで歩きながら、二人は、コーヒーショップに入った。

『映画の話を聞いているうちに、なんと頭の硬い人とデートしてしまったのかと思ったけれど、私って本当に人を見る目があるわ。でも、今日のことは、一生忘れられないと思う』

二人とも、精神的な満足感に浸り、お互いに共同して一つの山を越えたことを実感した。渋谷から電車に乗り、茉莉が先に手前の駅で降りて、お互いに満足したように手を振りながら別れた。


（五月六日 月曜日）

リョウは、比較的落ち着いた朝を迎えた。着替えて、小平の実家に行くために駅に向かった。リュックには、ため込んでいた汚れた服がたくさん入っていた。途中で電話をすると、連休の最終日、母親は仕事が休みで家にいた。うれしそうな声が帰ってきた。

玄関を入ると、母親は喜んだ。父親は仕事で出かけていて、兄もいなかった。

母親から、兄が最近建てた父親の会社の寮に引っ越したことを知らされた。

母親が、リョウの衣類を洗濯機に入れ、母親とリョウは二人きりの昼食をした。

「お母さんの料理はすごく美味しい。コンビニのお弁当みたいのが多かったから、味気なかった」

「春美には、リョウの夕食の面倒をお願いしてあるんだから、なるべく豪徳寺の家で食べるようにしなさいね。でないと、栄養失調になってしまうよ」

食事が終わって、リョウは兄が残したCDを聞いた。洋楽のポピュラーばかりだった。リズムに乗って、リョウは踊るように体を動かした。母親はそれを見て、うれしそうに笑った。

自分の部屋に籠って、クラシックばかり聞いていたリョウには、初めての体験だった。入院していたとき、一緒だった年輩のオジサンからもらった相当古い時代のCDも聞いてみた。

リョウには、兄のヘビメタよりも、入院していたときにオジサンからもらった昔のイギリスの音楽が、自分にはシックリくると思えた。

リョウは、それらのCDと自分が集めた映画のDVDをリュックに詰めた。

それから、母親が沸かしてくれたお風呂にゆっくり入った。湯に浸りながら、この一、二週間に起きたさまざまな出来事を思い出した。

春美との禁断のキス、茉莉から迫られたこと、童貞を茉莉に捧げたことなどが次々と思い出された。

リョウは、自分の身に起きた過激な変化に戸惑ったが、この一連の出来事で中学以来の思春期から脱皮した自分を実感した。しかし、リョウの心は未だ完全には癒えていなかった。学校に通っていた頃の圧迫感に満ちた世界から、偶然が重なり、毎日初めての体験が押し寄せた。しかし、それで自分の将来に見通しがついたわけでもなく、不安は常に押し寄せていた。

そうして、ボーっと体を洗っているところに、母親が覗きに来た。

「リョウ、大丈夫？　あまりに長いお風呂だから、心配したよ」

「うん、なかなか背中が洗えなくて……」

母親が、満足げに出て行く姿を見て、リョウはシャワーを浴びた。お湯を浴びながら、リョウは自分の小さいときのことを思い出した。リョウはずっとこれまで母親に心配をかけてきた。体が弱く、さまざまな病気も経験したが、母親はいつも全力で助けた。

風呂から上がり、仕上がった洗濯物や本やＣＤをリュックに詰め始めた。

そのとき、母親が来て、綺麗に包装された小さな箱を差し出した。

「お前にではないよ。春美に渡してほしいんだよ。いつもは渡してはいないけど、お前が世話になっているから『お母さんからの気持ちだから』と言ってね。ブレスレットが入っている。もう、あの子も年頃だからいいと思ってね……。あの家の他の兄姉のいる所で渡してはだめだよ。やきもち焼かれるからね……」

リョウは、母親の前では未だ子供だった。春美や茉莉とのことは口にできなかった。

「リョウは、少しの間に少し大人になったようだ」

リョウは、黙って夕飯を食べ終えると、玄関を出た。

アパートの部屋に戻ると、春美に電話をした。

「明日、ちょっと渡したい物があるんだ。できれば、昼間、僕のアパートに寄ってくれない？」

「えーっ、アパートの部屋に行くの？　私も女性だから、一人暮らしの男性の部屋に行きづらいわ。でも、いいわ、シーちゃんがちゃんと真面目にやっているか見てあげるわ。一時なら寄れると思うわ」

（五月七日　火曜日）

リョウは十一時に下北沢まで出て、駅前の食堂で食事をし、近くのケーキやで小さいデコレーションケーキを買った。

それからすぐにアパートに戻り、春美を待った。なぜか、リョウの心臓がドキドキしていた。

一時過ぎに、玄関のドアをノックする音がした。空は曇っていたが、雨は降っていなかった。

リョウは、春美を部屋に入れ「そのソファーに座っていて」と言いながら、冷蔵庫からケーキをテーブルに運んだ。

「明日は、春姉ちゃんの誕生日でしょ？　これは、僕からのささやかな気持ちだよ。一本だけだけど、ローソクに火を付けるから、息で吹き消して……」

リョウは箱を開けてケーキを取り出して、ローソクを立てた。

「えーっ、うれしい。私、このごろ、誰もお祝いしてくれないもの。シーちゃんからしてもらって感激だわ……」春美は火にフッと息をかけた。

リョウは「お誕生日おめでとう」と言いながら手を叩いた。そして、棚から、母親に渡された小箱を春美の目の前に置いた。

「もう一つ、プレゼントがあるんだ。これ、お母さんから『春美姉ちゃんに渡してほしい』と頼まれたんだ。僕が世話になっているから特別だって言っていたよ。他の人には言ってはダメだって言われた。開けてみてよ。僕も中身は分からない」

「叔母さんから？　びっくりだわ。何かしら……」と言いながら、春美は箱を開けた。

「まあ、金のブレスレット。本物よ、これ……」

春美は、うれしそうに自分の腕にはめ、しばらくして、ボロボロ涙を流し始めた。

「シーちゃんから渡してもらったの、うれしい。叔母さんの気持ちがわかって、私、泣けちゃった」

「誕生日の当日だと渡しづらいと思って、今日来てもらったんだ」

「ありがとう……、シーちゃん。明日空いている？」

「うん、空いているよ。書道の日だけど休むことにする」

「私の誕生日にデートしない？」

「新宿にでも行こうか？」

「そうね、新宿でデートして、明日だけ恋人同士になってみようか……。二十歳の誕生日を特別な日にしてみたい。シーちゃんにその勇気ある？」

リョウは、春美の言葉に戸惑いがあったが、その言葉の意味を呑み込んだ。それ故、春美と初めてキスをしたときの言葉を思い出して返事をした。

「王女様の気持ちに従います」

「花園神社の境内がいいわね。十一時半くらいなら、行けると思うわ。シーちゃんは大丈夫？」

「分かった。十一時半に花園神社に行くよ」

春美はうれしそうな顔をした。綺麗な目がより大きく開き、リョウの目を見つめた。

春美が「今日、夕飯食べに来てね」と言って、部屋を出てから、リョウはすぐ出かける仕度をした。

リョウは、新宿のデパートに向かった。男性用の下着売り場を探した。リョウはビキニの派手なパンツが欲しかった。迷ったが、最終的に赤いパンツを買った。

リョウには、正直なところ明日がどういう展開になるかは予想できなかったが、茉莉と初体験をしてから、女性に対する男性の心構えとして、最良の準備をしておきたかった。そんな発想は、豪徳寺に来るまで持ったことがなかった。いっきに脱皮して蝶になったような気がした。

デパートで品定めをしていて、もう夜が近づいてきていた。リョウは、春美に渡すための香水を買い、急いで豪徳寺に戻り、伯父の家に向かった。

食堂には伯父と伯母がそろっていて、春美が食事の支度をしていた。リョウは伯父の前に座り、緊張した。春美が料理をテーブルに並べた。鯛の身をほぐしたものとたけのこが入った炊き込みご飯、トロの刺身、カモ肉のステーキ、サラダなどが出てきた。

「今日は、いつもより豪華だね……」と言うと、春美は、わざと大きな声で

「そうよ、明日は私、二十歳になるんだもの……」と言い、席に着いた。

「そうか、春美は明日、誕生日か……。忙しすぎて忘れるところだった。何がいいか分からないから、何か好きなものを買いなさい」と言いながら、伯父は財布から五万円を出した。

「あら、ありがとうお父さん。明日ね、学校の同級生が何人かで誕生日会をしてくれるの。お父さん、明日は私に一日お休みを下さい。明日のお昼と夕飯は作れないわ。お母さんお願いします。シーちゃんもごめんね、明日は自分で外食かなにかしてね」

「わかったよ、誕生日くらい好きな所で遊んでくるといいよ。私がやっておくから」と伯母は言った。

リョウは、春美の頭の回転の良さに、ビックリした。

（五月八日 水曜日）

リョウは早めに起き、いつもより派手目な服を着て、豪徳寺の駅に向かった。

明治神宮前で副都心線に乗り換え、東新宿で降りた。地上に出てスマホの地図で花園神社を探し、裏道をぶらぶら歩いていると、途中、ラブホテル街に出た。

春美が受け入れれば、入ってもいいと思えるホテルを物色してみた。

「三日前に、茉莉は受け入れたが、春美はお酒も飲まないし、律儀な性格だから難しいかもしれない……」とリョウは思ったが、今日起こり得るあらゆる状況を頭の中でシュミレーションした。

リョウは、考えながらボーッと歩き、コーヒーショップに入って時間を潰すことにした。

煙草を吸いながら、子供の頃からの春美との関係について考えた。小学校高学年から二週間前までの長いブランクと今の関係は、全く結び付かない偶然のように思えた。

春美は「従姉弟同士の関係の中で、周囲の目が怖い」と言っていた。しかし、リョウの目からは、幼いときにアヒルだった鳥が、今は美しい白鳥に変身しているとしか思えなかった。

神代植物公園でとった春美の行動は、リョウ自身どうとらえてよいのか分からなかった。

それは、性に目覚めた青春の一断片とも思えるし、お互いが抱えた日常から離脱した、初めての世界の体験だった。幼少の頃に積み込まれたイメージはお互いに消失していた。

それは、恋という言葉も当てはまらなかったが、魅かれ合ったのは事実だった。

リョウからしても春美からしても、一方で従姉弟同士であり、一方で魅かれ合う恋人同士でもあったが、お互いに禁断の世界にいることを意識せざるを得なかった。

二人とも、愛の行為へ踏み出すことに、説明のつかない後ろめたさのようなものを感じていた。

時間を見ると、約束の時間まで十分ほどしかなかった。リョウは、花園神社まで小走りで歩いた。

十一時半ちょうどに神社に着くと、既に春美は入り口の鳥居の前を歩いていた。

「遅れてごめん」とリョウが声をかけると、春美は振り向き手を振った。

「お参りしよう……」と春美は言いながら、リョウの手を取って、本殿に通じる階段を上がった。春美の腕には、母が贈った金のブレスレットが着けられていた。

本殿の前に出て、春美は「このブレスレット、結構重いの。きっと高価なものだと思うわ。神様が、シーちゃんとのデートのために授けてくださったのね……」と言って、お辞儀をし、お賽銭を投げた。二人の二礼、二拍手は息がぴったり合っていた。

リョウは、手を合わせ一礼した。横を見ると、まだ春美は頭を下げて手を合わせている。それは長い時間続いた。ようやく終わり、階段を降りるとき、リョウは春美に聞いた。

「長く手を合わせていたけど、何をお願いしていたの？」

「そうね……、いろいろお願いしちゃった。秘密……」

春美は、リョウの顔を見て微笑んだ。

二人は、ぶらぶらと手をつなぎながら歩き、靖国通りに出た。近くには幾つかの飲食店があり、そのうちの一つに入ることにした。

案内されて席に着き、平日のランチメニューとスイーツを頼んだ。

リョウは、前日買った、香水の入った小箱を春美の前に置いた。

「僕からの誕生日プレゼント。気に入ってもらえるかどうか分からないけど……」

「あら、本当……、うれしい……。何かしら。開けてもいい？」

「うん、開けてみて」

「あら、香水ね。まあ、ブランド品じゃないの。私、正直、あまりお化粧なんかしたことないし、香水なんか持っていなかったの。うれしい……」と春美の顔が輝いた。

「ところで、シーちゃん、体の方は大丈夫なの？」

「まだ、退院してきて一ヶ月ちょっとなんだけど、まだ戸惑っているし、いろいろなことがあった。薬も飲んでいるんだ……。もう少し、強くならなければって思うんだけど、春姉ちゃんには本当に世話になっていると思っている」

「そう、もっとシーちゃんの役に立てればいいんだけど……。私、大学に行かなかったし、他の兄姉もあまり勉強好きではないしね……。私も、これからどうなっていくのか不安なのよ。お父さんは、早くどこかいいところに嫁にいけって言うと思うけど……」

「そうなんだ……。ちょっとショックだな。僕は、春姉ちゃんと一緒になってもいいと思っているけど、それはきっと叶わないよね……」

「そうねえ、従姉弟同士はやっぱり無理だと思うわ……。シーちゃんのことは好きだけど、叔母さんはシーちゃんにすごく期待していると思うのよ。シーちゃんが大学を出て、出世するのを楽しみにしていると思うの。私には分かるの……。それに、シーちゃんスリムだし、小さいときから足が速かったし、叔母さん自慢していたわ。叔母さんも小学生のとき、短距離走で記録作ったって言っていたし、兄弟の中で足が速いのはシーちゃんだけだって言っていたわ。叔母さん、シーちゃんが可愛くてしようがないのね。頑張りなさいよ、シーちゃん。叔母さんを悲しませてはいけないわ、シーちゃんが一人前に自立するとき、私、おばさんになってしまうもの……、ねっ……」

「僕は、春姉ちゃんのこと好きだよ。神代の公園でキスされたとき、自分の体が変わっていくのを感じた。ダーウィンは従姉と結婚してたくさん子供をもうけたし、アインシュタインだって二度目の結婚で従姉と結婚した。従姉弟同士で結婚した例はあるよ……」

春美は、黙って、リョウを見つめた。大きな瞳が綺麗だった。

二人は、レストランを出て、また花園神社の方向に歩き出した。リョウが手を引いて歩いた。

リョウは、ドキドキする胸にようやく耐えていた。

「今日のデートはこれで終わりではないよね。僕たち、独身同士だから責められることにはならないと思うけど、でもいけないことをしているのかな……」

「シーちゃん、今になってそういうことを言わないで……。私、男の人と付き合ったことないから、わからないの。年下のシーちゃんに頼むのは悪いけど、男性の方がエスコートしてくれないとね」

リョウは、もう心臓がはちきれそうだったが、思い切って言った。

「僕は、今日、東新宿の駅から歩いてきたのだけれど、花園神社までの間にラブホテルがたくさんあった。もし、僕がそこへ行きたいって言ったら、シーちゃん、春姉ちゃん、どうする？」

「シーちゃんに、任せる……。シーちゃんの後について行く……」

リョウは、少しホッとした気分になった。

「わかった。僕も慣れていないけど、これからのことは全て僕が責任を取る……」

それから、二人は手をつなぎながら、言葉を発することなく五分ほど歩いて、ホテル街に入った。

リョウは、頭に入れていたホテルの前で立ち止まって、周りを見た。昼間なのにカップルが涼しげな顔でホテルの入り口に消えていくのが見えた。

リョウは、春美の顔を見た。一瞬、目と目が合って、春美が寄りかかってきた。

リョウは、緊張していたが、つないでいる手を離して春美の腰に手を回し、抱きかかえるように春美の体を誘導した。

玄関を入ったところにパネルがあった。

「どこにしようか……」

春美は、部屋を選んでパネルにタッチし、財布をとり出して、リョウに耳打ちするように「このお金で、シーちゃんが受け付けして……」

リョウは、数日前に茉莉と経験していたが、ホテルが違えば、受付の雰囲気も窓口対応も違った。言われるとおりに手続きし、部屋の鍵を持って春美に合流した。

エレベーターの中でも、部屋に入ってからも二人は緊張感のある沈黙が続いた。

二人は部屋の奥にある大きなベッドに仰向けに倒れ込んだ。リョウは目をつむり、深呼吸した。

「春姉ちゃん、大丈夫?」

「圧し潰されそうな重圧よ……。それ以上聞かないで……」

二人とも呼吸を整えるように、しばらく黙った。

沈黙を破ったのは春美の言葉だった。

「私ね、女子高で、卒業してからすぐに家の手伝いで、だから男性と付き合った経験がないの……。シーちゃんはどうなの?」

「うん、僕も同じ……。中高と男子校で、女性と出会う機会はなかった」

春美は、体を横にしてリョウの顔を見た。

「お姉ちゃんは早く結婚しちゃったし、お父さんもお兄ちゃんも、女性に手を出すのは早くて、そういう血を引いているのに、私だけ真面目過ぎる生活しちゃっている……。でも、シーちゃんは文兄ちゃんたちの血を引いているかもしれないよ……。お父さんなんか、トイレの棚にエッチな雑誌を隠して、こっそり読んでいるんだ。私、そういう知識だけはあるけど、実際にしないと分からない世界ね。だから……、今日は優しくしてね」

「そうか……。春姉ちゃん、少し部屋を暗くしようか……」

「そうね、着がえなくてはいけないものね……」

リョウは、ベッドの棚に付いている照明のスイッチを調整して、さまざまな照明の明るさを落とした。そのと

き、コンドームやアイマスクなどが置かれていることも確認し、

「春姉ちゃん、シャワーを先に浴びてきたらどう？　そのとき、香水も付けてきてほしいな」

「そうね。そうする」

「僕は着がえて、テレビを観ている……」

リョウは、バスローブのようなガウンを探し、服を着替えた。バスローブの下には、デパートで買ったパンツだけを身に付けた。

冷蔵庫からサイダーを二缶出して、テーブルに置いた。ホッと一息つき、サイダーを開けて飲んだが、春美がバスローブを持っていかなかったことに気づき、洗面所に向かった。

洗面所に入ると、バスルームからシャワーの音がした。

「春姉ちゃん、バスローブ、ここに置いておくよ……」

「シーちゃん、見ちゃダメ。恥ずかしいから……」

ドアを閉めると「ありがとう……」という声が聞こえた。

リョウは、ソファーに座り見たいビデオの選択をし、開始スイッチを押した。

十五分ほどして、春美がバスローブ姿で戻ってきて、服をハンガーに掛けた。そして、ソファーに座り、サイダーを飲みながら、緊張した声で言った。

「こういうビデオを観て、シーちゃん興奮しちゃうの？」

「そうだね。男性はきっと皆同じだと思う」

「私、こんなビデオ初めて。衝撃だわ……。私たち、こんなふうにできるかしら？」

「僕も、してみないと分からないけど、春姉ちゃんは僕に処女を奪われてもいいんだね？」

「そうね。シーちゃんが上手にやってくれればね……」

春美は、リョウの口に永く、濃厚なキスをし始めた。

それから、二人は立ち上がり、リョウが春美のバスローブを脱がせた。

春美は、上半身に薄い黒の短いスリップ、下半身には鮮やかなピンクの下着を着けていた。

「素敵な下着だね……」

「今日デパートに早く来て、買ってしまったの。シーちゃんに見せようと思って……」と春美は体を回転し、自分の下着を見せた。後ろはお尻がはみ出るTバックだった。

「僕も、昨日デパートに来て、こんなパンツを買ってしまった……」とリョウは、バスローブを脱いで、ビキニのパンツを見せた。

「シーちゃんのお尻、とてもカッコいい……」

春美とリョウはお互いの体を抱きしめ、お互いにお尻を撫で合った。

リョウが首筋にキスをして強く抱くと、春美の濃厚な香水の香りがして強い刺激を受けた。

「すごい……、いつの間にこんなに大人になったの？」

春美は、声を上げながら、体を震わせた。

「ああ、どうしよう……、感じる……？　このあとどうなるの？」

リョウは、春美の身に着けているものを剥ぎ取った。二人は生まれたままの姿になってしっかり抱き合って、お互いの背中を摩り合った。

「シーちゃん、初めてだよ、私……」

「ベッドにいこう……」

二人はもつれ合うようにベッドに倒れ込んだ。お互いに緊張したまま、ぎこちなかった。

「シーちゃん、今日を特別な日にして……」

「今だけ、愛し合っていいよね……」

リョウは、ベッドの上に置いてあるコンドームを取って「春姉ちゃん、着けないとダメでしょう?」と聞いた。

「要らない。もう、生理が近いの……」

「わかった。痛かったら、無理にしないから、言ってね……」

「うん、抱いて、シーちゃん……」

「気持ちいい?」

「うん、よくなってきた……」

「ゆっくり、お願い……。シーちゃんの触ってあげる」

「感じる……、春姉ちゃん、僕の入れていい?」

「いいけど、男性ってこんなに大きくなること、知らなかった。入るのかしら……」

リョウは、かなりの時間をかけて刺激を繰り返した。

「入れるよ、リラックスして……」と言いながら、先を少し入れようとしたが、強い圧力で押し戻される感じがした。

「ああ、少し痛いよ。ゆっくりして……」

春美は少し頭を上げて、つながっているところを確認した。

依然、春美の呼吸は荒かった。リョウが少しでも前進すると、春美は激しく喘いだ。

「少し、そのまま動かないで……、壊れそう……」

「わかった。動かないから、春姉ちゃんにキスしてもいい?」と、リョウは春美の体に覆いかぶさり、春美に濃厚なキスをした。口の中で舌を絡め合い、お互いの唾液が混じり合った。

リョウも呼吸が荒くなった。

「春姉ちゃん痛い……？　血が出るかもしれないけど、全部入れていい？」

春美は頭を縦に振った。ゆっくりとリョウは前進した。

「とうとう入ったね……。お誕生日のお祝いだ……。うれしい？」

「うん、うれしい……。シーちゃんに初めに犯された……」

「どんな感じ？」

「もうこれで目一杯だわ。これ以上されると、裂けるかもしれないわ」

「そう？　では抜こうか？」

「うん、そうして……、ゆっくり……」

「気持ちいい？　それとも痛くてダメ？」

「痛いけど、いいよ……でも、シーちゃんがこんなに悪い男だとは知らなかった」

「少し、休もうか？」

「そうね……。私、喉が渇いちゃった……。サイダー取ってくれない？」

春美は体を半分起こし、サイダーをゴクゴク飲んだ。

リョウは「とうとう、セックスしちゃったね。僕たち……」

「そうね……。誰にも言えない経験よ……」

そして、二人は動かなくなり、静かな時が訪れた。

長い間、二人は動くことができなかった。エネルギーがぶつかり合い、体の中から消滅してしまったかのようだった。

二十分ほどして、リョウは冷静さを取り戻した。

「春姉ちゃん、一緒にシャワーを浴びよう……」

　春美も我に帰った。

「そうね、私たち、汗だくね……」

　二人は、バスルームに入り、お互いの体を洗い合い、心地の良いシャワーを浴びた。

　それから、バスローブを先に着たリョウは、ソファーに座って煙草を吸った。春美は化粧をし直して、戻ってきてまたサイダーを飲んだ。

「シーちゃん、私たちだけの秘密よ……」

　二人は、自然にくっつき合い、くつろぎ合った。まったりとした時間がゆっくり流れた。

「私ね、目の中に星が出ているようだった。眩しい星が……。シーちゃんありがとう。素敵な誕生日プレゼントだった」

「僕は、喜んでもらえてうれしい……」

　二人は、それぞれの服を着て、ホテルの受付に鍵を返した。


「僕、なんかまたお腹が空いてきちゃった……」

　春美は微笑みながら「私も、どこかお店に入って美味しいものでも食べよう」と言った。

　食事をしながら春美が言う。

「なんか、私、世界が変わっちゃった……。生まれて初めて女になったみたいな感じがする。でも、シーちゃん、女性経験初めてではないでしょう……？」

「ううん、僕、初めてだよ。女性体験……」

「信じられないわ、もしそうだとしたらその筋の才能がある。将来、きっと女を泣かせるよ」

「うーん、分からないけど、男性は若い頃は皆エッチなのじゃないかな。でも、ここ二週間くらいの間に急に性に目覚めたことは確かだと思う。それまで、学校で行き詰まって、落ち込んで、少し、ヤケにもなっていた。まだ、自分の将来が見通せない」

「私は学がないから、お役には立てないと思うけど、でも応援しているからね……」

二人は、会話の中で結婚という言葉を一言も発しなかった。それは、二人を取り巻く環境があまりに違い、二人の愛の行為が、一瞬の火花で終わることを感じ取っていたからだった

その夜、リョウはアパートに戻ってから、体中が少し筋肉痛だった。春美とのことを思った。満足感を感じた一方で、漠然とした不安に襲われた。早く睡魔に襲われて、疲れから解放されたかった。しかし、そのときスマホが鳴った。

「どうしたの？　今日、来なかったじゃない。今、どこにいるの？」

茉莉からだった。声のトーンが、これまでになく強い調子だった。

「アパートにいる。学校時代の友達が急に来て、さっき帰ったところなんだ」

「そう、土曜日は先生のところにいくの？」

「うん、そのつもりでいるけど……」

「土曜日は、リョウの所に寄るつもりでいるの……。話したいことがあるの」

リョウには、茉莉が怒っているように聞こえた。

第三章　暴走

（五月九日 木曜日）

リョウは遅く目が覚め、夜まで音楽を聴きながらゴロゴロ過ごした。勉強は全く手つかずの状態で、自分を責める気持ちに襲われた。

「このままでは、自分が壊れていく……。自分の進路の危惧を何も解決できないでいる。母や春美の期待に応えたいと思いつつも、自堕落な生活に舵を切り始めて、そこから抜け出せないまま、もがき、揺れ動いている自分が情けない……」とぼんやりと思った。

その日の夜は、伯父の家に夕食にいった。春美は何事もなかったかのように、リョウには何の関心もないかのように振る舞った。文兄がいて、三人で夕食を囲んだ。

「春美、お前、今日何か変だな。急に女に目覚めたような色気があるぞ……」

リョウは、内心「ギクッ」としたが、黙って食事をしていた。

「あら、昨日、私の誕生日だったのよ。忘れてたの？　お兄ちゃん。お父さんは私に一日休暇をくれて、お金もくれた。それで、同級生と新宿で遊んできたのよ。お祝い、何もくれないの？」

「おっと、我が家の血筋が出てきました。まあお祝いに、先週儲けた競馬の分をあげるよ」

「あら、ありがとう。さすが、兄ちゃんね。いい男は気前もいいわね」

「リョウ、学がなくても、俺みたいに世の中でいっぱし生きていけるんだぞ。学校のことなんぞでクヨクヨするなよ」

リョウにとっては励まされる言葉だったが、うなずくだけだった。

食事が終わると、リョウは、居間のソファーでテレビを観ながらくつろいだ。

しばらくすると、春美が台所の片づけを終えて、ソファーの隣に座り、リョウに語りかけた。

「この色男、ご感想はどうですか?」

「春姉ちゃん、演技が上手いね……」

「昨日は、演技ではなかったのよ。絶対内緒よ」

春美はとリョウに耳打ちし、つねった。

「痛いよ……」

「痛かったのは私よ。体がびっくりして、生理になっちゃったの。予定より二日早くね……シーちゃん、今日はゆっくりしていきなさいよ。ちょっと、話があるの」

と春美が言っているところに、伯父と伯母が夕食を食べにきた。

春美は食堂にいき、また、ご飯の仕度をした。文兄が居間に来て、

「俺がまた店番だとさ。アルバイト料をもらわないといけないいな」と言って、居間から出ていった。

しばらくして伯父は店にいき、伯母は寝室に上がった。

春美は、居間にまた戻ってきて、リョウに話しかけた。

「シーちゃん、来週の木曜日、出かけようか? 今、食堂で、お父さんとお母さんの了解取ってきたの……。

湯本まで出かけようよ。一泊で……」

「えーっ、そんなことして大丈夫なの?」

「高校のときの友達の美舞と、湯本に行って遊んでくると言ったら許してくれたわ。美舞には、口裏合わせを頼んであるの。そしたら、日曜日シーちゃんに会わせろと言われたわ。木曜の昼頃ここを出て、一泊しよう。シー

ちゃんの予定はどうなの？」

「僕は、毎日空いているからいいけど……。春姉ちゃん、大丈夫？」

「シーちゃんが私を女にしちゃったのだから、責任とってもらわないとね。もう一度、シーちゃんと思いっきり愛し合ってみたい。一生の思い出になるように」

リョウは「うん」と言いつつも、心の中で「走り出した電車が止まらなくなったら、きっと、どこかにぶつかって死人が出るような気がする。こんなことをしていていいのか……。神様がくれたもののなら仕方ないが、果たして神様がこの世にいるのかどうかも分からない。もし、偶然に手に入れたものなら、少しは言い訳ができそうな気がする……」と思った。

「少し、危険な賭けのような気がするけど、僕たちそれでいいの？」

「先のことは、分からないでしょ？」

「ポーカーをやろう。一回きりだけ。それで、春姉ちゃんが勝ったら、言われたとおりに湯本に行く。かかった費用の半分は僕が払い、旅館で一時間くらい春姉ちゃんの肩もみをしてあるよ。僕が勝ったら、また新宿で春姉ちゃんに服を買ってもらう」

「でも、変な話ね。シーちゃん行きたくないの？」

「そうではないよ。なんか、僕は偶然の力を借りてみたいんだ。それだけだ……」

「仕方ないわね……。では、賭けね。シーちゃんやっぱりウチの血筋を引いているわね」と春美は言いながら、トランプを出してきた。

「私が親でいいでしょ？　一回きりの勝負ね」と春美は言いながら、トランプを配った。

配られた最初のカードを手にすると、もう既に連続した数字があった。

リョウは、心の中で「これでは僕の勝ちだ。神様は、湯本に行くなと言っているのかもしれない……。でも、これでは春姉ちゃんがあまりに可哀そうだな……」と考えていた。

『どうするの？　カード、交換するの？」と不機嫌に言った。

通常なら、交換する必要はなかったが、バラバラのカード二枚を手に残し、三枚を交換した。

春美は、最初の自分の手を見て悲しそうな表情をし、三枚を交換した。

春美の表情はこわばっていた。「オープンよ」と目をつむりながらカードを差し出した。

リョウもカードを差し出し「ああーっ、春姉ちゃんの勝ちだ。お互いにワンペアだけど、僕は三のワンペアで、春姉ちゃんはキングのだ」

春美は「ええーっ……」と言い、目を開いた。

「ああ、ビックリ。私負けたかと思ってしまった。これが神様の宣告ね。約束どおり行ってね」

「うん、分かった……、行くよ。今日は、もう、そろそろ帰るね」

「明日も来てね。細かいスケジュールの紙を渡すからね……」


(五月十日 金曜日)

リョウは、いつもより遅れて、伯父の家に夕食に出かけた。

春美は伯母と話をしていていた。湯本行きの件について説明をしていて、お金ももらっていた。

「いいんだよ。学校を出てからずっと、正式な給料もあげないできてしまったからね。独身の間は、少しはいろいろなことを楽しんでおいで。お前も、姉さんたちと同じように、早くいい所にお嫁にいかないとね。皆、それで幸せになったのだから。成人したんだし、そろそろいい人を紹介してくれるように、人に頼んでおかないといけないね」

「お母さん、今時お見合いなんかで結婚する人いないよ。いいよ、自分でも探せるから」

「そうは言っても、お前は家で仕事ばかりだし、なかなか機会がないだろう？　高校も女子高だったし……。姉さんは一回のお見合いで、一番良い結婚をしたのは間違いないよ」

「わかった。お母さん、もう言わなくていい」

「そうか、もうお店にいくからね。リョウは、ご飯食べておいき。春美、仕度してあげなさい」

「春姉ちゃん、お見合いするんだね？」

「しないわよ……。お姉ちゃんたちのように私はしないわ。ひどい話だわ。はい、これが来週の木曜のスケジュールよ。一度、新宿まで出るのよ。座席指定だから時間にそこで待ち合わせよう」

春美はそう言って、リョウに紙を渡した。

「楽しみだな、僕は、中学以来箱根には行っていないんだ。でも、あれ持っていくでしょ？」

「あれって、何？」

「男性の避妊具……」

「馬鹿ね、恥ずかしいよ。私は買えないから、シーちゃんに任せるわ」

「分かった。明日は、学校の友達がアパートに来ることになっているから、ここに来られないよ」

「そう、でも日曜の夜は食事に来てね。美舞がアリバイのために、ここに来ることになっているの。しつこくツッコミ入れられて、ぜひ会ってみたいって言うのよ……」

「分かった。夜には来るよ」


（五月十一日 土曜日）

リョウは遅く目を覚ましたが、疲れが残っていて、茉莉とのことが気がかりで、不安だった。

昼食は、コンビニでサンドイッチや飲み物をたくさん買い込み、部屋で食べた。

茉莉が来るまでが永く感じられた。「まさか、春美とデートをしているところを見られたのか……」と思ったりもした。夜の九時を少し過ぎて、玄関のドアを叩く音がした。リョウは、ドアを開け、茉莉を迎え入れたが、茉莉は黙って部屋に直行してソファーに座った。

手には、旅行用のバッグを持っていたが、床に置いて、一呼吸した。

「悪いけど、ウィスキー頂いていい？」

リョウは、グラスと氷、ミネラルウォーターとウィスキーをテーブルの上に置き、茉莉の横に座って水割りを作った。茉莉の表情はこわばっていた。

茉莉は、ウィスキーを一気に飲み干して、怒っているように言った。

「リョウ、あなた嘘を付いていたわね……」

「えっ、どういうこと？」

「あなた、まだ高校生じゃない……。それもまだ二年になったばかりじゃないの。浪人中で、二十歳というのは嘘だったのね」と茉莉は強い調子で言った。

「水曜日、先生の所にいったら、あなたの話題が先生から出たのよ。あなたは、小学校のときから先生の所に習いにいっていて、勉強も優秀だったって……。先生は『松井君は、もう中学からはここに来なくて、つい最近になって大人の部でまた来るようになった。確か、中高一貫の有名な進学校に通っているはずだよ。今は、二年生だと思うよ』と言ったのよ。私、ショックだったわ。リョウに嘘を付かれたこととあなたが高校二年だったということが……。あなた、本当は何歳なの？」

「ごめんね、十七になったばかりだ。本当の歳を言ったら、付き合ってくれないと思ったんだ。僕が悪いんだ。

茉莉はもう僕とは付き合いたくないでしょ？」

「そんなこと、言っているわけじゃないわよ」

茉莉は怒って、もう一杯ウィスキーを自分で作り、また飲み干して、うずくまった。

「あなたから離れられるわけないじゃないの……。私ね、リョウと付き合っていることを家族に言ってしまったの。そうしたら、お母さんが『一度、家に連れていらっしゃい』と言うので、その段取りもしてしまったのよ……。今さら、あなたを高校二年だなんて紹介できないわ。私もリョウも、嘘をつき通すしかないわね。私も、ここ二、三日いろいろ考えたけど、リョウとはこの先も付き合って、一緒になってもいいと覚悟したのよ」と涙をこぼした。茉莉の声は、喉の奥底から振り絞るように発せられた。

「重たいモノを背負ってしまったようにも思うけど、あなたが大学を出るまであと六年かかるのよ。本当のことを言ったら、私の両親は賛成しないわ。でも、孤立してでも、リョウと一緒になる」

茉莉はソファーに座り直して、リョウを見つめた。その目は、真っ赤に泣きはらしていた。

沈黙の後、リョウが口を開いた。

「僕は、茉莉への思いを大切にする。僕が女性と付き合ったのは、茉莉が初めてなんだ。でも、それは偶然のキッカケだった。茉莉の方から電車の中で声をかけてくれなかったら、僕の方から何かを言う勇気がなかったんだ。僕はダメな男なんだ。高一の終わりから挫折して、四月に学校に出始めたんだけど、わずか一ヶ月半のブランクを背負っただけでついてゆけなくて、ノイローゼみたいになったんだ……。それで、学校には休学届を出して、四月の下旬にこのアパートに来た。生まれて初めて家を出たんだ。自分の中で言い表せないくらい変化があって、環境を変えてみたいと思ったのだけど、未だにだらしのない生活はご覧のとおりなんだ。今の僕には、大きな壁が立ち塞がっていて、本当は窒息しそうなんだ。たまに、死んでしまいたいと思うこともあった。今の僕はレールの上を外れてしまった電車のようだ。情けない。僕は結果として、背伸びをした形になってしまった。こんな僕に付き合ってもらって申し訳ない。ハッキリ言えるのは、こんな僕と付き合ったら、茉莉の人生が傷つくということだ。こういう日が来るのではと不安は消えないでいた。茉莉のためには、僕はいない方がいいと思うんだ」

「リョウは、私のこと好きではないの？」

「茉莉と出会えて幸せだったよ。茉莉とは体もつながったし、僕にとって茉莉は初めての女性だった。体だけではなくて、心もつながった。見つめる世界も、僕と同じようだった。短い間だったけど、茉莉は僕にとって神様がくれた贈り物のように感じていた。好きでないと言ったら嘘になる」

「そう……、それなら私、リョウの全てを許して受け入れる。だって、私、リョウに恋してしまったから、離れたくない。今、現実を見つめて考えようよ。リョウは私より四歳年下で、高校生だという状態だけじゃない。私たちに未来がないわけではないのよ。お互いにまだ若いけど、頑張ればやり抜くことはできると思うの。だから、せっかくの出会いを大切にしようよ……」

「ありがとう、茉莉からそう言ってもらえたことはとてもうれしい。僕は、鬱も引きずっているし、挫折の出口も見えない。おそらく、親たちも絶対に認めないと思う。それでもいいの？」

「そうね、それが現実ね。でも私、不可能なことに挑戦するのが好きなの。私、リョウに対して逃れられない魅力を感じたの……。最初は、リョウがスーツを着てネクタイをしめていたから大人に見えた。すごくカッコ良く見えて、でも頼りなさそうで、なんか自分が燃えちゃったのよ……。でも今は、外見だけでなくてあなたの心に惹かれているし、男としても惹かれている。本当よ……。だから、秘密の愛でもいい。周りを欺きながらでも付き合いたいの」

「僕は、茉莉の気持ちに従いたい……。でも、それは僕の意志でもある。秘密の付き合いはどうやっていくのか、一緒になって考えるということなのだね？」

「そうよ、それでいいのよ」

その夜、二人は長い話をしていた。

「あら、もう十一時だわ……。遅いけど、夕食、ここで一緒に食べようよ。私、本当を言うと、高校の時のクラス会旅行に出ていたの。今日から一泊で湯本に行っていたのよ。でも、出された夕食食べないで、パックに詰めて六時に旅館を出てきたの。だから、今日は家には帰らないわ。ここに泊めてもらってもいいでしょう?」

茉莉は料理を電子レンジにかけ、食事の用意をした。二人ともお腹が空いていて、話が止んだ。

リョウにとってはショックな一日だった。リョウは、食べながら、ボーっと考えた。五月の連休から、二人の女性との付き合いが波のように襲ってきた。

リョウは「何という変化なのだろう……。春美とも秘密の愛で、茉莉とも秘密の愛になった。二人とも年上なのに、処女をくれた。自分自身も初めての激しい女性体験をした。しかも、両方とも先が見えないまま続いていきそうな状況にあった。結果として、欲望にまみれた生活に走っている……。何か、天罰でも下されそうな予感がしてならない……」と思った。

茉莉は、ウィスキーを飲みながら食事をして、やっと穏やかな顔になった。

「一週間後の日曜日、私の家に来てほしいの。だって、リョウと付き合っていることを話してしまったもの。紹介しないのは不自然でしょ？　リョウは、二十歳の浪人生で押し通すのよ。二浪ということになるけど、リョウの高校で二浪はちょっと不自然ね……。リョウは、受験の時期に病気をしたことにしなさい。嘘の上塗りになるけど、最初の受験は芸大の建築科を受けて失敗し、東大受験に切り替えたら受験日に風邪をひいて、高熱が出て受けられなかったと」

「その話は、少しハードルが高すぎると思う。僕は今留年中で、どっちみち大学を受けられるのは、三年近く先のことになるよ……」

「うーん、困ったわね……。ただ、浪人生とだけ、取りあえず言うしかないのかしらね……。私は、あと二年したら卒業して、学校の先生にでもなるわ。リョウを養っていかなければならないことは覚悟をしている。それから先はまた考えましょう」

しかし、リョウの挫折感は計り知れなかった。

「僕が、もっと楽な高校にいっていれば、こんなに苦労しなくても大学にいけるかもしれないけど、自分の人生で大学だけが選択肢ではないように、この頃思えてきた……。茉莉と一緒になれるまでには、永い道程を経なければならないね……。でも、もう嘘は付きたくない」

「リョウは、とても不思議な人ね。ピュアなところは半端ではないけど、放っておけない危うさもあり過ぎるの……。でも私たち、お互いに親からお金をもらって暮らしをしている身分よ。親から認めてもらえないと生きていけないわ。まだ、当分ね。だから、取りあえずは若干の嘘も必要なのよ。私の家では、書道とか音楽とかの趣味の話に仕向けるようにする」

「重いね……、事故とか病気とかの説明の方が気が楽だな。学校の話をされることが一番辛い。僕が茉莉の家に行く目的は、僕がまともな人間かどうか判定されることだね？」

「そうね……、あなたが真面目で賢い人間だということを見せるためよ。一日だけよ、頑張ってよ。リョウのことは私が理解しているから、私を助けると思って、上手くやってほしいわ」

「茉莉は今日家に帰ることはできないんだね。僕はいつもロフトで寝ているのだけどどうする？」

「あら、どんなロフトかしら……。見てもいい？」

「はしごを上がって、カーテンの中がロフトだよ」

そこは四畳ほどの広さで、高さが一メートル四十センチくらいの狭い空間だった。

「二人で体を寄せ合えば十分眠れるわ。落ち着いているねぐらね、リョウも来なさいよ」

「パジャマに着替えていくよ」とリョウが言うと、茉莉は「私のバッグを持ってきてくれる？」と言い、ロフトの中で服を脱ぎ始めた。

梯子を上がってロフトに入ると、茉莉は毛布を被り横になっていた。

リョウは、毛布を少しはぐり、体を入れた。そのとき見えた茉莉の姿は紫の下着だった。

「ふ、ふ、ふっ……。あなた、パジャマを脱ぎなさいよ。まあ、何これ。こんな男性用のパンツってあるの？ちょっとよく見せてよ」

茉莉は、閉じていたカーテンを少し開けて、光を入れ、かろうじて男性自身だけを包んでいるナイロンの布を手で触った。

「まあ、エロティックね、お尻がはみ出ているじゃないの、でも、リョウのお尻はカッコいいのね」

「茉莉だって、怪しげな下着だよ」

「そうよ、刺激された？」

「うん、茉莉は体の大きさの割には胸やお尻が大きいね……。それなのに、あそこはとても狭いんだね……。渋谷のホテルで抱き合ったときは、本当に処女だったの？」

「そうよ。なぜ、そんなこと聞くの？」

「だって、茉莉の方が積極的だから、いろいろな経験があったのかと思って……」

「あのときは、本当に緊張した。あのときはまだ本当の快感をゲットはできていなかったと思うの……。だから、もう一度すれば、感じたことのない世界にいけると思って……。リョウは若葉のように新鮮な体よ。瑞々しい皮膚がとてもいい感じ……。こうやって、触れ合っているだけで、幸せな気持ちになる。そうだ、ちょっと待っていて、香水付けるわ」

「どう？　嗅いでみて……」

「良い香りだ。気が遠くなりそうだ……」とリョウは、茉莉の体に口を這わせた。太腿からも良い香りがした。長いディープキスをし、一番敏感な部分を集中的に刺激した。

茉莉は、腰をよじりながら、切ない声を上げ「抱いて……」と言った。

「まだ、ダメ……」

「ああ、我慢できない……あぁーっ、リョウは、私のモノよ。誰にも渡さない」

二人は、これまでにない激しいキスをし合った。

その後、お互いに酸欠になりそうなほど、呼吸が荒くなり、茉莉の手がリョウのパンツの上からさすった。

薄いナイロンのような生地は刺激的だった。

また、狭い空間が、二人のむつみごとの異様な刺激となった。

茉莉は、リョウの上からピッタリ体を重ねた。

「ああ、幸せ。リョウと抱き合えて……私、だって、どうにもならないもの」

「感じるよ……。でも、避妊具を着けた方がいいでしょ？」

「いいのよ。大丈夫、安全な日だから……リョウ、我慢しないで、出してもいいのよ」

「嫌だ……、茉莉がイクまで頑張る」

「ああーっ、体が熱くなってきた……」

茉莉の体が硬直して、動きが止まった。つながっている部分が絡みつくように動いた。

そのまま、茉莉の体がリョウに覆いかぶさった。

荒い呼吸のまま、リョウに体を密着させ、頬を付けた。

しばらく、沈黙があり、茉莉が「このまま、じっとしていたい。幸せだわ……」とリョウの耳元で囁いた。

一分くらいそうしていてから、茉莉はリョウを体から抜いて、隣に仰向けになった。

二人とも次第に呼吸が整い、茉莉が「ごめんね……、こんなことになってしまって」と言いながら、リョウの体を手でさすった。

いつしか、二人は心地良い疲労感の中で、眠りに落ちた。

(五月十二日 日曜日)

ロフトには小さい窓が付いていた。五時ごろ、外は明るくなり始め、リョウは目を覚まし、ロフトから降りた。シャワーを浴び、トイレを済ませた。裸のままだった。冷蔵庫から牛乳を取り出し、ゴクゴク飲んだ。そうしているところに、茉莉がロフトの階段を下りてきた。

「私にも、少しちょうだい」と言い、同じコップで牛乳を飲んだ。

リョウは、飲んでいる茉莉の胸の膨らみを手で掴んだ。

「ロフトにいて、私、トイレとシャワーを済ませたら、ロフトにいくわ」と言い、飲み終わったコップを持ちながら、リョウにキスをした。

リョウは毛布を被り、静かに何も考えずにいた。自分の運命を受け止めるだけでいいと思った。

茉莉は思ったよりも早く戻ってきた。二人は、また、裸のまま抱き合った。射精していなかったリョウには、まだ、体の中に火種が残っていた。

茉莉は「好きよ。今度は、あなたが上になってして……」と言った。

リョウは、能動的に動いてキスをし、ゆっくりと茉莉の体への愛撫を続けた。

二度目の愛の行為は、リョウが上から覆い被さった。

リョウが感じるのと同時に、茉莉も感じていた。お互いに声を上げた。

「今度はあなた、出してね……。奥に思い切り……」と言う。

「こんなどうしようもない男のでもいいの?」

「いい、ああ、子供ができてもいい……。一緒になりたい……」

数時間前の行為よりもさらに激しく、茉莉は叫んだが、リョウは止めなかった。一瞬、茉莉の中が火山の噴火のようになってはいたが、リョウは激しい動きを加速した。

そのことで、リョウ自身も昇り詰め、茉莉の中に放出した。

リョウは、荒い呼吸の中で、満足感と虚しさが同居していた。

茉莉は、気を失っているように動かなかった。

「これが、人間なんだろうか……」とリョウは思いつつも、茉莉を満足させたことで達成感も感じていた。「同罪だ……」とも思った。

二人は、仰向けに寝て毛布を被り、何とも言えないアンニュイな時が流れた。

茉莉は、失神していて動かなかったが、微かな息と心臓の鼓動があった。

リョウは「これは決して誇れることではない」と感じていた。「挫折した状態は、全く変わらず、むしろ学校とは違う方向に走っている」

その現実を考えると恐怖と虚しさが心の中に広がった。「まるで崖から落ちていくようだ」と思った。

「皆が、特に大人になった人間は皆がしていることだ。でも、僕には先にやるべきことがあり、このままだと失格になってしまう。社会って何だろう……。自分で責任を取ることかな？　どんな方向に向いて生活しても、自分自身で処理ができればいい。でも、今はそうなっていない。家から全ての支援を受けている立場だ。偉そうなことは、何一つ言えない立場にあるんだ……」

リョウは、そう思いながら、ようやく自分を客観的に見つめ、社会のことを見つめてみた。あまりに領域の狭い、不確かな自分の世界を噛みしめた。

行為の後の疲労感の中で、自分のありさまに情けないとも思った。悲しみが心から湧き上がってきて、自分を責める気持ちだけが残った。でも、健康な男性なら、働いていようがいまいが、年頃になれば、自慰もし、夢精だってある。それは、自分の意志と関らず、存在する。女性だってそうなのかもしれない。相手が受け入れれば、茉莉や春美とのような愛の交わりも存在する。

しかし、自分が恥ずかしい。説明がつかないけれど、そう感じる。素直な気持ちでそうしたとしても、本当は、自分にそういう資格なんかないのかもしれない。たとえ春美や茉莉が自分を愛していてくれたとしても……。結果を考えると、そこはかとない哀しさが襲ってくる。しかし、求められたらまたするだろう。いや、自分の方から求めるかもしれない。

見者としてのランボーは、僕とたいして変わらない年齢で、社会や人間の本質を見抜ききって、その中を漂流し、詩を書きあげた。それは彼にしかできない才能だからとも言えるだろう。砂漠の商人になったことさえも、他の人ができそうでできないことだ。

僕だって、今抱えている状況を学校生活と両立できたかもしれないのに、一度切れてしまったゴム紐がもう元に戻らないのと一緒で、ただ迷うばかりの状況になっている。どうして、こんな試練を与えられるのか？いや、試練と言えば聞こえはいいが、ただの挫折だ。人の役には何もなっていない挫折だ。笑われるだけの状況だ……。

リョウは、茉莉が死んだようにぐっすりと寝ている間、寂寥（せきりょう）感に襲われ、自分を責めた。

しかし、やがて睡魔がやってきた。

目を覚ますと、もう昼を過ぎているようだった。日曜の午後だ。

隣に、茉莉はいなかった。ロフトを降りると、茉莉が台所で、食事を作っていた。

「あら、起きたのね。食事、作っておいたわ。一緒に食べよう。食べたら、私は家に帰る。行っているはずの湯本から帰ってくる時間だもの」

リョウは少し頭が重かった。しかし、茉莉に帰ると言われ、ホッとした気持ちにもなった。

「水曜は、六時にこのアパートに来るわ。書道は土曜だけ行くことにした」

「そう、僕もそうしなければいけないということだね……」

「そうよ。私たちは、決めた方向に行くの。今度の日曜日は私の家に来てね。とにかく二十歳を押し通すのよ。家は、井の頭線の駒場東大前駅から歩いた方が近いわ。下北沢寄りの改札にいて、十一時に迎えに行くわ。そして、お母様と姉と一緒にお昼ご飯を食べることになっているの。お父様は仕事で出かけているの。あなた、お父様と会うのは怖いでしょ？」

茉莉は、はっきりした口調で言った。

「分かった。では、水曜にまた、このアパートで待っている。茉莉も勉強頑張ってね」

リョウはドア越しに茉莉を見送った。食事の後片づけをし、伯父の家に行く準備をした。窓を開けて空気を入れ替え、誰が来てもいいように、散らかった物も片付けた。

それから、書棚から、太宰治の本を取り出し「斜陽」という作品を読み始めた。

気持ちが作品にのめり込んでいった。なぜか自分と重なる部分もあった。

読む途中に「札が付いていない不良が怖いんです」という言葉が出てきた。

この言葉にリョウの気持ちが反応しないわけがなかった。終戦後、落ちぶれてゆく貴族階級に灯る人間性と一瞬の美学が描かれていて、心を揺るがせた。太宰の滅びの美学は、リョウに衝撃だった。

読み終わると、もう七時近かった。慌てて、窓のカーテンを閉め、アパートを出た。

暗くなりかけた道すがら、リョウは、ボーッと「斜陽」を思い出していた。そこには、教わったわけでもなく、自然に自分の中で湧き出てくる世界でもあった。

「斜陽」は妖艶な小説でもあった。主人公は自堕落な世界に舵を切っていくが、母や姉に対する甘えが存在していることも、ハッキリ読み取れた。

一方、母や姉も何かに甘えているようで、それ故に滅びていく世界のような気がした。

リョウが、伯父の家に着き、居間に入ると、初めて出会う女性がソファーに座っていた。

その女性は「今晩は、松井良さんね？」とリョウに話しかけてきた。

「私、松原美舞と言います。春美とは高校の同級生なの……」と言っているところに、春美や伯父、伯母が食堂から居間に入ってきた。

「あら、もう自己紹介してしまったのね、美舞は。『シーちゃん』は私の従弟よ」

「僕はリョウと言いますが、ここでは『シーちゃん』と呼ばれているんです」

「さすが春美の従弟ね。いい男だわ。そうそう春美、木曜の湯本は楽しみだわ。ロマンスカーのチケット買ってあるの。これはあなたの分よ。新宿で電車に乗り込んで待っていて……」

美舞は春美にチケットを袋ごと渡した。

伯父と伯母は「春美をよろしくお願いします。私たち、お店があるので失礼するけど、ゆっくりしていってくださいね」と言い、居間から店に向かった。

食堂ではまだ祖父が食事をしていた。

「美舞、私まだ食事の後片付けがあるから、シーちゃんと話でもしていてね」

リョウは、何を話していいのか分からず、自分からは黙っていた。

「あなた、優秀な学校に通っているんですってね。私は、昼間は服飾の専門学校に通っているの。夜は、アルバイトよ。学費や生活費を稼がなくてはならないもの。あなたは勉強ばかり？」

リョウは、学校のことを聞かれることが嫌だったが、仕方なく答えた。

「ええ、まあ……。美舞さんは夜働いているんですか？　忙しいですね」

「そうよ、でも、私のアルバイトは収入が良いのよ。ここのお店で働いているの。今度来てみない？」

美舞は名刺をリョウに差し出した。

「これ、頂いていいんですか？」

リョウは、名刺を見て、びっくりした。お店は銀座のクラブのようだった。

「どうぞ、もらってください。今度お店でお会いしたいわ。来るときは電話してください。裏にプライベートの番号を書いておいたから、そこにかけてね」

リョウは、美舞の色気に圧倒された。今まで見てきた女性とは別次元のオーラを備えていた。

「本当は、未成年者がお店に入ることはできないけど、二十歳と言い通してくれればいいのよ。高いお店だけど、一度だけ私の付けでいいわ。でもあなたなら、ホストクラブでも通用しそうね」

リョウは、びっくりしたまま言葉が出なかった。

しばらくして、祖父は寝室に行き、春美が戻ってきた。

「美舞、シーちゃんを誘惑してはダメよ。叔母さんから預かっている大切な人なんだから」

「誘惑はしていないわよ。今度の一件、私が上手くやってあげたことを忘れないでね。春美が誰と行くかは尋ねないけど……」

「美舞、友達でしょう？　私もあなたを助けたこともあるし、今度は私を助けてよ。お願いだから」

「わかったわ。もう、それ以上は言わないで……。渡した袋に、往復二人分のチケットが入っているわよ。後で確かめてね」

「美舞、どうもありがとう」

「今日の役目はもう済んだし、私、もう帰っていいかしら？」

春美は、美舞を送ってから居間に戻ってリョウに言った。

「シーちゃん、美舞には気をつけてね。彼女にはたくさんの男が寄ってくるの。シーちゃんなんかすぐ餌食になってしまうわよ。だから、誘われても行ってはダメよ」

「僕は、近づかないよ。世界が違うもの……。誘われても行くことはしない」

いつしか、リョウは、周りに嘘を付かないとやっていけない世界に入り込んでいた。

リョウは、食堂で春美と食事をした。あまり、食欲が湧かず、お茶漬けを一杯食べた。

「シーちゃん、今日は、疲れている表情よ。早く帰って休みなさい。木曜日までに元気を付けておいてね。楽しみにしているからね」

「そうだね……、そうする。本を読み過ぎて少し疲れたみたいだ」


リョウは、伯父の家を出て、気分転換にコーヒーショップに寄った。飲み物を買って、奥のルームに行くと、そこに、美舞がいた。

「あら、リョウちゃん、偶然ね」

美舞はリョウの隣に移動して座った
「あなた、煙草吸うのね。本当は不良なのかしら？」

「つい最近、吸うようになったんです。美舞さんは何月生まれですか？」

「十月よ」

「では、未だ十九歳なんですね。春姉ちゃんは、最近、二十歳になったばかりですけど……」

「そうよ、それがどうかしたの？　堅苦しいことは言わないでちょうだい。私には何でもありよ」

「えっ、それどういう意味ですか？」

「あなた、世の中の裏の世界、知らないでしょう？　私は今の仕事を始めてまだ一年ちょっとだけど、それでもだいぶ鍛えられたのよ。私が働いている店には、さまざまなお金持ちがやってくるの。中にはまともでない人たちもいるのよ……。すごい世界なのよ」

リョウは「そうですか」と言うのがやっとだった。耳にはピアス、腕には金のブレスレット、そしてプラチナの高そうなネックレスを付けて、大人の色気に満ちた美舞に圧倒された。

「身持ちの堅いあの春美が、お忍びの宿を取って私にアリバイを申し出るなんて、想像してなかったわ。私と春美は性格が真逆だと思っていたけど、ほんとうはそうではないのかも……。春美の家は資産家だし、お姉さんはお金持ちと家庭を持って幸せそうだわ。でも、私は家が貧しかったの。長女の私は、高校に通わせてもらうだけでやっとだった。だから、春美に対しての妬みみたいな感情が私の心の奥にはあるんだわ。仲は良かったけどね」

「美舞さんは、将来に何か夢みたいなもの、持っているんですか？」

「夢？　私は貧乏から脱出したいの。服飾の学校に通っているのもそのためだし、お金持ちの男性を見つけてパトロンになってもらうの。もう、既にいるけどね。もっとお金持ちの男性を見つけて、お店を出したいの。服飾のデザイナーとして……。私が、銀座のクラブで働くのはそのためよ」

「すごく意欲的で羨ましいですね……。正直、自分が情けないです」

「あら、春美からは、あなたは優秀で、良いところのお坊ちゃんだって聞いていたから、私とは遠い世界の人だと思っていたわ。私は、欲望が強くて、見栄っ張りな人間よ。でも、それは外に出さないようにしているの。だって、それでは男は寄ってこないでしょ？　無垢で、可愛い女を演じるのよ。それが私の仕事なの。ところで、春美のお相手は、まさか、あなたではないわよね？」

「それはあり得ないです。僕は十七歳で、しかも従姉弟同士で、そんなことをするわけないですよ」

美舞は安心したように「そうよね、そんなことをするわけないわよね？　でも、あなたと春美は、スリムなところや鼻が高いところなど、よく似ているわね。従姉というより、本当の姉弟みたいに見えるわ。そうだ、明日の夜、私の家に遊びに来ない？　お店は日、月と祝日はお休みなのよ。昼間は学校があるから、夜の六時以降なら空いているわ」と自分の手帳を一ページ破り、住所と地図を書いて渡してよこした。

「私はね、昼間は駿河台の学校で、夜は銀座なの。両方に近い所って、この辺が一番なのよ。お店が終わるのは、夜の一時過ぎ、それからタクシーで帰るのよ、毎日……。あなた、明日、六時に神保町に来てよ。駅に着いたら、スマホに電話してね。ねっ、遊びにいらっしゃいよ」

美舞はそう言ってコーヒーショップを出て行った。リョウはしばらく煙草を吸いながら、渡された紙を眺めた。

アパートに戻ると、茉莉と交わった疲れが襲ってきた。ソファーに座ったまま眠り込んでいた。

（五月十三日　月曜日）

また本が読みたくなり、書棚から夏目漱石を取り出して読みだした。『こころ』という作品だった。

リョウは、推理小説や時代小説などは好まなかった。

『こころ』を読み始めて、また、昨日のように作品に引き込まれた。裏切りと自殺という展開に、人間の心の奥にある醜さと純粋さの両極端な部分が見えた。体が震えるような驚愕を覚えた。作品の主人公は、リョウ自身にも重なるような気がした。

アパートに来てから、リョウの周りに複数の女性が関わるようになった。『こころ』という作品を通じて、現実にリョウが抱えた、秘密と裏切りを告発されているような気がした。

リョウは、読み終えて、しばらく動くことができなかった。しかし、時計を見ると、もう五時近かった。深呼吸して立ち上がり、軽装のままアパートを出て、駅に向かった。

無意識に近いような行動だった。自然と体が、美舞のいる神保町に向かっていた。

六時近くに、地下鉄の神保町駅に着き、教えられた番号に電話を掛けた。

美舞はすぐに出て、うれしそうな声で、神保町の大きな書店の入り口にいるよう指示をしてきた。リョウは、中学時代から、神保町の書店街をよく知っていた。

十分ほど待つと、美舞が現れた。簡素な黒いワンピースを着ていた美舞は、微笑んで言った。

「来てくれてありがとう。どこかで、夕食をしようよ。私、家で料理をしたことがないの」

とリョウを老舗のレストランに案内した。

「春美には、私があなたと会っているなんて言えないわよね。そこは、賢く立ち回ってね。お互い秘密にしないと困るから……。あなた、これから私のマンションに来てよ、ねっ。毎日働き詰めで、たまにはお客さん以外の人とも話をしたいのよ。クラブのお客さんは、四十代から七十代くらいまでのスケベなオッサンばかりで、疲れるの。私は、年下の男の子とはつき合ったことがないの……。迷惑なようにはしないから、いいでしょう？私はね、この一年余りで、普通のサラリーマンやお堅い学生さんが知り得ない世界を知ってしまったわ。マンションで、いろいろ話してあげる」

二人は、店を出てマンションまでの道すがら、少し話をした。

「あなた、ストーカーはしないわよね……。されたら、困るから」

「するわけないですよ。そういうことは、一度も思ったこともないし、したこともないです」

リョウは、十分ほど歩いて、マンション五階の美舞の部屋に通された。そこは、広いリビングとダイニングが一体になっていて、その他に寝室があるようだった。

美舞は「ソファーに座っていて。今、コーヒーでも入れてくるから」と言ってキッチンに行き、コーヒーをお盆に乗せて、すぐに帰ってきた。

「ここはね、パパの持ち物なのよ。私は、パパの契約愛人なの。男の人を入れたのは、パパ以外はいないのよ。もしバレたら、どういう目に逢うか分からない。だから、絶対に秘密は守ってね」

「分かった。僕だって殺されるかもしれないんですね？」

「そういうことが起きるかも……。どっちにしても私は危ない橋を渡っているの」

「銀座のクラブでは、どういう感じで仕事をされているんですか？」

「ほとんどお客さんの話を聞いているだけね。挨拶だけはちゃんとして、あとは頷いているだけよ。お客さんが使うお金は、少なくても万単位ね。そうなるように、私たちがいろいろねだるのよ。その辺の普通のアルバイトとは、比較にはならないお給料ね。服とか化粧品とか生活用品をいろいろ買っても、この一年で五百万円以上貯めたもの。でも、このマンションに掛かる経費は全てパパが払っているの」と美舞が、自分の生活実態を話し始めた。リョウは、聞き役に徹した。

「お店に来るお客さんの中には、お医者さんや弁護士さんや政治家の人たちもいるのよ。芸能人もたまに来るし、もちろん、会社のオエライさんたちもね。でも、話を聞いていると、だいたい自慢話か愚痴だけね。なぜかしらね、人間って……」

「危ない人たちも来るんですか？　例えば、ヤクザとか……」

「それは、ほとんどないわね。ママは四十になったばかりの看板の美人お姉さんだけど、その裏にはしっかりしたマネージャーがいるのよ」

「お客さんの相手って、疲れるんですか？」

「そうね、疲れるわ。いろいろな人がいるし、私たちは接待が仕事だもの。ストレスが溜まって、一度ホストクラブに行ったことがあるの。でも、あそこは怖い世界。一度で止めたわ。自分が壊れてしまうもの……。リョウちゃん、あなたならホストクラブで通用しそうだわ。今日は、タダで相手をしてもらってる感じかも……。私、あなたを買おうかしら……。時々、いい？」

「僕はそういうつもりはないです。好きになった人なら何でもしてあげられると思いますが」

その言葉に美舞は過剰反応した。

「何、それ、固いのね、あなた。びっくりだわ。それに、私を好きではないということなの？」

「そういう意味ではないですよ。失礼な言い方に聞こえたなら、ごめんなさい。昨日、初めてお会いしたばかりですし、まだそういう感情が湧かないだけです」

「ふーん、それって、私に魅力がないってことかしら……？」

「魅力はすごくありますよ、美舞さんは……。昨日から、頭がクラクラっとしてしまって、自分を抑えるのがやっとなんです。僕には強烈ですよ。でも、僕なんかでは相手にならないような気がします。違う世界の人のような気もしてしまって……」

「そう、そう言われたこと、ほとんどなかったわ。お店のお客さんは、ヨダレを垂らして、すり寄ってくる人ばかりだもの。あのね、教えてあげましょうか？　男性のお客さんは、エムの方が多いのよ。たまに、エムの女性が欲しいというエスのお客さんもいらっしゃるけど……。だから、私にはその気がなくても、エスを秘めた女性に磨きをかけたいと思うこともあるけど、ストレスでもあるの。一方で、私を壊してしまうような、エスの男性に出会いたいという気持ちもある……。あなたは、どっちのタイプ？」

「分かりません……、そんなこと考えたりしません……」

「あのね、男と女の関係は、追いかけられると逃げたくなるし、逃げれば追いかけたくなるのよ。人間って、そういう性質を持っているのよ。でも、最初のキッカケって、女性の方からはなかなか作りづらいものよ。偶然そうなるか、男性がそういうことに長けていないとね……。リョウちゃんって、よく分からない人だわ。真っすぐ伸びた竹のようだし、未だ青くて、でも瑞々しい若葉のようね。あなた、未だ、女知らないでしょう?」

と聞かれて、リョウは黙っていた。

「あなた、ミルクティーでも作ってきてあげましょうか? ちょっと待っていてね……」

美舞はキッチンに行き、ほどなく、温かいミルクティーが入ったカップと氷とウィスキーが入ったグラスを持ってきて「どうぞ飲んでね。お砂糖も入れてあるわ。ちょっと濃く入れたから、渋いかもしれないけど……」と言いながら、自分は、色の濃いウィスキーをゴクリと飲んだ。

「パパは今日帰って来ないの。出張だって言っていたから、泊まっていってもいいわよ」

リョウの気持ちは、繭の糸でグルグル巻きにされているようで、美舞だけが一方的に話をしていた。黙ってミルクティーを飲むだけだった。

「パパはね、本当はエムなの……」

リョウは「えっ?」と聞き返した。

「マゾなの……。ハイヒールの踵で顔を踏まれたりすることに喜びを感じるの。パパとは秘密のパーティーで出会ったの。そういうことをするパーティーがあるのよ。それから、うちのお店によく来るようになって、付き合いが始まったの。そのうち、私たちだけが秘密に会える場所が必要になって、パパがこのマンションを買ったのよ。」

美舞は話を続ける。

「パパは、一流大学卒のエリートで、大会社の役員さんで、高給取りなの。奥さんがいて、子供もいて……、私はただの愛人なの……。でも、私を捨てることはできないわ。私は、パパの急所を握っているから……。私を捨てたら、あの人の人生は破綻するわよ。パパはね、会社では部下に厳しいんですって……。よく、できない社員の愚痴を聞かされるわ。『俺は、頭が良いんだ。仕事で、俺の右に出る人間はいない』とかよく言っているけど、パパに怒鳴られている社員は、私の前で鞭打たれて恍惚としている姿、想像もできないでしょうね。それにパパは、デブでハゲで、五十代の醜いオッサンよ。そのパパは、私にヒールで踏まれ、『この豚野郎』と言われ、『私は醜い豚ちゃんですと、言ってごらん』と言われて、私から鞭で叩かれているの。それで『どうか許してください』と言いながら、恍惚とした表情を浮かべるの……。どう？　びっくりしたでしょ？　リョウちゃん……」

リョウは、言葉が出なかった。

「私は、そういう面を持っている反面、毎日ストレスが溜まっているの。欲望でギラギラしているお客を相手にし、昼間は真面目に学校に通って、睡眠時間も四時間くらいしか取れないの。お店のお客は、自分の自慢ばかり……。どうして人間って、そうなのかしらね？　そのくせ、下半身はだらしなくて、そういう人に限ってエム男なのよね……。私も、エム男ばかり相手にしていないで、たまには素敵なエス男に出会ってストレスを発散してみたいという欲望に駆られることがあるの……。リョウちゃん、あなたは淡白な人なのか、脂ぎった人なのか、エスの素質があるのか、全然わからない。でも、少なくてもお店に来る欲望とプライドに固まった人には見えないわ。なんか、不思議な初々しさがあって、少し影があって……。何か言ってよ。リョウちゃん」

リョウは「わかりません」としか言えなかった。

「私に魅力ないかしら？　どうなの？　今日は、あなたの好きにしていいのよ」

美舞は部屋の棚からお面を二つ持ってきて一つを自分が着け、もう一つをリョウに渡した。

「あなたもこのお面を着けてみて、人格が変わるのよ。私は、パーティーでこのお面を着けさせられたの。そして、二、三人の男性に犯されたの……。あなたもやってごらんなさい」

リョウは、急に気分が悪くなり「僕にはできません」と言ったきり、ふさぎ込んだ。

「薬が効いてきたのね。あなたが飲んだミルクティーにいろいろな薬を入れたの。あのパーティーに来るお客さんは、男性の欲望を増す薬を飲んでくるのよ。平均年齢が六十くらいの人たちだから……。リョウちゃんも燃えないはずはないのよ」と美舞は言いながら、美舞は着ている服を脱ぎ始めた。

美舞はエメラルドブルーのパンティーを付けただけの、エロスを凝縮した姿で迫った。

「僕は、気分が悪くて、横にならせてもらっていいですか?」と言うのがやっとだった。ソファーに横になり、意識が混濁し始め、やがて意識が遠のいてきた。どのくらい時間が経過したのか分からなくなっていて、目が覚めると、夜中のようだった。毛布を被せられ、美舞に服を全て脱がされ、体をピッタリ押し付けられて、体を抱かれていた。そして、キスをされていて、何をされていたのか見当がつかなかった。体の熱い美舞から全身を撫でられていた。

「体調がすぐれないので、もう、帰ってもいいですか……?」

美舞は「何を言うの、それでは私のプライドが丸つぶれよ。もう電車はないわよ。このまま私と抱き合う他、選択肢はないの」そう言わされている間に、リョウは再び意識が混濁し始めた。

(五月十四日 火曜日)

小一時間、眠りに落ちたようだった。再び目が覚めたとき、いくらか体調が楽になっていた。美舞からお水をもらって飲んだ。一呼吸おいて、気分が回復し始めた。

美舞は、自分が付けていた仮面をリョウに付けた。すると、リョウの意識が変わり始めた。

リョウは、元気を取り戻し、欲情し始め、感情も変わった。

「そうか……、そんなに欲しいのか」と言いながら、美舞の下着を脱がした。

それから美舞の体をうつ伏せにして、お尻を突き出させた。リョウは美舞の大切な部分を愛撫したが、入り口は狭かった。美舞は、恍惚の状態になり、激しく息をし始めた。

リョウは、変身した。

「どうしてお前はそんなにスケベなのだ。俺のあそこが欲しいのか?」

愛撫の速度を速めた。美舞の喘ぎ声が激しくなった。

「お前が悪いのだ。どうか入れてくださいと言え、でなければ俺は帰るぞ」

「帰っちゃ嫌……、どうかお願いします。リョウ様のホンモノを入れてください」

「私は醜い豚ちゃんです、だろう……。私を壊してくださいだろう……」

美舞はその言葉を繰り返した。美しい美舞が信じられない反応をした。

リョウがお尻を片手で何度も強く叩くと美舞は「はあ、はあ」と荒い息をしてた。

「そうか、覚悟はできているな……」

「ああーっ、大きい……」

リョウは、そのまま徐々に愛の交わりを始めた。美舞の声は相変わらず大きかった。

美舞は息をするのがやっとで、顔を歪め「もっと……」と言った。

「もっとしてくださいだろ……」

リョウは、指で美舞の敏感な部分を刺激した。美舞のけたたましい叫び声が響いた。

「ギャー、ダメーっ」

しばらく体を痙攣させた後、気絶したように声は止んだが、太腿に力が入って、小刻みに動いた。

リョウは動かすのは止めず、やがて美舞の中に放出した。

その後、沈黙が訪れた。意識を失ったのは美舞の方で、立場は逆転した。

美舞は気を失ったまま、ソファーに横になっていた。リョウは、美舞の体に毛布を掛け、そのままにして、一人用のソファーに座り、足を床に投げ出しながら、少し睡眠をとった。

気が付くと、外は明るくなってきていた。美舞は死んだように眠っていた。

リョウは、広告の紙の裏の白い所に、ボールペンで「さようなら」と書き、玄関の鍵を閉めないまま、表に出た。地下鉄の駅に行くと、もう電車は走っていた。空いている電車に乗った。

リョウは昼間、睡眠をとり、夕方、伯父の家に向かった。春美の料理を食べながら聞かれた。

「シーちゃん、疲れているみたいよ。明後日、大丈夫?」

「うん、大丈夫、木曜は予定通り必ず行くよ。最近、予備校に通いはじめたんだ。水曜と土、日は、ここでご飯食べられない。面倒見てもらってごめんね……」

食べ終わると、風呂に入った。体に沁みる湯だった。湯に浸かりながら、小さい声で「バカヤロー」と独り言を言った。いつの間にか、嘘と女に汚れた自分がいた。

風呂から出て、春美がロマンスカーのチケットを寄こした。午後二時、新宿発の乗車だった。

「今日は疲れているから、これで帰った方がいいわね」

リョウがアパートに戻ると、夜の九時を回っていた。

スマホに着信があった。美舞と茉莉から、何回かの電話とメールが来ていた。

美舞から「もう一度会ってください。お願いします」とあったが、リョウは返事をしなかった。

茉莉からのメールには「明日の水曜は、書道に行かないで、あなたのアパートに行きます。食べ物とウィスキーを買っておいていただけると幸いです」とあった。

リョウは、茉莉にメールで「わかりました。用意しておきます」返事をした。それから、ロフトに上がって爆睡した。

（五月十五日 水曜日）

昼過ぎ、リョウは目を覚まし、駅の近くの食堂に行って食事をした。

帰りは、少し歩いてドラッグストアに寄り、コンドームを買った。

その後、スーパーでウィスキーと煙草ワンカートンとすぐに食べられる総菜を買った。

アパートに戻ったリョウは、溜息をついた。女性との出会いで、変身していく自分に戸惑った。リョウは、女性に対する飢えはなくなっていたが、心の渇きだけが残った。

文兄の言う通りの方向に舵を切っていた。なぜか、伯父の家に行くようになってから、自分の中の血に潜んだ悪魔が、頭をもたげてきたように感じた。

リョウは、なぜか心を浄めたい気持ちになり、松尾芭蕉の本を取り出した。ふと開いたページが「行く春や鳥啼き魚の目は泪」という句だった。奥の細道を読み始め、没頭し始めた。日本海に出てきてから以後の句が、リョウの心に沁みた。旅の終わりに近くなって「浪の間や小貝にまじる萩の塵」という句には、ジンときた。寂しさと貝の中に在る小宇宙に、芭蕉は自分の人生を重ねたのだろうと思った。寂しさと波の音が聞こえてくるようだとリョウは思った。

「蛤のふたみにわかれ行く秋ぞ」という句は圧巻の締めくくりだった。普通、生きている蛤は閉じているものだが、貝は開き、中の身も二手に引き裂かれたものだったのだろう。

人の別れの切なさと、秋のそこはかとない寂しさがリョウの目に浮かんだ。そこに、虚飾も欲も捨て去った芭蕉の境地が伝わってきた。

そう思っているところに、茉莉がやってきた。

「お邪魔するわね」と言いながら、勝手に入ってきた。

「あら、勉強しているの？　ご迷惑だった？」

「学校の勉強ではないんだよ、いいんだ。スーパーで、すぐに食べられる総菜を買っておいた。鶏肉とカシューナッツ炒め、卵焼きなどとウィスキー、ミネラルウォーターと氷も買っておいたよ」

「ありがとう……。あら、芭蕉なんか読んでいるのね。私、学校で読まされたわ」

「僕は、芭蕉が大好きだ」

「そうね、とても純粋な世界ね」

茉莉は、食事をしながら、ウィスキーを飲み、くつろいだ。

「今日は遅くならないうちに帰らなければならないでしょ？」

「そうね、外泊は無理だわ。それ相応の理由がないとね。今日は、書道に行っていることになっているのよ。リョウのことは、家ではよく説明しているの。ホテルのことやあなたの家に泊まったことは秘密だけどね……。日曜は、皆あなたのことを待ち構えているの。でも、緊張しないでね。家には女性だけよ。皆で昼食をすることになっているの」

「わかった。家の人は、僕がどういう人間か心配しているのでしょ？」

「基本的には、そういうことよ。私は、これまで男性の人と付き合ったことないし、家に男性を招くのは初めてよ。私ね、『結婚を前提につき合いたい』って言ってあるのよ。家では、ビックリしているけど、結婚はまだ先のことね。リョウが来たときに、そういう話題にはならないと思うわ。

リョウ、一緒にシャワーを浴びよう……。洗いっこするの。その方が時間が節約できていいでしょう？　恥ずかしいから、シャワールームの電気を消して入ろう……」

二人はもう、そういう仲であることに、違和感はなかった。シャワールームのドアは半透明のガラスになっていて、そこから居間の灯りが少し差し込んだ。洗面所の電気を消し、茉莉は服を脱ぎ始めた。

「脱ぐところの方が恥ずかしいわね」と茉莉は言いながら、先にシャワールームに入った。

二人が入ると、ゆとりの空間はほとんどなかった。少し腕を動かすと壁に当たった。二人はくっつき合うように、お互いの体をシャンプーの付いたタオルで洗い合い、泡だらけになった。

「リョウは、背が高いけど百七十五センチ近くあるの？」

「そうだね、そのくらい。茉莉はどのくらい？」

「百五十一センチ、体重は四十三キロよ」

「恥ずかしい所は自分で洗うわ。痛くなると困るもの……」

「僕が、手で優しく洗ってあげる」

リョウは女性の大切な部分を摩るようにシャンプーの付いた指で洗った。

茉莉は「いやぁー、恥ずかしい……」と言いながらも、拒否はしなかった。

茉莉は、ほぼ体をリョウにくっつけて、お互いに体をさすりあうようにした。茉莉の方も、リョウの体を手でさすった。

「リョウ、感じているのね。どの辺が気持ちいいの？」

「この辺りがいい……」とリョウは茉莉の指を誘導した。

「どう？　感じる？」

「うん、気持ちいい……」

茉莉の手は小さかった。手だけでなく首も肩も小さかった。それに比べて乳房やお尻は大きく目立った。茉莉は、リョウにしがみ付いた。

しかし、リョウは少ししゃがんで茉莉の太腿の下から手をあてがいお尻ごと茉莉を担ぎ上げた。

「いやぁー、どうなるの？」

「僕のここを茉莉の中に入れる。僕の首につかまって」

「えーっ、そんなことできるの？」

「いいから……。じっとして……」

「嫌あーっ」

「嫌なの？」

茉莉は首を横に振った。リョウは、抱えたまま茉莉と交わった。

「ああーっ、何ていう人……」

小さいと言っても、茉莉の体は、リョウにとっては重かったが、歯を食いしばり、十分ほど、茉莉と交わった。

茉莉は切ない声を上げながら、次第に高まっていった。

体をそらせ、後の壁に頭がぶつかった。その瞬間、茉莉は達した。体が硬直し、痙攣した。

そして、茉莉の体から力が抜け、手をリョウの首に掛けたまま、意識が抜けたようだった。

リョウは、茉莉の体を床に下ろした。そして、自分の体にシャワーをかけ、よく洗った。

茉莉の体は、壁に寄りかかったまま、軟体動物のようになって失神していた。

リョウは、茉莉の体にも丁寧にシャワーをかけた。顔に掛けるとお湯の泡沫を吸い込んだのか、茉莉は咳き込み、少し意識が戻った。

リョウは、先にシャワールームを出て、体を拭いた。しかし、茉莉の体が動く気配がなかった。

リョウはドアを開けた。茉莉が倒れ込んで、ピクリともしない姿を見て、哀れさを感じると同時に、美舞との体験で目覚めた、サディスティックな感覚を持つ自分自身に驚きも覚えた。

リョウは、シャワーの栓を水だけにし、再び茉莉の体に掛けた。茉莉の体はそれに反応し、小刻みに震えた。

茉莉の陰部にも強い流れのまま掛けて洗った。

「茉莉、しっかりして……」と、リョウは茉莉の頬を二度ほど叩いた。

リョウは、服を着てソファーに座り、天井を見上げながら、煙草を吸った。

気持ちが少し強気になってきていた。そしてリョウは、天井を眺めながら思った。

僕は、学校では挫折したけど、ここ何週間かの間に、自分に大きな変化があった。親の金でしたい放題してきてしまったけど、女性も知ったし、何か自分が変わってきた。今まで潜在的に潜んでいたものが、一気に噴き出してきたように思う。

しかし、やはり、美しいものに対する興味と人間のありさまに対する考察が、僕を引き付ける。一方で、自分が社会の中でアウトサイダーだと思うと、不安に凍えることもある。でも、深い美は僕を癒してくれる。潜在的に、きっと、もっと違う自分が眠っているのかもしれない……。

今は未だ、不条理な世界を彷徨っていて、どこにたどり着くのか見通すことができないでいる。気が付くと、衝動的に、刹那的に、欲望と願望にまみれていたりする。茉莉を犯したことに罪の意識もあるが、自然にそうなったんだ。それは茉莉自身が望んだことでもあった。自分を浄めたいとは思うが、どうしていいのか分からない……。

二十分ほどして、洗面所からドライヤーの音が聞こえた。

スマホに美舞からの電話の着信やメールがたくさんあったが、リョウは反応しないことにした。

そして、この一週間余りの自分を取り巻く環境の変化を一つ一つ思い出した。

茉莉が、ようやく居間に来て、リョウの隣に座った。

「リョウは、最初に出会った頃のイメージとは違ってきたね」

「どういうふうに?」

「悪い男になった。なんか、女性を惚れさせる悪魔が住み始めたような……、そんな感じがする」

「嫌な男になった？」

「反対よ……。私、あなたなしの生き方が考えられなくなってきた」

「ふうーん……。僕は、そんなにモテないよ。そのうち、茉莉だってもっとしっかりしたいい男性に出会って、結婚するような気がするよ……」

「そんなことないよ。リョウしか想っていないよ」と茉莉は言い、リョウの口を奪った。

「はあ、はあ……、やっぱりだめだ。リョウに捨てられたら、私、死ぬ……」

「僕は、茉莉を捨てたりしないよ。急がなくていいような気がする。僕たち……。今日は、遅くならないうちに帰った方がいいよ。それから明後日までは、家に帰るから会えないよ」

「そう、日曜日は頼むわよ。上手くやってね。それが、終わったら、どこでもいいから、一泊で旅行したい。でも、両親はきっとまだそこまでは許してくれないわね。何か、上手いアリバイがないと……。そのうち何とかなるわ、きっと……。じゃあ、私帰るね」


（五月十六日　木曜日）


リョウは朝早く目が覚め、春美との旅行に向けた準備をし始めた。

リョウ自身、ここ数年、高一のときの合宿や友人との勉強会の民宿以外、落ち着いて温泉に行くことなどの経験がなかった。ましてや、恋人とのお忍びの旅行など想像もしていなかった。

小さいショルダーバッグに、春美と初めてホテル行ったときに使ったTバックのパンツと予備の下着、コンドームと睡眠剤を入れた。電車での飲みものは駅のコンビニで買うことにした。

足にピッタリのこげ茶のスラックスとラベンダー色のシャツを着て、アパートを出た。

リョウの心は浮き立っていた。まるで、遠足に行くときの小学生のような気分だった。空は晴れて青く、絶好の季節の中を歩いた。頭の中は他の全てのことを忘れていた。

新宿について、リョウは春美にメールをした。昼食用のお弁当やサンドイッチは要るのかを聞いた。返事は「家で食べるから要らない。急に来客があって、時間がギリギリになる」とあった。

リョウは、エキナカの立ち食い蕎麦を食べ、コンビニで飲み物とお菓子を買った。小田急のホームに出るとまだ出発の三十分前だった。ベンチで発車の準備ができるのを待った。

やがてロマンスカーのドアが開き、乗客たちが入り口から入り始め、リョウも乗り込んだ。指定された座席の通路側に座り、春美から見えやすいようにした。

依然として春美が現れる気配はなく、リョウはこの一週間に起きた出来事をなぞって思い出した。

三人の女性が、リョウの回りを目まぐるしく回った。心も体も、三者三様の性質を持っていた。人は、それぞれに異なる個性を持っていて、何一つ同じようなものがないことを実感した。

春美は、一番身近で生真面目なように、リョウには思えた。色で言えば発色の良い青だった。

それは、リョウの勝手な想像であったが、茉莉は緑と紫が同居し、美舞はエメラルドブルーとショッキングピンクが同居しているように感じた。時計は、発車時刻の五分前を差していた。

リョウは不安を感じ「もし、春美が乗ってこなかったら、どうすればいいんだろう……」と考えていた。やがて、発車のベルが鳴った。春美は姿を現さず、列車のドアが閉まった。

列車はゆっくり動き始め「だめだ、春姉ちゃんに何か起きたのかもしれない……」と諦めかけていたところに、背後から走ってくる音が聞こえた。

「ごめん、何とか間に合った……」と、春美が息を切らしながら立っていた。

リョウは「ああ、心配した」と立ち上がり、春美を窓側の席に通した。

春美は、持ってきた大き目のショルダーバッグを上の棚に乗せ、座席に座った。そして、リョウの腕にすがり付き、未だ息を切らせていた。車両は、ゆっくり街の中を進行していた。

「突然、お客があって、遅れてごめん。ギリギリだったね。心配したでしょう?」

「うん、どうしようかと思った。お茶とお菓子を買ってきたよ」

一時間半ほど、二人は寄り添い、頭をくっ付けながら、静かな時間が流れた。

三人の女性の中で、交際することを最も秘密にしなければならないのは春美だった。

メールに着信があった。見ると美舞からだった。

「なぜ、電話に出ないの?」

「メール返して。もう一度会ってくれないとあなた困ることになるわよ」

「あなたの罪は重い。絶対に逃がさない」などと書いてあり、完全にストーカーになり果てたような内容だった。リョウは、無視をすることにした。

春美は、リョウに寄りかかりながら眠っていた。

列車は窓が広く、視界は良かったが、しばらく何の変哲もない市街地が続いた。五月の日差しは強く、リョウはカーテンを引いた。

小田原を出ると、やがて山の間を縫うように進んだが、湯本まではあっという間だった。

列車から降りて地上に出るまで長いデッキを歩き、駅前広場を通り過ぎてしまった。

リョウは、スマホの地図を見た。

「旅館まで、歩くと結構、距離があるけど、春姉ちゃん、歩いてみる?」

「そうね。まだ、日が高いし、ぶらぶら歩こうか」

二人は、大通りを抜け、橋を渡り、古いひなびた木造の蕎麦屋の前を通った。灰皿があった。

「煙草を吸いたいから、ここで少し休んでもいい?」

「藁が入った土壁で、小づくりでとても良い雰囲気の建物ね」

旅館までの道のりは長かった。川沿いに上り坂で、その勾配は奥に行くほど急になっていた。

新緑の山に包まれた川の風景を眺めた。「川の音が気持ち良いね。この川、何ていうのかしら？」

「須貝川と言うらしい。水が綺麗で、せせらぎの音がとても気持ち良いね。川としての大きさも、流れの速さもちょうどいい」

「あら、鴨が二匹いるわよ。首を水の中に入れているよ」

「夫婦みたいに見えるね。気持ち良さそうだね」

「仲が良さそうで、可愛らしいね」


二人は、川伝いに登りの道をかなり歩いた。旅館が見えてからの坂は一層急で、玄関にたどり着いたときには、リョウの息は切れて、汗が顔から滴り落ちた。

春美は、フロントで話をし、宿帳の紙に名前や住所を書いた。

「夕食の時間、どうしようか……。遅い方でいい？」

「うん、ゆっくり、お風呂に入ってからにしよう」

「ここで、好きな浴衣を選んで、部屋に持って行くみたいよ」

浴衣をもらった後、説明書きの紙と鍵を受け取り、予約で取った一階の奥の部屋に向かった。

ドアを開けて中に入り、土間で靴を脱いで、上がり框(かまち)に上った。

上がり框の横にトイレと小さい風呂があった。

襖を開けると、そこは八畳ほどの和風の部屋だった。真ん中に座卓があった。

「和風の部屋なんだ……。なんか、本当に旅館に来たという感じだね……」

「洋風のベッドの部屋もあるらしいけど、煙草が吸えるのは和式の部屋に限られているらしいわよ。それにこの部屋は、布団の上げ下ろしから、全て自分でするのよ」

「かえって、誰も入って来なくていいね……。じゃあ、僕はまずは一服しよう」

「私は、浴衣に着替えるわ」と春美は言って、上がり框に出て、襖を閉めた。

リョウは部屋の中で一度、丸裸になり、浴衣を着て帯を締めた。

襖が開いて、細身の体に浴衣が似合った春美が姿を現した。

「お互い、和風の浴衣姿は初めてね。シーちゃん似合っているよ。きっと、勝負下着もはいちゃったのかな?」

「違います。春姉ちゃんこそそうなんでしょう?」

「ブー、だって、大きな浴場の脱衣場でそんなの見せられないじゃない……。私は、何も着けていないわよ。それに浴衣なら下着はない方が粋に思うよ」

二人は、手をつないで廊下を歩き、エレベーターに乗った。

浴場の入口に来て、春美が言った。

「シーちゃん、このラウンジに一時間後に待ち合わせよう。ゆっくり入ろうよ」

「わかった。じゃあ、五時五十分ね」

室内の大浴場の他に、露天風呂が幾つかあった。

体に湯をかけ、お風呂の中に入ると、肌に湯が沁みた。

そのうち次第に和んできて、この二週間ほどのリョウ自身の変化を思い出した。駅で茉莉から声をかけられてから、全てが変わり始めた。深大寺での春美との初めてのキスから、女性との接触が始まった。二人の女性は、リョウに処女を捧げてくれた。

それから、美舞が、新しい世界にリョウを導いた。

「成長したのだろうか？　後退したのだろうか？」リョウにとっては、両方に思えた。

『学校に復帰するために真面目に対応しているとは言い難い……」

リョウは、体を洗い、シャワーを浴びながら、ボーッと考えた。

どちらかと言えば、不安というよりも怖さが待ち受けているような予感がした。

「僕は全てに甘い、お坊ちゃんだ。行く先にはきっと鉄条網が待ち受けている。勉強だって、習慣づかなければ前には進まない。拘束される状況を突破するには、もっと厳しいモノを自分に課さなければならないだろう。愛だってそんな簡単なものではない。きっと……」

露天風呂は五月の風が心地良く吹き、天を見上げると、低い位置に月が出ていたが、初夏の空はまだ明るかった。星を見たかったが、山に沈む夕日は、まだ星を見せてはくれなかった。風呂の縁は大きな石が配置されていて、その間をぬって湯に体を沈めた。湯の匂いも、吹き来る風も、妖艶で、リョウを誘惑した。

この湯本は、春美がセッティングしたものだが、あまりにもテンポが速すぎるような気がした。

リョウには、春美の心の意図が見えなかった。ほとんどの部分で、リョウは受動的だった。

春美は美しかった。高い鼻と吸い込まれるような大きな目に初めて女性の魅力を感じた。

「もし、男女共学の高校や大学、あるいは会社に勤めでもしていたら、周りの人間たちは放っておくことはしないだろう。僕は恵まれているし、こんなことって神様の悪戯だ……」とリョウは思った。

脱衣場で体を拭き、扇風機にあたっているとこの上ない心地良さを感じた。

体を乾かし、浴衣を着るのは簡単だった。下には何も要らないからだった。

十分ほどして、女湯の出入り口から春美がラウンジに現れた。

「ごめん、待たせた？」

「ううん、今出てきたところだよ」

二人はまた手をつないで歩いた。部屋に入ると、畳に横になりくつろぎながら飲み物を飲んだ。

「お風呂良かったね……」

「私、サウナに入ってしまったの。それで少し遅くなってしまった。こんなにシーちゃんとくつろぐの、初めてだ。あと三十分したら、食べに行こう」


食堂に行って部屋番号を見せると、席に案内された。テーブルにはさまざまな料理が並んでいた。

「美味しそう、何から食べようかな?」

「量は少しずつだけど、味は良いね……」

「今日はゆっくり楽しもうね。良い思い出になるように、シーちゃん優しくしてね」

「うん、そうしよう」

部屋に戻った二人は、座卓を部屋の隅に移動し、布団をくっ付けて敷いた。

リョウは、布団に入ると、煙草に火を付けた。

「今日さあ、新宿で遅れたでしょ?　あれ、実はアクシデントがあったのよ……」

「へー、どんな?」

「十一時ごろ、お父さんの従姉が、お見合いの話を持ってきたのよ。写真と履歴書を持って……」

「えっ、春姉ちゃん、それ、受け入れたの?」

「今時、古い話でしょう?　でもね、お姉さんは、そうしてお見合いで結婚したのよ。私、お見合い初めてだけど、相手は私のことをぜひにと言ってきているの……。すごいお金持ちよ」

リョウは、仰向けになって、掛布団を足で跳ねのけた。

「いやだ、信じられない……」

「そう言うと思ったわ……。でもね、ロマンスカーの中で考えたの。この話、進めてみようかと思ったの。相手が変な人でなかったら、まだ早いかもしれないけど、良い話だと思った」

リョウは、背筋が凍り付くような気持になって、声が出なかった。

「だって、シーちゃんと私、結婚は無理よ。お父さんや叔母さんや私のお姉さんがきっと反対する。もう、目に見えているの、そしたら私、お婆ちゃんになってしまうものね。まだ、決まったわけではないけれど、私、これから急いで花嫁修業をしなければいけない。それに、おそらく、素行調査もされると思うし、シーちゃんとの密会も、この旅行を最後にしてほしいの……」

「ショックだ……、とても……」

「そうだとはわかっているけれど、聞き入れてほしいの……」

二人の間に長い沈黙が続いた。

それを破って、リョウが、言った。

「春姉ちゃん、僕、少しビールを飲みたい」

「そう、じゃあ、自動販売機で買ってきてあげる。待っていて」

帰ってきて「あたしも飲もうかな……。一口だけ」と言って、二つのコップにビールを注いだ。

「乾杯だ。春姉ちゃんのお見合いに……。成功を祈って……」

「ありがとう、シーちゃんとの愛は一生消えないよ。お互いに、死ぬまで二人だけのものよ……」

「春姉ちゃん、これから僕のご飯をわざわざ作らなくていいよ。これから、あまり伯父さんの家に行かないようにする。だって、花嫁修業にも忙しいだろうし、僕とのことがバレたらまずいもの」

「まだ、ハッキリ分からないわ。会ってみなければ分からないもの……」

「いいんだ……。もう、そうする。迷惑かけたくないし、僕もいろいろ変化しているんだ。本当は、書道で知り合いになった女性がいるんだ。お嬢さんで、春姉ちゃんとは全く違う性質の人だけど……。僕、文兄ちゃんに言われたことあるんだけど、同じような血が流れているのかもしれない」

「あら、どういう血？　エッチな血？」

「そうだね……。女性の方から、なぜか、僕の方に寄ってくるんだ」

「まあ、随分ショッているじゃない。モテるのね……。でも、そうかもしれないわ。美舞とのこと、私、分かっているの。美舞が電話してきているの。でも美舞だけは気を付けないとダメよ」

「知ってるのか……。もう、ストーカーみたいな感じで困っているんだ。だって、誘ったのは向こうなんだよ。でも、あの人、すごい世界を生きているんだね。マゾの男性を相手にしているんだって……。僕をサドの男性にしたくてしょうがないみたいだ」

「嫌だ、そんなの……。シーちゃん、今日はしないよ」

「どうして？　せっかく温泉に来たのに……？　この前、よくなかったんだ……」

「そういうわけではないわ。だって、私、処女でいたいもの。遊んでいる女にみられたくないもの」

「なんだか都合がいいなあ……。この前入れちゃったから、もう処女とは言えないよ」

「そうだね、都合のいいことを言っているね、私、処女を上げたのはシーちゃんだけだものね。でもあのとき、少し入っただけだったよ。今度激しくされたら、きっと血が出ると思う。だから、大事にとっておくんだ。その代わり、シーちゃんをイカせてあげる」

と春美は立ち上がり、浴衣を脱ぎ、リョウに覆いかぶさった。

「あたしのシーちゃん……。可愛い、可愛いシーちゃん」

春美はリョウの体にピッタリ張り付き、キスをしてきた。

それは、濃厚なものとなり、春美の手が下半身を刺激し、リョウは快感に酔いしれた。

お互いに手で触れ合ったが、春美は、リョウが起き上がろうとするのを許さなかった。

「私、練習だ。これも花嫁修業だ」と言いながらリョウが言葉を発しようとすると、キスで塞いで、声を上げないようにした。

「ティッシュペーパーをそばに置いた方がいいよ。布団が汚れるから」

リョウは鏡台の傍のティッシュを取り、春美に渡した。

「ダメだ。もう、我慢できない」とリョウが言うと、また春美がキスで口を塞いだ。

リョウは達したが、何とも虚しさが残った。しかし、春美の立場を考えると何も言えなかった。

その日の夜は、部屋に付いているバスルームでお互いの体を洗い合った。

その中でも、お互いの口と手は遊んでいなかった。

春美は、リョウの魔法のような指使いに酔いしれ、体が痙攣して動かなくなった。

「シーちゃん、女殺しだ。美舞もメロメロになるわけだね……」


（五月十七日 金曜日）


朝、早く目が覚めると、春美に裸のまま抱かれていた。

「あら、知らない間にどうなっていたのかしらね。私たち……。でも、シーちゃん、また大きくなっているよ。すごいのね、若い男性って……」

今度は、頭と足を逆向きに春美がリョウに馬乗りになった。

「シーちゃんが悪い。こんな私にさせちゃって……。もう、痴女だ。もう一度イカせるからね。だって、旅館が悪いんだ。一晩中くっついているのだもの」

しかし、達したのは、春美の方だった。

朝食はバイキングスタイルだった。和食と洋食があったが、リョウはお粥と和食のおかずをとった。春美も同じだった。味は良かったが、食べ過ぎないように抑えた。

部屋に戻って仕度をし、十時にチェックアウトをした。

「この旅館、びっくりするほど、安いわ」

二人は、来た道をそのまま駅に向かった。今度は、全てが下りで楽だった。せせらぎの音が気持ち良かった。途中、リョウはまた同じ蕎麦屋さんの外にある喫煙所で煙草を吸い、休憩した。

十一時少し過ぎのロマンスカーに乗り込み、リョウはサングラスとマスクをした。

それは万が一のための、できる限りの変装だった。

二人が新宿に着いたのは、十二時半を回っていた。

「シーちゃん、少し時間をずらして電車に乗ろう。家の近くでは一緒にいられないわ」

「そうだね、僕はコーヒーを飲みながら時間を潰して帰るから、春姉ちゃん、先に帰っていいよ……」

「ありがとう、助かるわ」

「今日は、もう、春姉ちゃんの所に行かない。土、日も行けないから僕の食事はなしにしてね」

「分かったわ、今日は楽しかったわ。気を付けて帰ってね」


リョウは改札を出て、スマホのメールの着信を見た。ほとんどが美舞からのものだったが、一つだけ茉莉からあった。

「土曜の夜は、友達の誕生日に呼ばれて行けなくなったわ。その代わり金曜は空いているから、学校の帰りに、渋谷辺りで会いたい。連絡下さい」

美舞からのメールは狂ったようにあった。見るのもゾッとしたが、最新のメールに怖くなるようなことが書いてあった。

「リョウは、私から逃げたいみたいだけど、そうはいかない状況になっている。私、妊娠しているみたいよ。相手は、あなたよ。他の人は避妊具を付けていたからね」

リョウは、呆然となった。確かに美舞と月曜日に交わったときに、生のまま射精してしまった。茉莉のときにも「安全日だから」という言葉を信じて、そのまま射精していた。それに慣れていたのか、美舞にも同じようにしてしまった。ウカツと言えばウカツだった。

リョウには、美舞が安全日だと言った記憶がなかった。飲まされた薬のせいなのか、記憶が明確ではなく、交わったときにリョウ自身も異様に興奮していたことは事実だった。

リョウは、呆然と立ち尽くしていたが、一人でいるのも怖くなり、茉莉にメールを返した。

「今、新宿にいる」

「用事、終わったの？」

「終わって帰るところ」と送り合った。

すると、茉莉から電話がかかってきた。

「今、午後休講があったので学校の帰りよ。渋谷の地下鉄のホームを歩いているところ。渋谷でお昼を一緒に食べましょう」

正直、リョウは疲れていた。美舞から脅迫され、春美から見合いの告白をされ、心が渇いた。一人になりたくない気持ちも強かった。

「うん、いいよ。煙草を吸いたいから、宇田川町のコーヒーショップにいてくれない？」と返事をしながら、リョウはＪＲの改札に向かった。

「分かった。あと十分くらいで会えるわね。先に行っているね」

リョウが店に入ると、茉莉は気を利かせて、喫煙ルームの中にいた。

リョウは茉莉の後ろから「ここは、何かざわついているね……」と声をかけて隣に座った。

「渋谷はざわついているのよ。静かなのはラブホテルの中しかないわね」

「一昨日、愛し合ったばかりで、またラブホするの？」

「リョウは出さなかったわね。不満ではないの？」

「今日は、疲れているんだ。茉莉は求めすぎだよ。それに、日曜日のこともあるし……」

「私ね、性に目覚めちゃったみたい……。リョウにだって責任あるわよ」

リョウは「責任」という言葉にドキリとした。美舞の強迫の言葉が頭をよぎった。

「茉莉の家に行って、家族の人たちが気に入ってくれるといいんだけど。少し不安だ」

リョウは煙草の煙を吐き出した。

「そうね。家では、あなたの話でモチきりよ。私が、ボーイフレンドを家に招くのは初めてだし、どんな人だろうとね……。お母様は明日からスタンバイする気よ」

「そうかあ……。じゃあ僕も明日はゆっくり体調を整えようと思う」

「そうね、そんなこともあって、明日は私、書道に行かないわ」

「そう、それでは僕も行かないことにする」

「あら、あなたは行けばいいんじゃない？　その方が上達するわよ。でも、今日のリョウは少し落ち込んでいる感じがする。心配なことでもあったの？」

「一晩、家に帰って、いろいろ言われたんだ」

リョウは嘘をついた。

「今日、私はね、大学のお友達の所に行っていることにしてあるの。だから、少し遅くても大丈夫よ。これから、ファーストフードとか飲み物などコンビニで買って、ホテル行こうよ」

「僕たち、頻繁にセックスしているよ。これでいいの？」

「私ね、忘れられないのよ。恥ずかしいけど……。一昨日、エクスタシーを感じて、あなたから頬をぶたれて堕ちていく自分に酔ってしまったの……。もう、中毒なのかもしれない……。でも、リョウは本当は危ない男性なのかもしれないわね。今まで女性を知らなかったなんて、信じられない。きっと、リョウは悪い男なんだわ……。こんな気持ちにさせるなんて……。あのとき、リョウはイカなかったじゃない。どうして、そんなにコントロールできるの？」

「分からないよ……、正直。でも、僕の童貞を茉莉に捧げたのは間違いないよ……。ここ一、二週間で僕自身が大きく変化してきたのも事実だけど、それには茉莉が大きく関わっているよ。

僕自身にも、この変化が良いことなのか、悪いことなのか分からないでいる。でも、体を求め合うことだけが愛ではないと思う。できることなら、少し茉莉とも離れて、自分を見つめ直してみたいと思うこともある。さまざまな詩や小説を読んでみたいと思っている」

「そう……、そうね。体の関係だけでは愛とは言えないわね。でも、リョウと私は心でもつながっているはずよ。私は、リョウを愛している。でも、一方で、あなたの体を欲しがっている自分もいるのよ。正直なところ、私は、自分に嘘を付きたくないの。それに、自分の中にストレスをため込みたくないの。だから、今日は付き合ってよ。お願いだから……。スッキリしたいの、私」

リョウは、茉莉からそう言われて観念した。二人は表へ出て、コンビニで食べ物や飲み物を買って、わずかな距離の向こうにあるホテルに向かった。

部屋に入ってすぐ、二人は浴衣に着替えた。買ってきたウィスキーの水割り缶を茉莉は飲み干した。リョウは、旅行に持っていったコンドームを付け、赤いビキニのパンツをはいた。

茉莉は止まらなかった。「リョウ、今日はあなたもイッテね」と激しいキスに乱れた。

永くキスをしながら、茉莉は浴衣の裾を開き、リョウの手を誘導した。

茉莉は自分でパンティーの紐を外した。

「こんなに大きくなってしまって、悪い人だ……」と言った。

茉莉は、ソファーの上で、リョウの体にまたがった。

二人は互いに喘ぎ声を出しながら、濃厚なセックスにふけった。むさぼるような交わりだった。

「リョウ、このまま、私を抱えてベッドまで行って……」と茉莉が言い、茉莉のお尻を抱えてリョウは立ち上がった。それは、アパートのシャワールームでつながった体位だった。

そのままリョウが下になってベッドに倒れ込んだ。

「リョウも気持ちいいでしょう?」

茉莉の求め方は、中毒患者のようだった。

「ああーっ、もう、ダメだ……茉莉はやり過ぎだ……」

リョウは、コンドームを付けていたせいか、達しなかった。

茉莉は、気を失うように仰向けに倒れ、ベッドから落ちそうになった。リョウが茉莉の手を引き戻し、少し、茉莉の体を回転させて、ベッドに寝かせた。

リョウは、茉莉が気の済むまで寄り添うのみだった。茉莉は、死んだように裸で横たわっていた。浴衣を茉莉の体に掛け、ベッドの上で仰向けに思いに耽った。

「茉莉はオルガスムスに達しやすい体質なのかもしれない。愛はセックスだけではないはずだが、僕を取り囲む女性たちは、性質はそれぞれ違うものの、皆、セックスの虜になっている。セックスは生きる上でも大切なものなのか……?　男と女の中に何が介在しているのか……?　食べることも欲望だし、セックスも生物として与えられた欲望の一つなのかもしれない。おそらく、中にはセックスが苦痛な人もいるだろう。僕は、相手が嫌がることをしたわけではない。むしろ、相手を満足させる手伝いをしただけだ。相手と知り合ったのも、全てが運と偶然だった……」

リョウにとって、春美は茉莉とは全く違う存在だった。

春美は、母が持っている要素も少し持っていて、二人には姉弟以上の思いやりの往来があった。

しかし、従姉弟同士である以上、いつか愛に終止符が打たれることをリョウは予感として持っていた。

そうではあっても、湯本で告白された春美からの話はあまりに早い別れを覚悟させるもので、リョウは心を引き裂かれる思いだった。

湯本では、お酒の飲めない二人が、愛の酔い心地に浸り、心も体も染みとおるように抱き合った。それは、誰にも告白できない愛だった。

「どうして、神様はこんな試練を与えたのだろう……。森本との別れ、学校との別れ、そして、せっかく大人の異性同士として愛し始めた春美との別れ……」

リョウは、春美との別れを思うと心が渇いた。買ってきたミルクティーを飲み、ソファーでくつろいだ。しかし、茉莉がイッテからもう、三十分以上経っていた。

リョウは、ベッドで臥せっている茉莉の頬をひっぱたいた。

それは、第三者が見たら、リョウの方が年上と思えるような光景だった。

それから、目が虚ろな茉莉は、むっくり体を起こした。

「茉莉、時間がなくなるよ。買ってきた物を食べて、飲んで帰ろうよ」

茉莉は、ふぅーっと息をした。

「ちょっと、待っていて……。トイレとバスルームに行ってくる」

ベッドから床に降りて、フラフラ歩き出した。

茉莉は、冷たいシャワーを浴び、洗面所で時間をかけて髪を整えた。

ソファーに戻ってきた茉莉は、何も溜め込んでいないようなスッキリとした顔だった。

瞳には澱みがなく、何事もなかったかのようなアンニュイな雰囲気を漂わせた。

リョウが作っておいたウィスキーの水割りを飲み、サンドイッチをかじった。そして、時たまリョウの顔を見て、微笑んだ。

茉莉は満足したようだった。二人の間には、声のない会話が続いた。

「もう、帰ろう」とリョウの方から声を掛けた。

二人は、井の頭線に乗り、茉莉は途中で降りた。

茉莉は、降り際に「明後日、駅に迎えに行くから、着いたら電話ちょうだいね」と言い残して帰った。


リョウが、下北沢で乗り換えようとしているときだった。

美舞からのメールを思い出しているところに、スマホが鳴った。見知らぬ番号からの電話で固定電話の番号だった。瞬間、リョウは迷ったが、つい、応答のスイッチを押してしまった。

電話の相手からの「はあ、はあ」という息づかいが聞こえた。

「切らないでね。重要な話よ。メール見たでしょ？　逃げたら訴えるからね」

美舞の声だった。

「私たち、話し合いましょうよ。とにかく会ってくれないと許さない。今日の夜は、お店にお休みをもらってあるから、私のマンションに来て。午後八時半、分かったわね。それ以後は私しかいないから。怖い人はいないから、優しいでしょ？　私……。話し合いましょうよ。来なかったら、お店に来ている弁護士に相談するから。わかった?」

一方的な電話が切れた。リョウは、アパートに着き、恐怖を覚えた。妊娠という未体験の領域に足を踏み込んで、その世界の知識が欠落していることを実感した。

八時前には神保町に着き、春美との旅行で使ったサングラスを取り出して身に着けた。

まだ、時間があるので本屋街をぶらついた。

ほどなくアダルトビデオの店があり、入ってみたい欲求に駆られたが、初めての世界で最初は恥ずかしかった。思い切って入ると、刺激的な商品が並んでいて、小さい画面で再生もしていた。

美舞が、自分とのセックスを隠し撮りしているかもしれないと思った。

八時を少し過ぎて、リョウはマンションのインターホンを鳴らした。

美舞が「名前を言って」という声が聞こえ、リョウは名乗った。しばらくし、ドアが開き、美舞が「入って」と言った。リョウは、サングラスを着け、帽子を被ったまま入った。美舞から「何で変装してきたの?」と聞かれたが、それに答えず、居間の入口に立って、部屋の中を観察した。

居間の天井近くに監視カメラのようなものが見えた。盗聴器が仕掛けられているような予感もした。

「入ってよ、このままでは話し合いができないじゃない」

リョウは「トイレを借りたい」と言って、トイレに向かった。用を足しながら、リョウは「どこか、外のレストランにでも連れ出して話をした方が安全だ」と判断した。スイッチを押して立ち上がろうとしたとき、トイレの下の隅にある小さなゴミ箱が目に留まった。

蓋を開けてみると、血で汚れた生理用品が幾つか入っていた。まだ新しかった。

リョウは、頭の重石が取れたような気分になり、逆転勝利を確信した。

トイレから出て、真っすぐ玄関に向かった。美舞が、すぐに追いかけてきた。

「どうして帰るの？　話し合わないで、あなた困るわよ」

「この中では話せない。話は外のレストランかコーヒーショップで聞くことにする」とリョウは答え、ドアを開けようとした。

「ちょっと待って、すぐ仕度をするから、玄関で待っていて。帰らないでね」
二、三分で美舞は大きめのショルダーバッグを持って戻ってきた。
二人は、外に出て歩きながら、リョウは強い調子で言った。

「取りあえず、コーヒーショップに行こう。千代田区はほとんどの店が煙草を吸えない」

「それじゃあ、靖国通り沿いのコーヒーショップにしましょうよ」

二人は、喫煙ルームの二人掛けの席に対面して座った。美舞が飲み物を買いに行き、カフェオレを二つお盆に乗せて戻ってきた。

美舞はモジモジしていたが、妖艶な雰囲気は相変わらずで、香水の臭いもリョウを誘うようだった。周囲には、若者も何人かいたが、ほとんどが高齢者だった。美舞の姿には、ここにいることが場違いと思えるほど、美しい女性としてのオーラが漂っていた。

「リョウの出方次第よ。あなたが、私を嫌って相手にしないのであれば、あなたの子を産むか、訴えるかどちらかになるよ……。どうするの？」

リョウは笑いながら「好きにすればいいよ……。もう、僕にはわかっている。見え透いた嘘を言ってもダメだよ。結果はどうなるんだろう。美舞のお腹は、この先大きくなるのか？」

美舞の顔がこわばった。

「事態は全く逆だと思うよ。美舞がしたことは、恐喝とストーカーになっている。僕のスマホにはメールの記録が残っているからね。僕がもし訴えたりしたら、この先、美舞はやっていけないよ」

美舞はうなだれて、言葉を発しなかった。美舞は鼻をすすり泣いていた。小さい声が聞こえた。

「ごめんなさい。あなたが好きだったのよ。もう一度会いたかったの」

「今度のことはなかったことにする。でも、あえて言うんだけど、僕には付き合っている人がいる。だから、僕は美舞と恋人として付き合う気はないし、できないよ」

「えっ、やっぱり春美が恋人なの？」

「僕と春姉ちゃんは従姉弟同士だ。そういう間柄ではない。違う人と付き合っている」

美舞は、残念そうな顔をした。

「そう……、春美の弱みを握ったと思ったのに。違ったのね」

悔しそうな表情だった。少し黙っていて思い出したようにバッグから白い封筒を取り出し、リョウの前に置いて頭を下げた。リョウが封筒を取って中を見ると、一万円札が何枚か入っていた。

「こんなことをしなくていいよ。もう、僕に付きまとわないでくれれば、それでいいんだ」

「そうね、でも私、やっぱりあなたのことが忘れられないのよ……。昼は会社で威張り散らして夜は私の前でマゾになるパパを相手にしたり、お店に来ては自分の自慢ばかりする助兵衛そうなオジサンたちを相手にしたりするのは、心が疲れるし、ストレスが溜まるのよ……。そんな仕事をしてお金をもらっている自分に嫌気がさすの……。

この前、リョウにサディスティックな才能があることがわかって、私にマゾの本質があることがわかったの。それから、私の中から噴き出てくるものがあって、お金を払ってでももう一度味わいたいと思ったの……。このお金はそういう意味よ。

前に、私がホストクラブに行った話をしたけど、あの世界で自分は癒されないことがつくづく分かったの。イケメンにいくらチヤホヤされても、気持ち悪くなるだけだった。彼らは中身が何もないもの。それに、高いお金を取られるだけで、私の気持ちは解放されないどころか、虚しさが残るだけだったのよ……。あなたは、他の人にはないものを持っている。あなたに抱かれると気持ちがスッキリするの。あなただけが、私の中の見栄や心の中の汚らしいモノを吐き出してくれるような気がする……。

今の私は、お金で済むならあなたを買いたいの。気を悪くしたかもしれないけど、もう追いかけ回さないから、時々、私に買われてほしい。そうしてくれたら、もっとお礼をはずむわ、ね？」

美舞は、リョウの右手に封筒を握らせ、懇願するように言った。

美舞の体からは、誘惑するような、強烈な香りが放たれていた。リョウの下半身が自分の意志とは関係なく反応していた。体全体が熱くなるのを感じ、少しクラクラし始めた。リョウはようやく、美舞がカフェオレを持ってくるときに、薬のようなものを入れたことに気が付いた。

美舞の声が、エコーがかかったように耳に響いた。硬くなったリョウの下半身は、リョウ自身の意志ではコントロールができなかった。リョウは、美舞に手を引かれ、抱えられるように店を出てタクシーに乗せられた。タクシーを降りると、そこは、来たことがないラブホテル街だった。

美舞に抱えられるようにホテルの部屋に入り、ベッドに横たわった。

美舞はリョウの着ているものを剥ぎ取り、自分も裸になった。それからバッグからさまざまなものを取り出し、ベッドの上に置いた。

「この前のように、豹変して。リョウちゃん」

美舞はリョウの近くに寄り、リョウのモノの先にクリームのようなものを塗って擦った。さらに、リョウの顔にお面のようなものを着け、コンドームを着けた。

美舞自身は、バッグの中から出した、いかがわしいエメラルドブルーのＴバックを着け、ソファーに座りながら、ウィスキーをストレートで飲み始めた。

二十分ほどして、リョウは体が熱く、細胞が入れ替わるようになっていくのを感じた。それから、リョウのモードが切り替わり、近づく美舞の頬を思い切りひっぱたいた。

「このスケベ女、お仕置きされたいんだな」

それは本来のリョウの言葉ではなかった。

ひっぱたかれた美舞は、恍惚の表情をしていた。

「俺に犯されたいんだな」

「はい、お願いします」

リョウは、ベッドの上にあった首輪を美舞に付け、手首に手錠を掛けた。手で美舞を首輪を思い切り引っ張り、床に四つん這いになった美舞をバスルームまで引っ張って行った。

美舞は、リョウに首輪の鎖を引かれ、声を出しながらバスルームに入った。

リョウは首輪を上に引き、頭と手錠の掛かった腕を浴槽の中に入れ、お腹の部分がバスタブに当たる位置に美舞の体を誘導した。

「少しケツを持ち上げろよ、豚ちゃん。うれしいですと言えよ」

「あっ、はっ、うれしいです。してください……」

「そうか、そんなにして欲しいのか。どうなっても知らないからな……」

リョウは指で美舞の秘部を触った。美舞は叫び声を上げた。

「何だ、感じているのか？　こんなに濡れているぞ、入れて欲しいのか？」

「うっ、うっ、そう……、入れて……」

美舞は、快感に顔を歪め、お尻を震わせ、これまでにない呻き声をあげた。

「そんなにいいのか？　それとも止めて欲しいのか？」

美舞は首を横に振った。金属の鎖が浴槽の中で暴れ、ジャラジャラと音がした。指の出し入れのスピードを上げると、美舞は耐えきれなかった。太腿が痙攣するように内側に収縮し、大きな叫び声とともにオルガスムスに達してしまった。

上半身が浴槽の中でだらりとして、動かなくなった。

「気の毒に、そんなに気持ちが良かったのか……？　また、気絶してしまったぞ」

リョウは美舞の体を抱え、浴槽の中に横たわるように寝かせた。

「お前は、こんなにストレスが溜まっていたのか……。可哀そうに……」

部屋に戻ったリョウは、裸のままソファーに座り煙草を吸ったが、まだ下半身は硬くなったままだった。リョウは薬のせいだと感じたが、毎日女性に奉仕する自分の中にもストレスを感じた。

本当に満たされる自分はいなかった。

「女性も性の快感を得たいんだな。セックスは通過点だ。闇の世界でも何でもない……」

二十分ほど経ち、美舞が心配になった。バスルームに行ってみると、美舞は同じ姿勢のまま横たわっていて、意識がなかった。美舞の胸に耳をあててみると、鼓動があった。

リョウは、手錠を外し、湯の栓をひねり、美舞の頬を何度か叩いた。

美舞は、ようやく気が付いて、上半身を起こし、次第に溜まってくる湯につかり、言った。

「ああ、気持ちが良い……。こんなの初めて……」

リョウも浴槽に身を横たえ、湯につかりながらホッとした気分になった。湯が半分ほど入ったところで湯を止めたが、美舞は態勢を入れ替えてリョウに寄り添い、リョウに濃厚なキスを始めた。それは、永く貪るようなもので、美舞が欲情し始めたシグナルだった。

その姿は、茉莉以上に貪欲だった。美舞はリョウの下半身から手を離さず、摩り続けた。

リョウには、まるで魔女が舌なめずりして男を求めているように感じられた。

バスタブと壁の間に空間があった。リョウは、美舞を立ち上がらせ、壁に美舞の背中を付けるように座らせ、足を開かせた。

「このスケベ女……。またやりたいのか?」

美舞はせがむような目をして、顔を縦に振り、リョウの耳元で「お願い、もう一度して……」と言った。

「高いぞ、それでもいいのか?」

「いい、いっぱい払うから……」

「俺を追いかけるなよ。今はもう、俺の方がお前の急所を握っているからな。気分が向いたら、お前を天国にいかせてやる」

「いいわ、それで……。でも、リョウの本物でイカせて」

リョウは美舞の花唇を撫で上げた。

美舞は、叫び声を上げながら腰をよじり、恍惚の顔をした。

リョウは、指を抜き、またがるように半身になって、美舞の入口に自分の局部をあてがった。少しずつ中に入れ始めると、美舞は大きな悦楽の声を出し、顔を歪めて横に振った。

リョウは、美舞の片足を抱えるようにサポートし、スピードを次第に速めた。

「まだ、イクなよ、俺もイクからな、今度はコンドームをしているからな、覚えていろよ」

美舞の快感の叫び声は、さらに大きくなり、悲鳴にも聞こえた。

リョウ自身も呻き声が出て、背中に電気が通るようだった。十五分ほど快感に満ちたセックスが続き、やがて二人同時にオルガスムスに達した。美舞は大きな声とともに体を震わせ、また意識を失った。リョウも射精とともに強い快感に酔い、思わず声が出た。

美舞の秘部は絡みつくように収縮を繰り返した。

動きが止んで、静かな時間が過ぎ、リョウは美舞の体を湯の中に戻した。

美舞の顔が湯に沈まないように支えながら、浴槽の栓を抜き、湯を流し始めた。

美舞の体が浴槽の中に横たわり、満足した顔を確認して、リョウはコンドームを外した。

シャワーで体を洗い、バスタオルで巻き、バスルームを出た。部屋に戻って、浴衣を羽織り、ソファーに座った。体が静かに元の状態に戻り、煙草を吸いながら考えた。

これまでで、一番快感が走った射精だった。刹那的ではあったが、リョウには達成感があり、溜まっていた体の芯の疲れが取れたように感じた。

美舞の性は、春美や茉莉と比べても激しく、貪欲だった。おそらく、心もそうなのだろうと思った。まるで、性の快楽を得るために生まれてきたような女性に思えた。

春美との別れの予感の中で、また押し寄せる日常の不安の中で、女性を犯すことで気を紛らわせた自分を擁護する材料はないように思えた。「女性と交わる行為の中に愛があるのか?」とも考えたが「相手の求めに応じ、相手の中に潜んでいる欲望を引き出し、満たしてあげただけだ」世の中に、愛のないセックスはいくらでもある。しかし、お金を払って自分の欲望を満たすことだけはしたくない。本気で相手が求めてきたことに応じただけだ。それ以上も、それ以下もない……。

そう思っているうちに、静かに少し眠りに落ちた。

何十分かして、目を覚ますと、リョウの目の前に、髪を整え、浴衣を着た美舞がいた。

リョウの隣に座り、リョウに寄りかかって言った。

「ありがとう。スッキリした。普段の澱んだ気持ちから解放されたわ。一生忘れられないと思う」

美舞は、身支度を始め、リョウも着替えてソファーに座り直した。

美舞は、財布の中から十万円ほど出し、渡そうとした。リョウは「いいよ」と突き返したが、「お金は受け取ってよ。私の気持ちよ」

二人は、タクシーを拾って神保町まで帰った。神保町で、タクシーはいったん停まり、美舞が運転手にお金を渡し「これで足りると思うけど、この人を世田谷まで送ってください」と言って車を降り、マンションの方向に歩いて消えていった。

午前二時半に豪徳寺に着いた。アパートまでの帰り道に綺麗な月が見えた。その月は、さよならを言っている春美に思えた。血のつながりは、他の女性には感じられない思いを、リョウに募らせた。しかし、春美の歩む道を止められないこともわかっていた。寂しさだけが残った。

リョウと付き合ってから、信じられないほど短時間でセックス中毒になりかけている茉莉……。

リョウのサディストとしての才能を目覚めさせ、自らマゾヒストに変身した美舞。リョウを、新たな領域に踏み込ませ、べっとりと寄り添う女性たち……。

女性は交わった時間、挫折を忘れさせてくれたが、根本的にリョウが抱えた課題を何一つ解決に向かわせていないことも事実だった。

第四章　恋

（五月十八日 土曜日）

リョウは、窓から差してくる昼の太陽の光を感じながら、目を覚ました。もう昼を過ぎていた。夢を見た。体が熱く、汗をかいていた。

冷蔵庫に入っていた牛乳を飲み、シャワーを浴びた。体の中と外からの冷たい刺激が、心地良かった。

一日で三人の女性と交わったことは、リョウの体にかなりの疲労をもたらした。今後どうなるのか予想がつかなかったし、美舞の考えていることが全く分からなかった。

駅前の食堂で食事をして、家に戻って太宰治や中原中也を読みふけった。

夕食の弁当を食べ、多めの眠剤を飲んで、珍しく早めにロフトに上がった。

（五月十九日 日曜日）

茉莉と約束した日がやってきた。朝八時に目が覚めた。

体を拭いた後、黄色いトランクスパンツの上から細身のベルリンブルーのスラックスをはき、水色のティーシャツの上から薄い青の縞が入ったグレーのワイシャツを着た。

外に出ると、天気が良く、五月の爽やかな風が吹いてきた。

一晩、よく寝たことで、美舞とのセックスの疲れはなく、足取りは軽かった。

途中、リョウは下北沢で降り、お土産のお菓子を買った。

駒場東大前駅のホームに着いて、茉莉に電話をすると、弾んだ声が帰ってきた。

改札を出て五分ほど待つと、早足で来る茉莉が見えたので、リョウもその方向へ歩き出した。近づくと、茉莉が「今日はありがとう」と言って、リョウの前で止まった。

茉莉の表情は笑顔でほころんでいた。二人は、並んで歩き始めた。

辺りは緑が多く、やがて住宅街に入ると、豪華な家が建ち並んでいた。

「すごい家ばかりだ。豪徳寺とは全然違うね」

「そうね、良い街でしょ」

茉莉の家に近づくと歩みがゆっくりとなり、茉莉は「ここよ、どうぞ入って」と言って門から玄関まで、少し階段を上がり誘導した。

玄関ドアから中に入ると、二人の女性が並んで出迎えに立っていた。

「母と姉よ」と茉莉は紹介した。

「よく、いらっしゃいました。さあ、お上がりになって」と母親が言い、リョウは「失礼します」と言って、靴を揃えて上がり框（かまち）に上がった。

初めて出会う、優しく、豊かで、温かい雰囲気に、リョウはかえって緊張した。

「これ、つまらないものですが、お土産です」と母親の優美に渡した。

「あらー、手ぶらでいらっしゃればよろしかったのに……。ありがとうございます」

茉莉が、居間に案内し、リョウは大きな柔らかいソファーに座った。緊張感はさらに増幅した。

居間は大きく、イギリスの貴族の館にあるような家具とグランドピアノが置かれていた。

リョウが座ったソファーは三人掛けで、隣に茉莉が座った。テーブルを挟んで反対側に一人用のソファーが二つあり、リョウと対面するように姉が座った。

「妹がいつもお世話になっております。姉の美佳と申します」

「松井良と言います。よろしくお願いします」とあらためて挨拶した。

「姉は大学を出て、建設会社の設計部に勤めてもう一年経つの。いつも残業で帰りが遅いのよ。

リョウは、東大を目指しているのでしょう？　インフルエンザで失敗したけど、来年もチャレンジするのよね？」と言い、リョウは、茉莉の言葉の中に自分の二つの弱点が出てきて、一瞬、唾を呑み込んだ。「はい」と言うのがやっとだった。

しかし、リョウが見つめたのは、向かいに座った美佳だった。オールバックのように後ろで髪を束ね、額が広く浮き出て、茉莉よりも一回り大きく見えた。

目も鼻も整って、落ち着いている姿に、リョウの心は変化を起こした。

少しの沈黙の間に、太陽のように眩しいオーラがリョウの体の細胞を入れ替わらせた。

そこに、母親の優美が来て「お食事の用意ができていますわよ。皆さん、食堂にいらっしゃい」と声をかけた。女性三人とリョウが、四人掛けのテーブルに着いた。

「他のご家族はお出かけなんですか？」

「父はゴルフのコンペがあって、夜でないと帰らない予定なの」

テーブルには、各人の前に肉料理が盛られた大きなプレートが出されていた。中央に大きな鉢に入ったサラダがあり、フランスパンが盛られた大きなお皿と、各人の取り皿があった。

「簡単なもので申し訳ありませんが、どうぞお召し上がりになって」

そう言って優美は、サラダをリョウの取り皿に盛ってくれた。銘々がサラダとパンを取り終え、美佳が「いただきます」と言うと全員がそれに倣って食事が始まった。

リョウは、どう手を動かしていいのか分からなかったが、横の茉莉の振る舞いを真似した。

静まり返った食事の中で、優美が「松井さん、書道お上手なんですって？」と聞いてきた。

「ただ、好奇心でやっているだけで、まだ駆け出しです」

「先生から聞くところでは、小学生のとき、大きな競技会で何回も上位に入ったそうよ……」

「すごいのね。私も書道習ってみようかしら、土曜の夜なら行けそうだわ」

「いいことね。茶道は二人とも習わせたのですが、書道は茉莉だけですの」

「お母様、お点前を差し上げるといいわ。母は茶道を教えているのですよ。茶道は経験ないですか？」

「全く経験はありませんが、興味はあります。図書館で千利休の関係の本を読んだことがあります」

「茶道にはいろいろな流派がありますけど、元をたどると利休に行き着くんですよ。利休が作ったり、好んだりしたお道具や茶室は、受け継がれていますのよ。利休は茶という独特の世界の中で、日本人の感性の原点を作り上げた人なのよ。侘び寂びというでしょう？　その世界をね……」

「そうですか……、深い世界ですね」

茉莉が続けて言った。

「侘び寂びは日本独自の文化で、自分を抑えた世界よ。その中に、穏やかに自然に調和して、わずかに色気が広がっている世界よ。茶室もお庭も、あえて陰影を大切にして、季節や日の移ろいを楽しみながら、美に対する感動を共有するの。お道具、生け花、所作など、そこには何気ない思いやりが込められていて、お互いに非日常の世界を楽しむの。ただ、お茶をたてて飲む世界ではないの。そこにしかない、そのときにしかない、一瞬の美しさを創り出そうとするの。リョウも少し影があるところが魅力だけれど、お茶の世界も、影や音さえも演出の道具として利用しているし、生ける者の諦めというか、上下もなく、今という自分を感じ合う世界ね。共に、自分以外のモノを大切にし、共に心をつかみ、共鳴し合う美しさを創り上げるのよ」

リョウは少しビックリして、思わず発言してしまった。

「それは愛し合うことに近いですね」と。

そこにいた女性全員に爆笑された。

しばらく、笑い声が消えなかったが、リョウはそれでようやく緊張が解け始めた。

皆、肉料理をナイフとフォークで食べ始めていた。

「とても独特のお肉ですが、何のお肉ですか？」

「ラム肉の良い部分ですよ。臭みがないように柔らかく調理したつもりですが、お嫌でしたか？」と逆に優美から聞かれ、リョウは答えた。

「いえ、これまでに食べたことのない味で、一番美味しいです」

優美はうれしそうな顔をした。

「そう、よかったわ。松井さんは書道の他に、どんなご趣味をお持ちなのかしら？」

「詩とか小説、哲学の本をたまに読んだりしています。最近、松尾芭蕉の紀行文や俳句にハマっています。詩は、立原道造や中原中也など昭和初期の詩人が好きです。フランスのランボーも……。自分で詩を書くこともあります。恥ずかしいですが……。あとは、映画鑑賞や音楽鑑賞です」

「高尚な趣味をお持ちね。大学は文系に進まれるの？」と優美がまた、質問してきた。

「僕の得意な分野は文系ですが、最近、建築にも興味があります。父が建材関係の会社を経営していまして、建築デザインの勉強をしたいという気持ちもあります。二ヶ月ほど前に、知り合いの人と目白台にある東京カテドラルを見に行きました。丹下健三さんの作品で、とても強く心を惹かれました」と答えると、

「建築はいいわよ。私、設計の仕事をしているの。茉莉が松井さんからお借りした、立原道造の本も読ませていただきました。彼は素敵な詩を書く方ですけど、設計事務所にいたんですね。細身で、繊細そうなところは松井さんもよく似ていらっしゃるような気がします」と美佳が言い、輝く表情をした。

「私は日本の文化に惹かれるわ。来年の卒論も、書かお茶をテーマにして書こうと思っているの。リョウは優秀な学校に通っているのだから、きっと、どこにでも進めると思うわ」

リョウは、高校の話をされて、心が塞がれた。

「確かにそう言われている学校ですが、正直を言うとあの学校はあまり好きではないです。中学のときは良かったのですが、高校に入ると雰囲気は一変しましたね。なんか、皆、大学受験の方向ばかり向いてしまっていて、自由な雰囲気はなかったです」

「頑張ってよ。私が付いていてあげるから……」

美佳が、話の方向を変えるように、

「松井さん、映画や音楽も好きとおっしゃっていらしたけれど、どういうモノが好みなのかしら?」と質問した。

リョウは、女性から面接を受けているような雰囲気になった。

「映画は、中学二年の秋に新宿の映画館で観た、アンジェイ・ワイダというポーランドの映画監督の追悼映画祭がきっかけです。それから、本格的に映画の世界にはまり込みました。ワイダ監督の有名な作品は、大方そこで観ました。プログラムやワイダの本もそこで買って読みました。このとき、一番衝撃を受けた作品は『地下水道』という作品でした。第二次世界大戦の数年後に作られた古い作品ですが、それ以来、渋谷や新宿などの映画館で観たり、ネット配信などで古い時代や最近のものまでかなりの数を観ています」

「リョウは、難しい映画が好きみたい。この前の映画は難しすぎて、よく分からなかったわ」

「松井さんは、早熟なのかしらね。食後のコーヒーでも飲みながら、もう少し、松井さんのお話を伺いたいわ」と美佳が言って、リョウと姉妹は居間に移動した。

再び、三人がソファーに座り、美佳から「松井さん、映画のお話を聞かせて下さらない?」と言っているところに、母親の優美が居間に入ってきた。

「僕は、ヨーロッパの映画はかなり観ています。なので、学校の成績はイマイチです。でも、映画の世界は、僕に新しい世界を見せてくれました。一概に言えないとは思いますが、今の時代はレベルが下がっていると思います。それに引き換え、ワイダが、一九五〇年代に作った映画は、とても奥が深いです。第二次大戦後間もなくの映画はポーランドもイタリアもドラマを演じるようなものではなく、写実的な映画が多いです。

「ワイダの『地下水道』や『灰とダイヤモンド』はそういう映画ですし、悲惨な状況をリアルに描き出した作品です。ドキュメンタリーかと思うほど、迫ってきます。第二次世界大戦が始まって、ナチスドイツは、ポーランドに侵攻します。首都ワルシャワは陥落して、抵抗する市民勢力のパルチザンが地下に追い詰められます。逃げ場は下水道の中しかなくなり、悪い環境の中を彷徨います。中には気が狂ってしまう者までいました。しかし、パルチザンは、下水道の出口が必ず海につながっていて、そこから、脱出できると信じ、一分の望みを託して進みます。やがて、外から微かに漏れる光があり、その方向に歩きます。しかし、そこに、衝撃の結末が待っていました。確かに行く先に海は見えたのですが、出口には重く、がっしりした鉄格子がはまっていました。背後からはドイツ兵が迫ってきます。そこで、パルチザンたちが見た光景は、さらにショックなものでした。海の向こうの対岸をジッと見つめると、そこにソ連の連隊が待機しているのが見えたのです。

「ワイダが、この映画で一番訴えたかったことは、そこにありました。ソ連は味方ではありませんでした。パルチザンたちは、ソ連兵が自分たちを助けてくれるのではないかと思っていました。しかし、ソ連軍にその気など更々ないことを読み取れたのです。この映画が作られた一九五六年当時、ポーランドはソ連の支配下にありました。映画も芸術も全て、ソ連によって作られた政権の検閲を受けていました。その目をかい潜って、ワイダはこの映画を作ったのですが、ほとんどのシーンがナチスの残虐さを告発しているように見えるため、ごまかせたのです。ワイダが、本当に告発したかったのは、ポーランドを殺戮したソ連でした。結果としては、ソ連はポーランドにナチスと同じくらいに残虐でした。それは、ソ連が崩壊して以来、かなり明らかになってきました。ソ連は、ポーランドを助ける気など最初からなかったのです。それは、開戦直前の独ソ不可侵条約を見れば分かります。ドイツがポーランドになだれ込んで来たとき、もう既にソ連もポーランドを侵略し始めていたのです。ワイダ自身、ソ連の残虐行為の犠牲者でもありました。ポーランド軍の将校だったワイダの父親は、カティンの森でソ連軍によって虐殺されていたのです。ワイダは自分の思いを込めて『地下水道』から五十年後の二〇〇七年に『カティンの森』という映画を作ります。それは、戦争末期、カティンの森でソ連軍がポーランド将校一万数千人を虐殺したことを告発する映画です。戦後、永きにわたって、ソ連はナチスの仕業だと言い張っていました。しかし、事実は違いました。そのことが明らかになったのは、ソ連が崩壊してからです。カティンでは、ポーランドの将校が集められ、自ら広大な穴を掘らせられ、全員、ソ連兵によって銃殺されたのです。ワイダは、この映画を作っても、まだ恨みを晴らし切れなかったのではないかと思います。僕は、ワイダの映画を観て、とても切ない気持ちになりました。ワイダは、本当に心の優しい人です。僕は、映画以上にその優しさに感動しています。ワイダの映画は、何十年経とうが、世界の映画史から消えることはないと思います。

「僕がワイダの映画を体験をした中学二年の秋は、僕自身のさまざまな変化があったときでした。ベートーヴェンのシンフォニーのＣＤを自分で買い、本格的にクラシック音楽の世界に入り込んだ時期でもありましたが、二学期末のテストが近づいていた頃でもありました。この自分が変わる時期に、偶然ワイダの映画祭に巡り合えたことはラッキーだったと思います。

「映画祭で観た、ワイダとしては異色の『夜の終わりに』や『仕返し』も良かったです。『仕返し』は二百五十年くらい前のポーランドの貴族の城のような館で起きる喜劇です。この映画には、ロマン・ポランスキーを主役として登場させています。元々、ワイダとポランスキーは強い絆で結ばれていて、ワイダの作品には何回かポランスキーを役者として起用しています。ポランスキーは映画作りをワイダからも教わったのです。ワイダの長編デビュー作で、『地下水道』の前に作った『世代』という映画では、若いポランスキーが少年のような初々しい姿で登場します。僕は、ポランスキーが大好きなので、そのシーンは見逃していません。ワイダがポランスキーを可愛がった気持ちが伝わってきました。ロマン・ポランスキーは一九六一年に『水の中のナイフ』という作品でデビューしました。この映画は自身初めての長編映画でありながら、映画史に残る傑作です。ＤＶＤで見たのですが、映画の感性が新鮮で、鳥肌が立つような気がしたのを覚えています。この時代、ポーランドは荒れていた時期でしたが、この映画はそんな暗くて重たい世相を微塵も感じさせない映画です。現代的で、シンプルで、オシャレで豊かな映像に満ち溢れていました。僕とそう年齢が変わらない主人公が、雨の中、小さいけど現代的な車を運転して、湖に向かうところから始まります。湖には主人公より少し年上の恋人同士がヨットに乗るため遊びに来ていて、一緒に乗り込むことになります。映画はドラマというより、心象風景にゆっくりと感情移入をさせて、一つ一つの切り口がとても鮮烈です。ヨットと水面と風と光と暗闇が効果的です。たった三人の登場人物しかいないのに、次第に恋愛のもつれのような様相を呈し、変容する三人の感情をこの風景が表現します。その頃は、フランスのヌーベルバーグやイタリアのネオリアリズムが花開いた時代でもあり、その影響もあったのかもしれません。

「しかし、この作品はこれまでヨーロッパにあまり存在しなかった映像美でもあり、シリアスでゾッとするような世界に引き込まれます。音楽も軽いジャズを上手く使っていて、ポランスキーの感性の良さはすごいものがあります。続いて作られた『反撥』は若かった頃のカトリーヌ・ドヌーブを起用し、次第に狂気の世界に走る、孤独な女性を描いた恐怖の映画です。でも、僕が一番好きな作品は、三作目の『袋小路』と四作目の『吸血鬼』です。『袋小路』は国際映画祭でグランプリを取り、世界から認められました。一九五〇年代から一九六〇年代は欧米のほぼ全ての文化の黄金時代と言ってよいのだと思います。かつてルネッサンス期に多くの天才が輩出されたように、時代には波があります。残念ながら、現代は文化が萎んでいる時代ではないかと思います。科学は発達しましたが、人間の心は輝いてはいないと思います。勝手な批評ですが……。

「ポランスキーは、ホロコーストの悲劇も体験しました。ポランスキーは一九三三年、フランスで生まれました。母はポーランド人だったのですが、父はユダヤ人で、ポーランドに戻ってから、ナチスによる迫害が始まり、母は強制収容所で亡くなります。父はゲットーに一緒にいたロマン・ポランスキーを鉄条網の下をくぐり抜けさせ、脱出させます。戦争による食糧不足のせいなのか、ポランスキーの体は小さかったです。しかし、そもそも家庭は豊かだったためか、ポランスキーの心は豊かで感性が鋭いです。『吸血鬼』という作品は、貴族の石の城が舞台です。僕はこの豊かな世界に魅かれました。ポランスキー自身も役者として登場していて、一番好きな映画の一つです。さまざまな事件の後、世間から批判されたポランスキーは、二〇〇二年に自身のホロコーストの体験を元に『戦場のピアニスト』という映画を作ります。この作品は、ほぼ史実に基づいた映画ですが、世界から絶賛され、アカデミー賞の監督賞も受賞しました。ポランスキーはさまざまな悲劇に遭遇し、事件も起こしました。しかし、そんな運命の悪戯を軽々と振り払い、人間の本質に迫る傑作を世に送り出しています」

「私、その映画を知っているわよ。確かにすごい作品だったわ」とそのとき、発言したのは美佳だった。

「リョウはいろいろなことをよく知っているのね。でも、今日のあなたは、少し喋り過ぎよ。どうしたの?」と茉莉が口を挟んだ。

「とても素敵な話だったわ。話したければ、いつでもここに来てください。また、お聞きしたいわ」

「でも、疲れたでしょう。お姉さん、ピアノ弾いて差し上げてほしいわ」と茉莉は、美佳の発言を封じるように言った。美佳がグランドピアノの椅子に移動した。

弾いた曲は、ショパンのエチュードだった。全員が癒される『別れの曲』だった。

リョウは「ショパンもポーランドの人だ。何という偶然だろう」と思いながら、聴き入った。近くで聴く生のピアノの音は、迫力があって、説得力があった。曲が終わって、リョウは拍手を送った。心地の良い余韻が残った。

弾き終えてソファーに戻り、静かな時間が流れた。美佳が、リョウを見つめていることを感じた。

リョウには、美佳があまりに眩しく、目を合わせることができなかった。リョウより六歳年上の美佳には、茉莉とは異なる、大人の女性としてのオーラが漂っていた。

美佳が「松井さんはどういう音楽がお好きなの？」と聞いてきた。

「ほとんどがクラシックで、ピアノの曲もよく聞いています。ソナタやコンチェルトが多いです。ショパンやリストも好きですが、モーツァルトやバッハ、ベートーヴェン、ラフマニノフ、サンサーンスなどが多いです。ラフマニノフは、ピアノ協奏曲です。特に、二番と三番が好きです」

「私も好きだわ……。でも、他のジャンルは聞かないの？」と美佳から聞かれて、リョウは、

「この春先に知り合ったオジサンからCDをもらいまして、それが昔のジャズやポピュラーだったんです。まだ、全部聞いてはいませんが、軽いノリの音楽も良いと思っています」

「クラシックも良いけど、ジャズも良いわよ。昔の方が良いのかもしれない……。確かに今は斬新さや奥の深さでは今一つ、なのかもしれないわね。建築でもときどき斬新なものがあるけど、どこかのコピーが多いのよ。コルビジェやライトが出てきたときのような個性は少ないのよ。きっと、どこかに時代の閉塞感があるのね」

「勢いがあった時代の文化は、いつの間にかそれが、伝統的なものとして継承されていくような気がするわ。でも、この話は尽きないわ。お姉さん、少し外に出て散歩でもしてみない？」

「このすぐ近くの前田侯爵邸にでもお連れしたらどうかしら」

姉妹とリョウは玄関を出て歩き始めた。気持ちの良い日差しの中、三人はゆっくりと歩いた。前田侯爵邸の敷地は大きかった。茉莉の家からだと、裏門から入った方が近かった。入るとすぐに、竹で編まれた塀があり、続いて、連子格子（れんじこうし）の板塀があった。塀の奥は日本式の庭園と和風の木造家屋があった。

「和風の家屋は別館よ。この先に昭和初期に建てられた洋風の美しい建物があるのよ」

敷地の中は、新鮮で美しい光景に満ち溢れていたが、リョウの心を最も突き動かしたのは、美佳の優雅で落ちついた歩き姿だった。リョウの心から、今まで張り付いていた鎧が剥がれ落ちていくようだった。美佳の姿が、眩しい太陽のように感じられた。それは、リョウにとって生まれて初めての出来事だった。

リョウの心は、次第に無防備な裸の状態になった。思わず、美佳に「好きだ……」と言いたくなったが、リョウは堪えざるを得なかった。それは、リョウにとって予期せぬ心の変化であり、説明がつかない恋心だった。

春美や茉莉のことも吹き飛んでいた。それは、今までの自分から脱皮するような瞬間だった。欲望ではなく、ただ美佳のオーラに魅了され、心が浄化されるような状態になった。

三人は、和風の建物の中を見学した後、豪壮な洋風の本館に入った。昭和モダンの雰囲気に満ちていて、玄関前の車寄せのバルコニーは、イギリスにある貴族の館のようだった。

美佳は、品のある腰の据わった歩き方で、周りの人間を引っ張った。

時刻は三時半を回っていたが、茉莉が「近代文学館も見て行きましょうよ」と言った。

三人が、そこに近づくと「太宰治生誕百十年記念展」が催されていた。

入館料を美佳が払い、二階の展示室まで階段を上がった。

最近になって読み始めた太宰に、リョウは興味を持っていた。『駆け込み訴え』や『走れ、メロス』は学校の教材にもなっていて知っていたが『斜陽』などの晩年の滅びゆく生々しい作品は、つい最近読み始め、魅かれる気持ちが強かった。太宰は、分かっているだけでも数回、自殺未遂もしくは心中事件を起こしている。その都度、さまざまな女性と関っていた。

二十一歳のときに、銀座のカフェの女給と鎌倉で起こした心中事件では、女性が死に、太宰だけ生き残った。この事件は新聞にも載り、故郷にも、太宰自身にも大きな影響を与えた。

三十代前半で書いた『女生徒』などの中期の傑作を生みだした時期は、精神的にも安定していたが、三十代後半から再び自分を追い込むようになってしまった。家庭を持ち、子供もできたが、三十八歳のときに三鷹の駅前の屋台の飲み屋で知り合った女性と一年数ヶ月後に玉川上水に入水し、共に帰らぬ人となった。この女性と知り合ってからわずかの期間に『斜陽』や『人間失格』などの傑作とともに、再び破滅の方向に舵を切ったのだった。リョウは、そのことを展覧会で検証した。

しかし、太宰は作家としての才能を持っている人で、リョウ自身、太宰と自分を重ねることは、あまりにおこがましいという気持ちにもなった。

三人は、展覧会場を出て、一階に降りた。そこにカフェがあった。入り口に書いてあるメニューを見ると値段が高かった。しかし、二人は美佳に誘導された。

「私がごちそうするから、コーヒーでも飲みながら休みましょうよ。レトロな良い雰囲気よ」

「太宰って、正直、あまり読んだことがなかったけど、心中自殺をしてしまったのね……」

「太宰はリョウも読んでいるわよね。あなたは、自殺なんかしてはダメよ」

「太宰の作品も生き方も、すごく魅力的だと思います。ああいう作品を書ける人は、今の時代はなかなかいませんし。それに心中しようとする作家もいないと思います」

「そうね、今も太宰のファンは絶えないわね。今日も、こんなに混んでいるなんて思わなかった。太宰は元々、自殺癖があったようね。何度も心中という形で繰り返している。

そこに、自分を追い込むものは何だったのかしらね。それに女性にモテたのね。心中までしてしまおうなんて、よほど魅力があったのね……」

「太宰は純粋なところがあって、自分を追い詰めてしまうのだと思います。仮面としてのプライドとそれを恥じる心、世の中の欺瞞のようなものをストレートに受け止めてしまったのだと思います。それにしても心中に誘ったのは女性の方だったのか、太宰の方だったのかが気になります」

「女性は男性を愛したら、独占したくなるのよ。唯一、独占できる方法が心中だったのではないかしら……。『色男、金も力も無かりけり』というでしょう?」

リョウは、受付で購入した冊子をめくって少し読んだ。

「展示会の本では、最後に心中してしまう女性と出会ったのは、一年数ヶ月前のようです。その頃、太宰には家庭もあったし、日本で有名な作家になっていました。そういう男性をどうして心中に向かわせたのでしょうか?　太宰の体も悪くなっていて、自虐的な気持ちになっていたのかもしれませんが、三鷹の飲み屋で偶然知り合った女性のようです。でも、女性は作家としての太宰の立場は知っていたのだと思います。どちらが悪いなんて言うことは決してできませんが、あまりに惨(むご)いような気がします。一緒に死ねば永遠に独占できるでしょうけど……」

「愛と死は不思議なものね。女性は、影があって、その中にキラリと光る魅力に惹かれるのね」

「そうね、母性本能をくすぐられるというか、女性はそういうものに弱いわね……」

「お姉さんが付き合っている男性は、まるっきり逆なタイプではないの?　仕事はできるし、エリートコースまっしぐらだし、言う言葉がないわ……」

「あら、偶然付き合っただけよ。まだ、一緒になろうなんて思ったことないわ。私も、上司としての彼から仕事を教わって、仕事に夢中なだけよ」

その話で、リョウは、美佳につき合っている男性がいることを初めて知った。美佳に初めて恋心を抱いたリョウは、ショックを受けた。「美佳のように美しく、オーラのある女性を男性が放っておくわけがない。仕事でさまざまな男性に出会うだろうし、それに僕よりも六歳も年上なんだから、どう考えたって釣り合いが取れるわけがない。でも僕の募る気持ちは、どうして止まらないのだろう……」と思っているところに「さあ、そろそろ帰りましょう。お母様が待っているわ」と声をかけられ、一斉に席を立った。

家に帰ると、優美が茶室の準備を終えていた。三人は四畳ほどの茶室に入り、お釜に一番近い席に美佳が座り、隣にリョウ、茉莉は一番末席に座った。全員正座だった。

しばらくして、茶室と水屋を隔てた襖戸が開いて、優美が座ったままお辞儀をし、中に入って釜の前に座り直した。前には、蓋が少し切られたお釜から湯気が立っていた。

優美は向きをお客の方に変えて「ようこそ、いらっしゃいました」と畳に手を突いて、丁寧なお辞儀をした。

美佳たち三人も、一斉に同じようにお辞儀をした。

優美とお釜の間に、お茶が入った棗(なつめ)と茶杓(ちゃしゃく)、茶筅(ちゃせん)、薄い茶色の円錐形の地味な茶碗が置かれていた。その横に、木の漆の四角いお盆のような皿に盛られた和菓子があった。

優美は、袱紗(ふくさ)を取り出し、盆の下に敷き「どうぞお召し上がりくださいませ」と言った。

美佳が、膝を付いたまま、体をよじりながら前に進み出て、優美にお辞儀をし、お盆を手に取って、立ち上がった。そして、元の自分の位置に戻り、正座をし直して、盆を前に置いた。

少し体を傾け、手を突いて「頂戴いたします」と母親に声をかけ、横にいた茉莉に斜めに向くようにして「お先に」と言った。茉莉は、美佳に対し、同じように手を突いてお辞儀をした。

美佳は、四角い和紙が数枚重ねてあるものを取り出し、一枚を取って、その上に菓子を一つお盆から取った。

それから、お盆を茉莉の方に、差し出した。

次々に、その所作は繰り返して行われ、全員にお菓子が配り終えられた。最後の茉莉がお盆を持って、優美の前に運んだ。リョウは、美佳と茉莉の動きをジッと観察し、同じようにした。

美佳が「落雁ね」と言い、一口食べると「美味しいです」と言った。

四人は皆それぞれ、懐紙ごと手に取り、お菓子を食べ始めた。

リョウが、お菓子を噛むと口の中で細かい粉となり、上品な甘さが広がった。

優美は、茶碗を少し自分の前に引き寄せ、小さい布巾のようなもので、茶碗を拭いた。

棗のふたを開けて、袱紗で少し拭くようなしぐさをし、蓋を開けて手元に置いた。

次に、茶杓を手に取り、それも袱紗で拭くようなしぐさをし、茶入れから結構な量の抹茶を茶杓に乗せて、茶碗の中に入れた。

それから、左手で柄杓(ひしゃく)を取って、両手で裏返して構えた後、左手から右手に構え直し、窯の中に入れて、一回湯をかき混ぜた。その後、その柄杓で湯を汲み、茶碗の中に少し注ぎ込んだ。余った湯は、窯の中に返し、柄杓の頭の方から窯の淵に置いた。

その後、茶筅を取って構え、茶碗に左手を添え、右手で茶筅を茶碗の中に入れて、縦に速いスピードでかき混ぜた。最後に茶碗の中を一周させて、茶碗から抜いた。茶碗を右手に持ち、左手の上で半分近く回して、畳の上に差し出した。

美佳は静かに立ち上がり、茶碗の前に行き、正座をして、優美に深々とお辞儀をした。

右手で茶碗を持つと下に左手を添え、立ち上がって自分の席に戻り、茶碗を畳の上に置いた。

両手を畳に付き、リョウに対して、幾分半身を向けて「お先に頂戴します」と言った。

リョウは、どうしていいのかわかならいでいると、茉莉が「手の先を畳に突けて、会釈をするの」と助言をした。リョウが言われたとおりにすると、美佳は茶碗をまた右手で取り、左手の上で九十度くらい回した。

それから、茶碗を少し一度上に上げて、また口の位置に持ってきて、茶を飲み始めた。

最初の一口で「大変、美味しゅうございます」と言い、さらに二口で飲み切った。

最期の一口は、少しお茶をすする音がした。その後、茶碗を母親の前に運び、お辞儀をした。

リョウはその一部始終を見ていたが、細やかな作法と美佳の毅然とした大人のオーラに魅力を感じた。そして、ぎこちない動きであったが、覚えている範囲で、美佳と同じ作法を繰り返した。

リョウがすべき一連の動作を終えると少し緊張がほぐれたが、足のしびれは限界に達していた。

茉莉の番になり、慣れた動作でし終えると、優美が「もうどうぞ、足をお楽になさってくださいませ」と言ってくれたので、リョウは中腰になり、足のしびれを治した。

「本当は、この後、御濃茶を差し上げたかったのですが、今日はこの辺にしておきましょう」と優美が言ってくれた。優美は、歳の頃はまだ少し五十を超えたばかりの感じに見えた。子供を育てた、しっかりした女性である雰囲気を十分感じられる人だった。

「お濃茶は今度いらしたときに、ぜひさせていただきたいですわ」

その言葉は、リョウを受け入れてくれたという答えであると、リョウには受け取れ、うれしい気持ちが広がった。

「今に続く茶道は、必ずしも純粋に日本だけで創り上げた文化とは言い切れないの。お濃茶は、その典型的なものよ。お濃茶の作法は、かなり濃いドロッとしたお茶を大きな器に作ってお客さん皆で回し飲みするのよ。利休が考案したものなのだけれど、キリスト教の儀式の影響を受けていると言われているのよ。リョウには、どういうことかわかる？」

「全く分からないです」

「キリスト教の洗礼の儀式の中に、ワインを皆で回し飲みをする風習があるの。利休はそれからヒントを得て、日本で初めてお濃茶の作法を始めたの。そこには、茶室に同席したお客同士が、より緊密に心の内を開いて、絆をつなげられるように、という願いが込められているのよ。茶道の本分は、お互いに気遣いして、隣にいる者同士が大切にし合うことにあるのよ。お互いに、一期一会を大切にして、その季節を味わい、一時の非日常の空間を大切にするのだけど、その本質は、そこに居合わせた人たちへの愛情よ。だから、食堂でリョウが、『愛することに似てますね』と発言したけど、私はその通りだと思うの。キリスト教の教えの中に『隣人愛』という言葉があるでしょう？　茶道の本質も実はそれに近いのではないかしら……」

「すごい、奥の深い哲学ですね。僕は、『愛』というものの定義がよく分からないでいたのですが、きっとそういうものなのかもしれないと今思いました。相手に対する思いやり……、茶道で言えば、同席した者への最大限の思いやりということかもしれないですね」

「そうよ、その通りよ」

リョウと茉莉のやり取りを聞いていた美佳と優美は、微笑みを浮かべた。

「今日は、一日、楽しかったです。本当にありがとうございました。僕は、この辺で失礼します」

リョウは、立ち上がろうとしたが、しびれのため、スムーズに足は動かなかった。

美佳が「もっと、ゆっくりなさっていただきたかったですけど、今度、またぜひいらしてください」と言い、また女性三人で、玄関の外まで送りに出てきた。

茉莉が「また、絶対来てね。お願い……」と言い、リョウは「また、お願いします」と答えた。リョウが駅に向かって歩き始め、振り返ると、三人が道路の真ん中で手を振っていた。

リョウも、しばらく手を振りながら、見えなくなるところまで後ろ向きに歩いた。

駅に着くと、どっと疲れが出た。

（五月二十日 月曜日）

リョウが目覚めると、前日の天気から一変して、雲が厚く垂れ込めていた。

シャワーを浴びて、服を着替えていると、スマホが鳴った。

「シーちゃん、アパートにいるの？」と言う、春美の声だった。

「手巻き寿司を作ったので、部屋に持っていっていい？　少し話したいこともあるし……」

リョウは、ミルクティーを飲み、ソファーで煙草を吸いながら待ったが、嫌な気持ちを感じていた。「きっと、良い話ではない」と思った。

しばらくすると、自転車が止まる音がした。春美が玄関から入ってきて、キッチンから大きな皿を取り出し、布袋の中から、食べ物を取り出して盛った。「お茶を入れなくてはね」と言って、春美は、二つ茶碗を持ってきて、こし器でお茶を入れて、リョウの隣に座った。

「春姉ちゃん、きっとお見合いの話なんでしょう？」とリョウは心が曇った。

「そう、その話、昨日初めて、都心の料亭で、お父さんとお父さんの従姉と四人で会食したの。優しそうで、しっかりしていて、良さそうな人だった。向こうは、出会った瞬間から目が輝くのがわかった。一時間ほど食事して、その後、庭を散歩したり、お茶を飲んだりしたの……」

「春姉ちゃん、結論を言ってくれていいよ。僕は覚悟はできている」

「分かった。彼の方は、私をすごく気に入ってくれて『これから、結婚を前提にお付き合いさせてください』と言うのよ。彼は私より七つ年上で、大学を出て公務員をしているの。親は不動産をたくさん持っていて、私にはまたとないチャンスのように思えたの……。彼は、顔も体も平均値だけど、性格が良さそうだし、彼さえよければこれから付き合っていこうと思ったの。高校しか出ていない私には、本来なら高根の花の話だわ」

「僕は言える立場にないよ。春姉ちゃんさえよければ、それが幸せならそうした方がよいと思う」

「でもね……、一つだけ悔いがあるとすれば、シーちゃんを一人残して、お嫁に行くことだわ。こんな言い方は、かえって惨いかもしれないけど、本当に好きになったのはシーちゃんだけ……。もし、従姉弟同士でなければ、私はきっと何年でもシーちゃんの成長を待って、一緒になってもいいと思う。だけど、私たち許されないものね……。私だって、まだ二十歳だし、初めてのお見合いで、自分の人生を決めてしまうのはどうかと思う気持ちもあるけれど、かえって早く踏ん切りをつけた方がいいのかもしれないとも思うのよ……。ごめんね、こんな話をして……。だって、どうにもならないもの……」

リョウは、目に涙が滲み、鼻水が出た。声が出なかったが、喉の奥から振り絞るように言った。

「僕は、こんな試練を与えた運と偶然を怨むよ、この三週間の春姉ちゃんとのことを忘れるようにする。春姉ちゃんが幸せになれば、それでいいんだ」リョウの嗚咽は止まらなくなった。

二人の間に、沈黙が続いた。

『私、シーちゃんとの思い出は、一生絶対に忘れない……。でも、お嫁に行くわ……。手巻き寿司、後で食べてね。ごめんね、さようなら」と春美は言い残して玄関から出ていった。

リョウには、悲しみだけが残った。そして、自分に言い聞かせた。

「僕は、欲張りだ。本心は誰も失いたくないんだ……。でも、今は何も考えてはいけない」

その日は午後もずっと曇りで、リョウは、ソファーでうつむいたまま時間が過ぎていった。

気が付くと、辺りが暗くなり始めていた。リョウは、春美が作った手巻き寿司を食べた。昼食のものが夕食になってしまった。

それから、冷蔵庫から牛乳を取り出し、眠剤をいつもの倍の量、口から流し込んだ。

そこに、メールの着信があった。美舞からだった。「今日、会わないか」というものだった。

リョウはもう反応しまいと決めていたのに、心の寂しさから「今日は行けない」と返した。

すぐに「一時間だけでも顔を出してほしい」と返事が来た。

「今日は、無理。夕食食べて、眠剤飲んでしまったから」

「では、明後日の昼間、空いていない？」

リョウは、春美を失った混乱から「特に予定はない」と答えてしまった。

すると美舞から「明後日、午前十一時半に湯島天神で待っている。銀座線で渋谷から来れる。はぐれたら電話ください。必ず来てください」と返ってきた。

「僕はこの前のようなことをいつまでも続ける気はないよ。今回きりと約束してくれるなら行くよ」

「ありがとう。では、待っている」

メールのやり取りをしている間に眠剤が効いてきて、リョウはソファーの上で意識がなくなった。


（五月二十一日 火曜日）


雨が強く降った。

リョウは、目が覚めても体がだるく、食料を買いに出る気が起きなく、しばらくじっとしていた。

時計は、十二時を回っていた。そこに、玄関をノックする音が聞こえ、リョウはインターホンで「どなたですか？」と聞いた。

「突然、申し訳ありません。隣にいるものですけれど、ご挨拶が遅れてすいません」

若い男性の声だった。玄関を開けると、男性が何か入っているビニール袋を下げて立っていた。

「この日曜に越してきた中井と申します。引っ越しのご挨拶をと思いまして。もしよければ、このパン食べていただけませんか？　僕の実家はパン屋でして、昨日の夕方、作ったパンが大量に送られてきたんです。食べきれないので、どうですか？」

「それは、わざわざありがとうございます。僕は松井良と言います。よろしくお願いします」

「こちらこそ、大学生ですか？」

「いや、高校二年です」

「ええー、高校生でアパート暮らしですか？　一人ですか？」

「そうです」

「あのう、よければ、僕の部屋に来て、一緒にパン食べませんか？　ご予定がないなら」

「ええ、ありがとうございます。伺っていいですか？」

「ええ、どうぞ」

リョウは隣の住戸の部屋に入った。中には丸いテーブルと、椅子が二つ置かれていた。

その他、机と書棚があった。哲学や社会学の本、大学の教科書がぎっしり詰まっていた。

「僕は、大学三年で、文系なんです。今日は、大学が一時限目だけで、その後休講でして、今、家に着いたら宅配でこのパンが届きましてね」

「ご実家はどちらなんですか？」

「仙台です。街中でパン屋をやっておりまして、僕は継ぐ気はないのですが、度々パンを送ってくるのです。食費は助かりますが、今日はいささか多すぎまして……。でも、高校生で一人のアパート暮らしは珍しいですね。ご実家は遠いのですか？」

「小平で、学校まで通って通えないことはないのですが、家を離れたくなりまして……」

「でも、今日は学校ないんですか？」

「四月の下旬から休学中です。留年は覚悟をしています」

「今時、高校で留年は、アクシデントでもない限り、珍しいですね」

「アクシデントと言えばアクシデントです。ちょっと、今、心の病です」

「そうですか……。では、それは聞かないことにしましょう。今、冷蔵庫の無糖紅茶を出しますから、お好きなパンを食べていてください」

「ありがとうございます。ちょうど食べ物がなくて困っていたところで、助かります」

「そうだ、君は、理系の方なの?」

「大学へ行きたい気持ちはありますが、どちらかというと文系です」

「何に興味があるの?」

「音楽や映画や書道、それに文学や哲学です」

「どういう方向のもの?」

「クラシックやポランスキーや太宰治やランボーです」

「んー、今時の高校生とは思えない」

「僕ね、哲学を専攻しているんですよ。お金にならない分野で、将来は困ると思うけど、高校か大学の先生になることも考えているんですよ。あるいは、小説家になるとか……」

「えっ、どういう哲学ですか?」

「今興味を持っているのは、カントとかです。知っています?」

「カントはかじったことはありますけど、本当はよく知らないです」

「そうですよね、私自体、令和の異端児だと思っているのですから……。カントの純粋理性批判は?」

「ええ、少し。いや、正確にはわかりません」

「そう、カントは人間が到達すべき普遍的な方向性を論じているのですよ。それは、理屈を積み上げて証明するような観念論だけでは、解ける課題ではないんですよ。哲学は、やたら難しい用語や論述が出てくるので、とっつきにくいですけどね……。カント以後、真、善、美という人類が課題として抱えたイデアとしての方向性が論じられている。知性の有り様、正しい行いや美に対する探究の有り様は、未だに人類が抱えた普遍的な課題なのです」

「確かに……。何となくしか分かりませんが……」

「僕はね、この中で、善というものがよく分からないのです。真理や美の探求に対する人間の欲望の在り方は分かりますよ。でも善というイデアを並べるところが分からないのです。善の尺度は時代やその地域のモノの考え方によって、全く違いますよね。また、善というものだけ、集団での価値観を指しています。君はどう思いますか？」

「んー、確かに、真理を追及することや美を追求することは、魅力ありますよね。人間は本質的に、その欲望を持っているような気がします。善って、確かにどこの尺度か難しいですよね。人を救うのが、善でしょうかね……？　この前、父から借りてきたＤＶＤ映画の中で、スティーブン・スピルバーグが作った『シンドラーのリスト』という映画を観ました」

「もう、二十六年以上前の映画だね。僕も映画は好きでね……。テレビでリバイバル放映されたものを観たことがある。確か、ホロコーストの映画だったね」

「そうです。僕は、この映画にとても衝撃を受けたんです。やっぱり、スピルバーグは感性の良い、優れた映画監督で、この映画をあえて白黒で撮っています。スピルバーグ自身、ユダヤ系の血筋でもあるので、多分特別な思い入れがあったのだと思います。アウシュビッツの場面などは、特別な許可を取って、現地で撮影しています。

「ドイツ軍のポーランド侵攻によって、クラクフにいたユダヤ人たちは、ひどい迫害を受け、ゲットーに収容されていきますが、そこでは人間扱いはされませんでした。ゲットーの所長は、気まぐれに無差別にユダヤ人をゴミでも扱うかのように殺戮しますが、シンドラーは『英雄のプライドを持つ人間は、寛容さも持ち合わせているんだよ』と言って興味半分の殺戮をいさめ、同時にナチスに取り入ります。そして、ナチス党員で実業家であったシンドラーは、ホーローの金属鍋工場を立ち上げ、安価な労働力として、ゲットーのユダヤ人たちを工場で雇い入れます。それはシンドラーにとってもメリットがないわけではありませんでしたが、ゲットーのユダヤ人の命を救うことでもありました。当時、ナチスの考えや行動に心酔していたドイツ人たちに、そういう行為は理解しにくいことだったと思います。とても勇気のいる行動だったと思います。戦争の後半、ドイツはソ連の反撃を受け、次第に敗色が濃厚になっていきますが、同時にアウシュビッツなどの強制収容所でのユダヤ人虐殺は加速していきます。金品を全て奪われ、人間扱いされず、やがてはアウシュビッツの強制収容所に貨車で送られ、ガス室に送られたり、銃で無作為に殺されたりするシーンは残酷で、ナチスがしたことの本質を暴いていたように思います。シンドラーは、やがて、故郷のチェコに兵器製造の新工場を立ち上げ、アウシュビッツ送りになるユダヤ人を救出し、工場に雇いあげるための千人以上のリストを作ります。ガス室送りの手前で引き返させます。結果的に、シンドラーは自分ができる範囲で、ユダヤ人の命を救いました。でも、この映画は史実に基づいた映画なんです。彼の中で、ユダヤ人を救うことの使命感のようなものが次第に拡大します。それは、終戦まで拡大していくんです。終戦の夜、社員全員の前でそのことを告げます。そして深夜、救済したユダヤ人に見送られながら、工場から逃走します。戦犯になる可能性と、工場がもう事業として成り立たない現実があったからです。

「戦後、彼は一九七四年に亡くなりますが、事業者として成功することはありませんでした。でも、彼がもし、ナチスと同じようにユダヤ人ホロコーストの首謀者になっていたなら、ただの戦争犯罪者として世界の記憶から忘れ去られていたでしょう。しかし、今は、永久に世界の記憶に、特にユダヤ人からは恩人として感謝され続けることになりました。運と、偶然に負けないで、闘おうとした勇気が彼にはありました。

僕はスピルバーグ監督が大好きです。『ジョーズ』とか『ジュラシックパーク』とかの方が彼を有名にしましたが『シンドラーのリスト』は彼の渾身の作で、アカデミー賞にも輝きました。シンドラーは、映画の中でスピルバーグ自身の分身のような思いで描かれたのだと思います」

「君は、よくそんなに映画を語れるね。びっくりしたよ。もう少しパンでも食べたらどうかい？　ところで、シンドラーの話は、善というものを考えるのに参考になったよ。しかし、もしナチスが勝利していたら、彼の行動は善とは見なされなかったかもしれない。多様性を否定し、アーリアン人種の優越性を主張して自己陶酔に陥っているヒトラーが勝利することは、きっとあり得なかったとは思うけどね……。善という定義は、その社会の価値観によって大きく変わるね。やっぱり、真と善と美は全く違う範疇のモノだと思う」

「さあ、どうでしょうか？　でも、今の社会、セクハラとか話題になりますけど、それは相手が受け入れるかどうかですよね……。どんなに相手のためになると思えることをしてあげても、それを相手がうれしいと思えなければセクハラにもなり得るんですよね……。要は、相手と気持ちが通じ合えるかどうかですかね？　長々と、映画の話をしてしまいましたが、先ほどの真善美の話に戻しますと、僕は、一体的に捉えることには興味がありません。善について言えば、善とは、僕が話した映画が物語っているように思います。つまり、他者を思いやること、他者のために尽くすことではないでしょうか。さらに言うなら、生きること、生きていることそのものが善なのではないでしょうか。誰も、人の生を奪う権利はありません。しかし、時には世界の中で、多くの人を殺戮してしまうことが起こっています。命そのものが善なのに、時に人間は狂暴になる……。僕はすごく怖いです……」

「君の話は面白い。高校生でそこまで感じ取れるなんて、すごいと思うよ。真は、行き着くところは宇宙の真実やサイエンスだ。本質的に、人間が目指す欲求の形態なのだと思う。科学で実証されたことは、真実の世界だと言っていいのだと思う。デカルトもライプニッツも、数学者であると同時に哲学者でもあったから、本当は両方するのが、一番良いのかもしれない。でも、哲学に向かう人は、ほとんど文学とかに舵を切ってしまうな……。

「美も、基本的に人間が求める究極的な欲求だ。しかし、美には形があるものとして、それぞれの好みや価値観がある。それでも、人の心を動かす美には、最終的にある種の共通点があるように思う。それがどういうものかは、僕は未熟で上手く説明できない。善は、本質的に君が言ったようなものだと思う。集団としての人間関係やものの価値観による捉え方によっての違いが大きいと思う。しかし、この考え方は根源的な意味を持っているように思う。もし真とか善とか美が一体的に捉えられたとすると、それは宗教の世界なのかもしれない。仏教やキリスト教やイスラム教などの自分を厳しく戒め他者の救済を目標に行動する集団としての活動だ。僕は、宗教者ではない。大それたことは言えないと思っている。肯定も否定もしない。松井君はスピノザは知っているかい？」

「僕は、正直言って、読んだことはありません。でも、アインシュタインはスピノザについて格言を残しています。『スピノザの神ならば信じる』と言ったそうです。宇宙を考えるときに、神の存在は言わば壁のようにぶち当たります。これは、とても深い言葉です。アインシュタイン自身は、どちらかというと無神論に近かったのかもしれません。小さい頃、ユダヤ人である彼だけがミッションスクールに入れられ、いじめを受けたことも原因しているかもしれません」

「そうか……、君はよく知っているね……。実は、僕もスピノザは気になっている。スピノザは、カントよりも一世紀も前に『エチカ』という著作の中で、神の存在に対する考え方を示している。一言で言うと、自然という現実の事象だけが神と呼べるものであって、人為的なものの中に神は存在しないという考え方だ。

アインシュタインはそれを言っているんだね……。これについて、松井君はどう思うかね？」

「僕は、『エチカ』を読んだことがないので、自分の考えだけで言わせてもらいます。古代から、人間は自然に起きる災害やさまざまな現象を怖れ、常に関心を払ってきたと思います。そこには、怖れと共に敬う気持ちも同居していたし、それは素直で自然なことだったのではないでしょうか……。文明が栄えるとともに、人間は神の存在を意識するようになりますが、同時に人格のある神がいて、それが森羅万象を司っていると考えるようになったと思います。権力者の地位を象徴的にコントロールするのに、都合が良かったのかもしれませんし、その中に怖れや敬いだけでなく、憧れのような気持ちも込められていたのかもしれません。ギリシャ神話に登場する神たちは、権力というよりも、素直に人間の憧れと畏怖を象徴化したものかもしれません。

「それに似たようなことは、ほぼどの国にもあって、今の宗教にもつながっているのかもしれません。人類は他者を救済するという側面から、人間同士を強く結びつけました。しかし、それは集団の中で起こり得ることです。コミュニケーションの一つのツールでもあるような気がします。完全に一人になった世界では起こり得ないのです。僕も自分自身の彷徨の中にいます。孤独に包まれながらも、集団は好きではないです。いろいろな人に世話になっていて、偉そうなことは言えない身分ですが……」

「そうだね……、人間は集団として振る舞い、そして進化してきた。その中で、殺し合いもあったし、一方で弱者への救済の心も持っている。宗教は、その中に神を介在させている。スピノザの言う神を捉えれば、自然そのものが神であり、人間同士の争いも生じにくいのかもしれないが、一方で救済や奉仕という善の行為も生じ難いのではないかな……。神と人間、その真実のところは僕には言い難いが、人間が考える永遠のテーマだ……。それと愛……。愛は人間同士を結び付けるものだ。

「また、生と死、全ての生物が抱える死……。それは生物だけでなく、星も銀河も宇宙も、ありとあらゆるモノに生誕があり、終焉がある。その中で、自分の存在にこだわって、一体どうなるというのか……。自然に流れのままに身を置くしかないと思う。ただ、愛は説明のつかない世界でもある。愛が相手に伝わるためには、手管として上手いコミュニケーションが必要だ。自分の中だけに愛が膨らんでも、相手に伝わらなければ意味がない。それは、人間でも動物でも皆同じだと思う。また、愛は生物が生き抜くための手段の一つでもあるが、その過程には、運と偶然が介在する」

「そうですね……、難しい課題ですね。この宇宙の今の姿も偶然でき上がったものだと言う人もいます。人間の、さらに自分の存在とか意識とかは、ほんの些細なことでしかないのかもしれません。しかし、世の中の多くの人は、自分の存在にこだわって生きています」

「そうだね。でも、それはその人の性質によるところが大きいように思う。もう暗くなり始めてしまった。松井君は、こんなに長話してしまって、今日の予定は大丈夫かい？」

「ええ、今日は全く大丈夫です。明日は出かけなくてはなりません」

「では、おかずに生姜焼きと目玉焼きを作るから、夕飯に残りのパンを食べてもらえるとありがたい」

二人は、夕食を食べながら、また話に戻った。

「ところで、松井君は、学校に行かず、一人住まいで、全くの自由な身の上なの？」

「そうですね……。夕食は従姉の家で厄介になっていますが、毎日自由です。僕は、このアパートで暮らし始めてまだ一ヶ月くらいなんですが、煙草を吸うようになったんです」

「学校は基本的に禁煙だけど、この部屋ではたまに吸っているよ。今、灰皿を持ってくる。ところで、従姉さんは独身なの？」

「そうですが、今、お見合いをしているようで、このままいくと結婚するみたいです。そうなったら、僕の生活も変わるかもしれません」

「どうして？」

「なんかそういう気がします。世話をしてくれる人がいなくなりますし、従姉のこと、好きだったんです。本当は……」

「そうか……、失恋か……。でも、松井君の年齢は、なかなか想像しづらいね。高校生にも見える。でも、社会にもまれているようには見えないね。失礼だけど君は今、趣味とか何かやっているとはないの？」

「ここに来てから、書道を習っています。まだ駆け出しですが……。そこで、大学三年の女性と知り合いになりました」

「へぇー、その女性、このアパートに来たことはないの？」

「ありますよ。何回も……」

「付き合っているのだね、普通女性一人で訪ねてくるなんて、その人は覚悟しているということだよ。僕もそういう女性が欲しいとは思うけど、なかなか現れないなあ……」

「そうですか。でも、どうなっていくのか分かりません……。僕は彼女の家に行って、実は、一昨日の日曜に、その女性の家に呼ばれたんです。お母さんやお姉さんが迎えてくれて……。実は、自分自身に変化が起きたんです。もう、理屈ではなくて、そこのお姉さんに一目ぼれをしてしまったんです。でも、どう考えても、僕とは釣り合わない女性です。すごく魅力的ですが、もう大学を出て立派な社会人ですし、僕のような落ちこぼれとは、所詮違います。でも、僕はお姉さんに生まれて初めて恋という感情を持ちました。言葉では言い表せません。今は心が彷徨っています。従姉には結局捨てられましたけど、一昨日の恋とは違う感情で好きだったんです。三人ともそれぞれ、全くタイプが違うんです。その他に、僕を追いかけて来る従姉の同級生がいます。この女性もタイプが全く違います。でも、この人からはいろいろなことを教わりました。可哀そうな女性なんです。その人……。僕が恋をした女性は一人だけです。太陽のようで、母性愛が強そうで、しっかりした人なんです。でも、片思いです。向こうは何とも思っていないと思います。残念ですが……」

「よくは分からないけど、君は短期間の間に、さまざまな女性と交際したということ？」

「そうですね……。たった一ヶ月の間に、まるで自分の体の細胞が入れ替わったような感じで、女性との付き合いがありました。でも、僕は女性たちの欲求に従い、満たそうと努力しただけです」

「おおっ、君はほんのわずかの間に、多くの人と愛の契りを結んだということか……。それに、相手の欲求に応じただけだと開き直れるんだ……。羨ましいほど、すごい話だね。まるで、カサノバみたいだ。あるいは、ギリシャ神話のエロースのようだ」

「何ですか？　それ……」

「カサノバはね、十八世紀のイタリアの好色家だよ。生涯に千人の女性と契りを交わしたと言われている。背の高い、細身の美男子で、探究心が強く、頭も切れ者だった。しかし、放蕩三昧は生涯続き、色男の代名詞になっている」

「僕は、自然とそうなっただけです。四年間のストイックな禁欲的な環境から、ここへ来て、自然に解き放されたんです。今、なぜか、さなぎから脱皮した蝶のように羽ばたき始めたんです。それに、僕は相手が嫌がるようなことはしていません。今だけかもしれないし、ずっと続くかもしれませんが、未来のことは分かりません。それと、さっき、エロースとおっしゃいましたが、どういうものですか？」

「エロースは、古代ギリシャの神話の神様だよ。僕はその彫刻の像の写真を観たことがある。多分、ヘレニズム時代か、ローマ時代に造られたもののようだが、君はどういう姿を想像する？」

「分からないですね……。愛欲とかに舵を切った者の、象徴のような肉感的な像でしょうか？」

「エロースはね、まるで君のような若い男性だ。美の女神アプロディーテーの息子だ。背が高くて、どちらかというと無駄肉のない細身の体だ。筋肉質のマッチョな体ではないんだ。親子で異性を惹きつける美しさを持った愛の神だ。松井君のお母さんも美人なの？」

「そうですね……。どちらかというと美人だと思います」

「エロースも美男子で、近親相姦ではないものの、アプロディーテーはエロースに対する愛情が強く、息子のエロースに近寄ってくる女性に嫉妬をするんだ。特に、王の末娘のプシュケーは絶世の美女で、エロースは恋心を抱くようになる。これに対し、アプロディーテーの嫉妬は半端ではなかった。プシュケーを寝ている間に鉛の矢で打つようそそのかすんだ。鉛の矢で撃たれると、恋を嫌悪するようになり、金の矢で撃たれると激しい恋に陥る。エロースは寝ているプシュケーに近づくが、あまりの美しさに気が動転してしまい、金の矢を自分の足に撃ってしまう。同時に恋を誘導する甘い水をプシュケーにかけてしまう。人間であるプシュケーと神であるエロースが恋をすることはタブーなんだが、この事件で二人は激しい恋仲になり、姑のアプロディーテーはさらにさまざまな邪魔をしかける。二人は翻弄されながらも恋の成就のため、いろいろな体験を経ることになる……。という物語だよ」

リョウは、その話にショックを受けた。自分を巡る春美と母の物語に聞こえたし、カサノバの話から、茉莉や美舞との行為を思い出した。心の中に悲しみが芽生え、同時に美佳のことも思った。

神話の話をきっかけに、降る雨の音が心に沁み、暗くなった夜が悲しみに溶けていった。

「とても遅くなってしまいました。パンもたくさんごちそうになり、ありがとうございました。少し疲れたので、自分の部屋に戻って休むことにします」

「そうか……、今日の話はとても面白かった。また、時間のあるときに、ぜひ訪ねてほしい」

リョウは、寝付かれなかったが、スマホに茉莉と美舞からメールが着信していた。

「明日の書道は、少し遅く来てほしい。八時過ぎにね」と茉莉が言ってきた。

美舞は「明日の待ち合わせ場所は、湯島天神にしたい。時間は十一時。千代田線で湯島で降りたらすぐだから、その方が便利よ。天神様にリョウの勉強が上手くいきますよう、ご祈祷をあげてあげるわ。その後食事をして、六時まで時間を貸してちょうだい」とメールをよこした。

リョウは、カサノバのことも、エロースのことも知らなかったが、偶然知り合いになった中井さんから、さらに強い毒を飲まされたような気がした。いつもの倍の眠剤を飲んで、意識が遠のいた。

(五月二十二日 水曜日)


リョウはシャワーを浴びただけで、すぐ家を出た。頭がボーっとしていた。

代々木上原で乗り換え、予定より少し早く湯島に着いた。坂を上がっていくと湯島天神があり、鳥居をくぐると、美舞がお参りをして頭を下げている光景が目に飛び込んできた。

「あら、おはよう」

「何をお願いごとしていたの?」

「『リョウちゃんと結婚できますように』って祈ったの」

リョウは、すぐには言葉が出ず、美舞のとてつもない美しさと妖艶さに圧倒された。

二人は、祈祷祈願の事務所に入り、申し込みをした。全て美舞が手続きをした。

空いていて、すぐに渡り廊下を渡って神殿に通された。

厳かに神主が儀式を初めた「松井良殿が高校を無事卒業し、希望の大学への合格祈願奉ります」という言葉を入れ込んで祈祷の言葉を続けた。二人は、女官から榊を受け取り、祭壇に奉納した。

厳かな神殿の中にはわずかな人間しかおらず、その中で、体にピタッと張り付いたノースリーブとミニスカートが際立って目立った。

しかし、不自然ではなかった。それは姉と弟に見えた。雰囲気が二人とも似ているからだった。

二人は、美舞が知っているレストランに入った。神社からわずかの距離だった。

ちょうど昼時だったが、何とか二人分の席があった。

「ここはね、チーズが有名なの。お肉もあるけどね。両方頼みましょうか」

と美舞は、ワイン一本と料理を二品頼み、美味しそうにワインを飲み始めた。

「銀座のお店、今のところは好調よ。私を指名してくるお客さんも多くて、私の収入も増えたわ。でも、お客とは簡単には寝ないの。銀座で愛人作ろうなんてしたら、単位が違うのよ。安売りはしないの、私……。でも、リョウだけは別よ。リョウには私の愛人になってほしいの……。あなたにはお金で買われる気持ちはないかもしれないけど、捨てないでほしいの」

「僕は、正直言って、先のことが分からないんです。愛とか恋とか、つかめないし、性に対しても特別な欲望はないんです。そういう世界知らないできたのです。これから、社会もどうなるか分からないと思っていますし、僕自身、もう、はぐれ者ですが、どう生きればいいのか、本当に分からないんです。それに比べれば、美舞は自立しているし、一生懸命生きている。僕とは、比較になりません。でも、堅く生きていく人生を考えた方がよいと思います。この世の中はどういう方向に変わっていくか分かりません……。僕は大きなことを言えた立場ではありませんが、人間って、社会って、なんか進歩しているようで、劣化もしているような気がします。人類は、そのうちＡＩに滅ぼされるのではないかと、何となく直感的に思います。再び、未曽有の自然災害が起きたり、欲望の果てに人間自身が社会システムを狂わせてしまうような気がしてなりません。すごく、不安なんです。僕……」

「そうね。否定はしないわ……。私も、不安だから……」

リョウは、美舞のその一言に驚いた。そして、続けて言った言葉にはさらに驚いた。

「私ね、本当は死んでしまいたいと思うことが結構あるのよ……。でも、一人で自殺する勇気がなかなか持てないの……。リョウが一緒に死んでくれるのなら、いつ、実行してもいいわ」

リョウは、言葉が出なかった。美舞からそういう言葉が出るとは、微塵も思っていなかった。

二人とも、黙ったまま、次の話に切り替えられなかった。

美舞から「食べましょう」という言葉が出た。

リョウは、サイコロステーキとチーズを付けたフランスパンをフォークで食べ始めた。

十分ほど、二人は、黙々と食べた。もっとも、美舞は途中で飲むワインの方が多かった。

「ああ、ようやくお腹が落ち着いたわ。銀座のお店に来るお客さんは、中には立派な方もいらっしゃるけど、本当に醜い豚野郎が多い……。言葉は悪いけどね……。顎の下を少し撫でてやると、よだれ垂らして言い寄ってくるような不細工な連中よ。ああいう人間たちで社会の歯車が回っているなんて、イカレテいるわ……。ああいう、人間に限って高学歴が多いのよ。人間の歴史なんて、所詮、殺し合いの歴史よ……」

美舞の目が次第に座るような目に変化をし始めていた。

リョウは、怖さも感じたが「いっしょに死んでもいい」と言われたことに、不憫さも受け止めていた。もし、リョウの高校生活がこれ以上悪化して、美舞に心中を頼まれたら、跳ね除ける自信が持てなかった。自分が、もう行き詰っていることは、学校を思い出すたびに実感した。

「もう、出ようか？　煙草も吸えないんだもの……。吸える所に行こう」と美舞は会計した。

店を出て、少し酔った美舞は、リョウの手を引いて道路を歩いた。片手には大き目のショルダーバッグを下げていた。

リョウには中に何が入っているのか想像ができた。下り坂を少し行くと、ラブホテルがあった。美舞は、自分で部屋を選び、受付で代金を支払った。

二人が、部屋に入ると、美舞はまず、錠剤を取り出して、リョウに水を渡した。

「性的な興奮剤よ。効いてくるまで一時間くらいかかるわ。だから、あなたのモノを舐めて大きくするのよ。

さあ、出して……」

リョウは裸になった美舞を見ただけで、下半身は充血していた。

「あら、反応早いわね。ビデオでも観ていたら？　私は、ビデオ女優にはなりたくないけどね……」

リョウは、美舞がいなくなって、ビデオを付けて見始めたが、ボーッと眺めているだけだった。

二十分ほどして、美舞が浴衣を着て戻ってきて、鞄から、さまざまな物を取り出してベッドの上に並べた。

仮面、手錠、鎖、ロープ、他に猿ぐつわのようなものもあった。

「今日は楽しみだわ、思い切り私をマゾにしてね。仮面を着けて、手錠を掛けて」

美舞は、仮面を着け、薬を飲み、浴衣を脱いだ。

リョウに背を向けてベッドの上に座り、両手を体の後ろに持ってきて、頭をベッドに着けた。

「さあ、やって、それに鎖や猿ぐつわも……」

リョウは、黙って言われたとおりに後ろ手の美舞の手首に手錠をはめた。鎖を首に二回巻いて、残りの端を引っ張った。

「うっうっうっ……」

鎖を引っ張るのを止めると「はぁーっ」と大きな息をした。

猿ぐつわもと言うので、リョウは、美舞の口にピンポン玉くらいの玉が入る猿ぐつわをはめた。

目の所だけの仮面を被り、ドリンクを飲むと気持ちが豹変してきた。

「まだ、お預けだな……。俺の準備が整っていない。ほら、欲しいかぁ？」

リョウは、美舞のお尻を軽く叩いた。

「まだ、まだ、だ……。おおーっ、気の毒な格好だ。こんな姿は誰にも見られたくないだろうな？　ワンと言え……。言えないならお仕置きが待っているぞ」

美舞の悲しみとも喜びともつかない呻き声が、ワンワンと言っているようにも聞こえた。

美舞は言葉にならない喘ぎ声で答えるだけだった。

「本物はまだだ。欲しいのか？　ええっ？」

美舞の声は、ソウソウとも言っているように聞こえた。

「可哀そうに、ポチは完全にエムになってしまったな。しかし、本物はまだやらない……。もっと、時間をかけてゆっくりだ。感じるのかぁ？　ポチは……。そろそろ俺も薬が効いてきたぜ……。もっと痛めつけてやりたくなってきた……。お前はどうなんだ？」

「もう、こんなに濡れてるぞ。悪い女だな……。では、締りを良くしてやろう」

「がぁっあぁー」という叫び声とともに、美舞はお尻と太腿を震わせた。

「おおーっ、そんなに良いのか、ではもっと良くしてやろうか……、ん？」

美舞は縦に首を振った。

「何というスケベな女だ。壊れそうか？　今日のこれは高いぞ、覚悟しているな……、ん？」

リョウは入り口を刺激していた指を美舞の中に押し込んだ。

「どうだ？　感じるか？　今日は特別のサービスをしてやろう。特別料金だ、ん？」

美舞は大きな喘ぎとともに、せがむように首を振り向きながら、縦に振って答えた。

「おおっ、そうか……。こんなスケベな女は世の中にいないぞ。もっと、してくださいと言え」

リョウは美舞の秘部の入口にスイッチオンした道具を当てながら、美舞の尻を二、三回、思い切り叩いた。

美舞の白い尻には赤く痕が付いた。

「うっ、うーっ、あぁー」

美舞はその都度恍惚の声を上げ、猿ぐつわが震えた。その声は部屋中に響いた。

「綺麗にしてやろうなぁ。毎晩のように汚い男から汚されているだろうからな。今日は名案だったろう？　でもあまり綺麗になり過ぎると、お前はすぐイクからな、軽くにしておいてやろうか……」

リョウは、強くはしなかった。布を一枚か二枚挟んだ方がちょうど良い強さの振動だからだ。自分でも試してみたが、直接では痛くて耐えられないこともあるからだ。

幸い、美舞はまだＴバックのパンティーを着けたままだった。布がお尻の割れ目に沿ってだけあるようなものだったが、それが良いクッションになっていた。

たまに最も敏感な突起にも触れてやるが、すぐに通過した。じらした方が、大きなエクスタシーを得られるからだった。美舞は、快感に顔を歪めていた。当然、声も大きくなった。

「本当にイッてしまうとまずいからな、我慢だ、我慢、ポチ……。そろそろ本物も試してみようか？　どうだ？　うれしいか？」

紐のようなものを脇によけて、リョウは美舞の中に自分自身を押し込んだ。最初は先だけで止めた。美舞の喜びに浸る歌声が部屋に響き渡った。

徐々に押し込んでいくと、歌声はソプラノのフォルティシモになった。

リョウは、二、三分の間、入れたり出したりを繰り返した。

「ああ、俺はお前を地獄に送ることが使命だからな、本物はこの辺にしておこう。後は、俺の魔術のような指でイクのだ。子猫ちゃん……」

そうすると、美舞はもう息も絶え絶えになった。

「もうそろそろ、地獄へ堕ちたいだろう？　ん……？　そうか堕ちたいのか？　では、仕方がない」

リョウは、手錠を外し、猿ぐつわも外してやった。

それから、道具を敏感な突起に当てて指のスピードを速めると、美舞の体はなす術はなかった。

喉の奥から絞り出すような大きな声とともに、ベッドに大の字にうつ伏せ、リョウが跳ね飛ばされた。まるで飛行機から飛び降りた人間が大の字の形をしているように両手両足を上に反らせ、激しい絶頂に達した。体は硬直しており、痙攣していた。十秒か、否、もっとなのか……。リョウには分からなかったが、ベッドの下に落ちたリョウには、それはあらゆる芸術よりも美しく見えた。

「おぅー……、もうイッたのか？　見事なオルガスムスだな。よっぽど溜まっていたんだな」

猿ぐつわと手錠を外すと、美舞は酸欠を取り戻すかのように、何回か大きな息をした。

やがて美舞の体は萎み、大の字のままベッドの上で動かなくなった。声も止んで静寂が戻った。

リョウは、浴衣を羽織り、ソファーに座って煙草を吸った。

美舞はまるで動かなかった。リョウは心配になって背中に耳を当てたが心臓は動いていた。

しかし、意識はなかった。リョウは見守ることにした。回復まで三十分はかかるだろうと思った。

「なんだ、お前の体液でベッドがこんなに濡れてるぞ。今日は、これでお終いではないからな。俺はどうしてくれるんだ……。でも、仕方ないな。息が戻るまで待ってやるか……」

しかし、それは独り言でしかなかった。バスルームに行き、湯を出した。それから、戻って、ソファーに腰かけ煙草を吸いながら美舞の哀れな姿を見つめながら、

「今日はお前を愉悦の地獄に堕としてやる。薬が効いておさまらないゾ……。お前が悪いのだ」

リョウは、再びバスルームに行き、ゆっくり湯に浸かって目を閉じた。長い時間と温めの湯がリョウの心を少し冷静にさせた。

リョウは、自分の中に全く違う、何人かの人格があることを自覚した。

森本も、今のリョウの姿は想像すらできないと思ったし、同級生でこんな性体験を重ねる人間はいないだろう……。自分の中の何かが目覚めてしまったように思えた。

きっと、眠っていた血の中に潜むものが現れたのだと思いながら、立ち上がって体を洗った。

美舞が、望む行為をしただけだ。ただ、それだけだ……。十九歳の美舞が、性の極地を体験している。エクスタシーは二人の合作だ……。

リョウは、そう思いながらも、新たな性の体験に向け、体が燃えてくるのを感じた。

バスタオルを巻き、上半身をタオルで拭きながらベッドに戻ると、まだ美舞の意識はなかった。

背中やお尻から太腿にかけて、新鮮な美しい肌の体が臥せっていた。

「スケベ女、目を覚ますんだ。これから、もっとイカせてやるからな……」

美舞の尻を平手で強く叩いた。

「おう、ポチはお目覚めか？　可哀そうになあ……。これからもっと惨いことをされるんだ。して欲しいだろ？　どうなんだ？」

目を覚ました美舞は仰向けに体を変え、顔を縦に振った。

「覚悟はできているようだな……」

リョウは、また猿ぐつわを美舞の口にはめ、手錠を掛けた。

「敏感になる薬を塗ってやろうか？　それに、シーツが汚れるからこのバスタオルを下に敷こう」

美舞は不自由な手でバッグを開けてクリームのチューブを取り出し、リョウに渡した。そのときの美舞の目は、懇願するような目つきになっていた。

リョウは、クリームを指の上に少し出して、美舞の脚を開かせ、何回か入り口を擦り上げた。

その瞬間、美舞は顔を天井に向け、喘ぎながら顔を歪めながら喘ぎだした。

「おう、もう、そんなに感じるのか。いやらしい女だ……」

リョウは、電動歯ブラシを乳首に当て、少し刺激した。美舞は体を捩り喘いだ。

「こんなに綺麗な乳と体がいたぶられて、切ないだろう……。では、そろそろ欲しがっている所をいたぶってやるか……」

ローターが唸り、秘部の中に入れられた。それからもう一つのローターを敏感な突起に少しずつ接触させた。

美舞の声は大きく、体の捩りも大きくなった。

「そんなに感じるのか？　指も入れて欲しいか？」

美舞は顔を歪めながら、顔を振って返事をした。

「何という女だ。本物を入れてくださいだろ……、言ってみろ……。言わないなら止めるぞ」

美舞は、言葉にならない喘ぎ声で、そう言っているようだった。

美舞は、狂ったようにもがいた。

「ああ、俺も感じるぞ……。すごい締め付けだ。一緒にイクか？」

美舞は首を縦に振り、懇願するようにリョウを見た。動きに合わせて、美舞も腰を動かした。

「イカせてくださいと言え……このまま堕ちたいと言え」

美舞は、その言葉をなぞるように喘ぎながらようやく言い、リョウは動きを加速させた。

美舞は限界に達した。

「あっあーっ……」という大きな叫び声とともに、体が持ち上がり、リョウのモノが抜けた。間髪をおかず、

美舞の体は海老ぞりに持ち上がり、硬直して絶頂を迎えた。

リョウは、唖然としてそれを見つめるだけだった。手出しのしようのないオルガスムスだった。

十数秒続いた、海老ゾリが止んで、リョウは美舞の太腿を抱えて、秘部に押し込んだ。

「このままでは済まないぞ。俺がイクまで我慢しろ」

美舞の秘部は痙攣を起こしていた。しかしリョウはその締め付けを感じながらスピードを速めた。

「ああ、気持ちが良い……感じるぞ。ポチは汚されてうれしいか？」

「ええ、うれしい」

リョウは、心地良い痺れとともに、美舞の体の上にまたがり、最後の一滴まで放出した。

「射精すると、疲れるんだ。今日は、これで終わりだ。休憩する」

リョウは美舞の横に仰向けに横たわり、美舞から腕枕をされた。

「良かった、ストレスが解消できたわ。お店でまた頑張れる」

少し、沈黙しながら二人は休んだ。

二人は、一瞬、一瞬を楽しみ、過去を忘れ切った。

そこに、フロントから電話があった。リョウが出た。

「お時間ですがどうなさいますか？」

「二時間延長をお願いします」

リョウが、美舞の顔を見ると、スッキリしたあどけない顔をしていたが、その中に若いにもかかわらず、やつれた表情も混じっていて、そこに、初めて美舞の魅力を感じた。

「ソファーから煙草を持ってくる」

リョウは、自分と美舞の煙草を持ってベッドに戻り、美舞の体に着けたものを取り去った。

二人は煙草を吸いながらセックスの余韻に浸った。

「今日はこれまでよりも激しかった。リョウのように上手な人、いなかった……」

「しかし、いつまでも、俺を買えるとは思うなよ……。お店の中で上手い人を見つけるんだな」

「どうしてそんなに寂しいことを言うの？　お店にリョウのようなカッコイイ人は来ないのよ」

「俺のこと、好きか？」

「死ぬほど好きよ。決まっているでしょ。セックスの天才だわ。リョウは、私のことどう思うの？」

「美しいよ、最高だ、でも俺、進学しなければならないんだ。誰か見つけろよ。エスの良い男を」

「二週間に一度でもいいから、会ってよ」

リョウは、返事をしなかった。

美舞は、バッグから封筒を取り出し、リョウに渡した。前回よりもかなり厚い感じがした。リョウは、中身を見ずに、そのままリュックにしまった。

「シャワーを浴びてきたらどう？」

「そうね。もう、帰りの仕度をしなければね……」

リョウは、美舞がいなくなってから、もう一本煙草を吸った。美舞は早熟な女性だと思ったが、一生で何人の男とセックスをするのか、その生き方に若干の興味も湧いた。

「女性はこれからもっと熟して、性にも強くなるだろう……。自分もこれから男性としてのピークを迎えるだろう……。しかし、セックスと恋はきっと別物だ……」

そう思いながら、リョウもバスルームに向かった。

「俺も、少し体を洗いたい」と声を掛けドアを開けた。

「あら、そう、では洗ってあげるわ」

美舞はちょうどシャンプーだらけだったが、リョウの全身を手で洗い始めた。それから、シャンプーが全身に付いたところで、リョウにピッタリ体を付けそっと抱き、長いキスをした。

リョウの方から何もせず、美舞からされるままだった。今までの二人の行為にはないことだった。もう、気持ちはエスでもエムでもなかった。

二人は、部屋で身支度をして、散らかった道具をしまった。

「今回は、たくさんくれたね」

「そうよ、私、このために働いているようなものだわ」

「俺のせいではないよな」

「あなたのせいよ……。パパから搾り取ってあげるからいいわ。それに、最近、他にもパトロンが増えたのよ。だから、忙しいけど、あなたと会えることを目標に生きているようなものだわ」

「体を速く動かせないわ。なんか全身が痺れてしまっている。大通りまで歩いて、私はタクシーに乗り、そのままお店に行く。あなたは、どうする?」

「僕は千代田線一本で家まで帰るよ。その方が早い。今日は書道なんだ。遅くなったけど行かないといけないんだ」

「今日はありがとう。また連絡するね」

と言いながら、美舞はタクシーに乗り込み、手を振った。リョウにとって、それは、ただの十九歳のお姉さんに見えた。


心地良い疲労感の中で、リョウはアパートに戻った。リュックと書道用の鞄を取り換え、すぐにまた、書道塾に向かった。もう時間は八時近くになっていた。

お腹が空いていたが、茉莉との約束で、食べている時間の余裕はなかった。

「今晩は、よろしくお願いします」と、勢いよく教室に入ったが、奥に茉莉と美佳がいるのが分かり、リョウは、感じたことがない緊張に襲われた。

教室の真ん中辺の空いている席に着いて、道具を出し、先生の所に向かった。

「松井君、今日は少し違うものを書いてみようか……」

先生は半紙を取り出し、体ごと、腕ごとリズミカルに動かしながらお手本を書き始めた。その姿を見て、リョウは、全てのことが、手先ではいけないんだと思えた。

字の大きさは一様ではなく、流れるように抑揚のある作品だった。

「王羲之の蘭亭序という作品だ。これは行書体といわれるもので、一般的に使われる、楷、行、草の代表的な書体の一つだよ。王羲之は中国の歴史上、最も有名な書家だ。四世紀の時代に生きた人で、貴族であり軍人、政治家でもあった。彼の作品は後の唐の時代になっても皇帝に愛され、万人に愛された。特に、太宗という唐時代の皇帝は、王羲之の作品を収集し、この蘭亭序は彼の墓の中に収められ、朽ち果ててしまった。その他、戦乱などを経て、王羲之の真筆は、今は一つも残ってはいないんだ。今残っているものは、彼の時代の後に、さまざまな書家が模写したものなんだよ。九世紀に唐に渡った空海も、王羲之の影響を受けている。彼の書の特徴は生命がうねるような、ダイナミックな感性と躍動感にある。人類にとっては貴重な宝物と言っていい。未だに、彼を超える書家は世界の中で現れていない。神田に書道関係の本を置いてある有名な本屋さんがあるから、私のお手本から学ぶだけではなく、元の作品を集めて勉強した方がいい」

リョウは、先生の貴重で、長い説明を受けて感銘したが、時間が気になった。席に戻ると、茉莉と美佳が書いたものを持って、添削を受けに先生の机に向かった。

リョウが、練習し始めると、茉莉と美佳が道具を片付け始める音が聞こえた。リョウは、焦り始めた。茉莉がリョウの横を通りながら、

「コーヒーを飲んでいきます」と小声で言った。

二人が出ていってしばらくし、集中できないリョウは、先生の所に行き、

「すいません。今日は上手く書けないので、家で練習して添削は次回にさせてください」と申し出た。

リョウは、塾を出て、駅に向かって急いで歩いた。

コーヒーショップに入ると、二人が四人掛けの席に着いて、コーヒーを飲んでいた。

リョウは、カウンターでアイスコーヒーとサンドイッチを注文し、茉莉の横に座った。

「リョウ、遅かったわね。お姉さんが書道を習ってみたいと言うので、一緒に来たの。あなた、慌てていたわね」

「今日は、出かけていて遅くなってしまった。それに、夕飯を食べていないのでお腹空いてしまって」

「いつもは、残業が多くて早く出られないのだけど、今日に限って早く終わったの。ご迷惑をおかけしました」

美佳の言葉は、リョウの耳の中でコダマするようだった。サンドイッチを食べ、取りあえず空腹に対処した。

「松井さん、今日は書道の添削は受けられたの？」

「いえ、家で練習して次回の添削にしました。でも、美佳さんは、どうして書道始められたのですか？」

「もともと、私、美術やデザインが好きなんです。それで、今の仕事もしています。松井さんの字を次回、ぜひ拝見させていただきたいわ……」

「では、書道、続けられるお気持ちですか？」

「そうですね……。入会費も月謝も今日もうお払いしましたし、続けますわ」

「でも、お姉さん、建築のデザインと書道では全く違う世界のように思うけど、どうなのかしら？」

「いえ、一流のものは皆、何か共通点があるはずよ。私たちも何か食べたいわ。私、買ってきます」

美佳が、立ち上がって売り場の方に歩き出したとき「お姉さんの行動は分からないわ」

「僕だってわからないよ、ちょっとトイレに行ってくる」

リョウが戻ったとき、ケーキが三つ乗ったお盆が置かれていたが、美佳しかいなかった。

「茉莉はどうしたのですか？」

「お手洗いですって。松井さん、このレシートにスマホの電話番号を書いて下さらない？　お電話してはご迷惑？」

「いえ、大丈夫です。今、これにかけてみてください……」

　リョウのスマホが鳴った。

「これでいいです。登録しておきます。僕の方からも電話かメールしてもよろしいですか？」

「平日は、できれば夜九時以後に電話してもらえると助かります。メールなら、いつでもいいですが、昼間はすぐ返せないかもしれません。土日なら完全にオーケーですが、メールの方がいいですね」

「分かりました、今度、美術館でもお誘いしていいですか？」

　リョウは、間髪入れずに聞いたが、戻ってくる茉莉の姿が見え、美佳は指でオーケーマークを作り、合図した。

「あら、お姉さん、私たちにもケーキ買ってきてくれたのね……ありがとう」

「いろいろ、教えていただくこともあると思うわ。私だけが働いているのだから、いいのよ」

　三人は、書道の話など、小一時間話をし、店を出て電車に乗った。

　豪徳寺でリョウが降りて、プラットホームに立つと、二人は、サヨウナラと言いながら、にこやかに、しかし、競い合うように手を振った。

　周りに人もいたので、リョウは恥ずかしさを感じた。自分が先に降りてよかったと思った。リョウの方からそうすることはできそうもないからだった。


　アパートに戻って、十時半過ぎに、茉莉から電話があった。

「リョウ？　あなた、さっきシャンプーの匂いがしたわよ」

「昼間出かけていて、汗をかいたので、シャワーを浴びたとき、新しいシャンプーを使ってみたんだ。そんなに良い香りがした？」

「そうね、なんか女性が使う化粧品のように思えちゃった……。お姉さんがいて、びっくりしたでしょう？　突然言い出したのよ。私は迷惑なんだけれどね……。断れないから、仕方がないわね……。ところで、金曜の夜、リョウの所に一泊してもいい？」

「えっ、そんなに外泊は難しいのではないの？　理由が必要だし、ご両親が心配するよ」

「大丈夫、ゼミの取材で、三泊四日で伊勢神宮周辺に行くことになっているの。だから、途中で合流することにするの……」

「いやー、でも、一泊するなんてバレない？　昼間会えるんだったら、品川の駅の近くで会って、向こうには夜までにたどり着いた方がいいと思う。それに、最近、隣の部屋に大学三年の男性が越してきて、仲良くしているから、アパートはヤバいと思う」

「そう……。品川から新幹線に乗れば、二時間で名古屋に着くものね……。夕食は、名古屋の八事（やごと）という所の由緒ある料亭で宴会をすることになっているの。数寄屋造りの有名な建物と、すごい日本庭園があるのよ。せっかくだから、そうする。では、昼間、落ち合える所を探しておく。どっちにしても、土曜の夜は書道に行けないわ。だから、リョウも行かないでね。お姉さんと二人きりの時間は作らないで。心配だもの……」

「わかった、土曜は書道には行かないよ。でも、金曜の夕飯時には、ゼミに合流した方がいいと思うよ。金曜は昼間は何もないから、早くから付き合うよ」

「わかった。時間と場所は明日中に連絡するわ。では、おやすみね……」

　茉莉からの電話が切れて、リョウは、美佳にショートメールを送った。

「今日は、お会いできてうれしかったです。それに、ケーキごちそうさまでした。今度、二人だけで会ってはいけませんか？」

「明後日の金曜の夜なら空いています。よければ六本木辺りでお会いしましょうか？」

「金曜は、多分、夕方から空いていますので、言われたとおりの所に行くようにします」

「金曜の昼間に仕事が一段落するので、六時に国立新美術館で待ち合わせはいかがですか？」

「金曜日は、遅くまで美術館開いているのでしょうか？」

「そうです。八時まで開いています。今、クリムトやシーレのウィーンをテーマにした展覧会を開催しています。ぜひ観たいので、よろしかったらどうですか？」

「絵は好きなので、楽しみです。一階、インフォメーションでいいですか？」

「オーケーです。会社が乃木坂なので、すぐなのですが、チケット売り場と反対方向です。一階がラウンジになっていますので、そこで待っていてください」

「では、チケット買っておきます。僕には時間があるので……」

「ありがとう。美術館の後、ヒルズの展望台の中にレストランがあるので、ごちそうします。見晴らし良いですよ」

「楽しみにしております。では美術館の一階ラウンジ、六時に参ります。よろしくお願いします」

「こちらこそ、よろしく、よければメールアドレス教えていただけますか？　ショートメールですと長い文が打てないので……」

リョウは、アドレスを教え、メールを終えた。と同時に、心の中に高揚するものを感じた。


（五月二十三日 木曜日）

リョウは前日の疲れが残り、さまざまな思いが交錯していた。天気は良く、暑かった。

取りあえず渋谷に出て、道玄坂をぶらぶら歩き、簡単な食事を済ませ、映画を一本見たが、満たされなかった。さまざまな物を売っている雑貨屋のような店をぶらついていると、アダルトのコーナーがあって、何となく入ってしまった。

そこにはセックスに用いる道具が置かれていた。美舞が使った手錠も売っていた。

精神的に縛り付ける茉莉に、使ってみたい衝動に駆られた。ひどく可哀そうな状態を作り出し、いじめてみたかった。手錠を購入し、リュックに詰めた。

街をぶらぶらしていると、スマホが鳴った。茉莉からだった。

「下北沢で会おうか」と言ってきたが、リョウはその気になれなかった。

「どこにいるの？」

「表参道よ」

「では、青山通り沿いのコーヒーショップでなら会ってもいい」

五時を回っていたが、まだ日は高く、表参道のケヤキの新緑がリョウの目に沁みた。

五月晴れというのに、心は彷徨っていた。ベッタリ寄り添ってくる茉莉を、少し鬱陶しいと感じた。

コーヒーショップの三階に行くと、茉莉が窓際に座り、物思いに耽っていた。

「早かったね」

「そう、二十分早く来て、考え事していたの……」

茉莉は、リョウの横顔を見て少し笑顔を浮かべたが、その表情には姉に遠慮しながら育った影のようなものが漂った。その雰囲気は、出会った当初から変わってなかった。

「明日は、午前十時半に五反田の煙草が吸えるコーヒーショップで会おうよ。私、品川を三時に出て、名古屋の懇親会に合流する。今日は少し、リョウと話がしたかったのよ。何となく……」

「大学、忙しいんでしょう？　僕とばかり会っていて、大丈夫？」

「そうね、ゼミでいろいろなことをさせられるの。言わば、教授のお手伝いよ。私たちがお金を出して……」

「そうしないと、単位をもらえないんだ……。でも、僕には羨ましいよ。お金はかかっても、何かお手伝いをすれば、卒業させてもらえる世界ってあるんだね。僕は、テストが怖い。そのために、必死にしがみ付こうとする精神状態に抵抗感があって、実は、一人になると不安が蘇ってくる……」

「私、正直、リョウをとらえきれないの。体がつながっているときのリョウは、ギリシャ彫刻のエロースの化身のようにも感じる。だから、あなたに寄ってくる女性は、きっと、多いのかもしれないし……、それでいて得体の知れない純粋さのようなものがあなたにはある。だから、私にとってあなたは、他の男性とは全く違うように感じるのよ。まるで宇宙人みたい……」

「実は、僕自身にもよく分からない。僕は、挫折した人間だよ、立ち直れるかどうかも分からないんだ……。結局、現実から逃れようとしている。向き合う努力を忘れてしまっている。茉莉は、僕にはもったいない女性だ。今の僕の傷口は大きい。本当はもう死のうかと思うこともある」

「どうして？　私を置いて一人で死ぬの？」

「分からない……、発作的に死を選ぶかもしれない……。挫折ってそういうものなんだ」

「それは身勝手よ。私を想わないの？　私の気持ちを反故にするの？　本気なの？」

「茉莉のことは好きだよ。本当だ。おそらく同じような女性はこの世に他にいないように思う……。でも、計り知れない不安が僕を引きずり込むんだ。性の快楽にひたっている一瞬だけ忘れられるけど、実は何の解決にもなってはいないんだ。ただ、傷口が広がっているだけなんだ。僕は、本来、今の学校の他の生徒と比べて、優秀でも何でもないんだ……。もし、仮に、超エリートで、大学も社会に出ても突っ走って、さあ良い女性と結婚しましょうと思ったって、そう簡単に心から愛する人となんて出会えない。かなり低い確率だよ。僕は、そうならなくてよいと思う。本当に好きな道に進むことに憧れるけど、世の中はきっとそんなに甘くはないかもしれない……、と思うんだ」

リョウは、ボーッと表の風景を見ながら話していた。

「嫌われた方がよかったのかもしれない……」

「ひどい……、私の気持ちも知らないで。そういう言葉はひどいわね……。それだったら、私はリョウに殺された方がスッキリする……」

二人は、今まで踏み込んだことのない会話に入っていた。沈黙が続き「出よう」と言った。

大通りの反対側に渡り、路地に入りレストランに入った。

二人は、肉料理とフランスパンとデキャンタのワインを注文し、ガッツリと食べ始めた。

「茉莉って、本当はマゾっぽいように思うけど……」

「生意気な言い方ね……。でも、そうかも……。あなたとセックスし始めて、だんだんそう思うようになってきた。隠れていた自分が、段々顔を出してきたのよ。あなたは、逆に段々サドっぽくなってきた。明日、もし、ホテルへ行けたらそういう感じで愛してみてね。行くつくところまで行ってみたいわ……。意識がなくなるほど感じてみたいわ……。あなたも、ストレス発散できるでしょ？　死ぬことなんか考えなくて済むわよ」

「いや、わからないよ。僕は、煙草に中毒……。茉莉は、お酒に中毒……」

「そうね……。お互い分かっていても求めてしまうのね……。私、セックスに対しても中毒だと思うけど、そういう中毒は皆、副産物だと思う。何か、神様に自然に仕掛けられているような気がする。だって、男の人って自然にマスターベーション覚えるのでしょう?」

「そうだね、性への興味は自然に湧いてくるものだけど、それには、かなり個人差があるような気がする。セックスには相手が必要だし、僕にとって初めての相手が茉莉だった」

「えっ、何それ……。私以外にもしたってこと？」

リョウは、うつむいた。そこに、茉莉からの問い詰めるような言葉が続いた。

「私たち、未だ出会ってひと月よ、誰なの？　リョウは、そんなふしだらな男なの？　私は一体何なの？」

「僕は、茉莉だけを愛している。本当だ。愛のない性関係なんか無意味だ」

「そうね……、その言葉で少し安心したわ。ところで相手の女性って誰なの？」

「一人は、このひと月の間、食事の世話などしてくれた、アパートの近くの母方の従姉なんだけど、偶然そうなったんだ。僕から特にそうしたわけではないんだ。三歳年上で、最近お見合いをして、その相手と結婚する気らしい」

「どうしようもない人ね、あなた……。そういう人と一時期でも関係してしまったの？」

「たった、二回だけだよ……。トランプで賭けをして、そうなったんだよ。偶然なんだ……。でも、このことは誰にも言えることではなく、今後は絶対にないことだよ」

しばらく、沈黙が続き、茉莉はリョウの顔を呆然と見つめた。

「もっと、他にいるのね？　正直に言いなさい」

「もう一人は、その従姉の同級生で、従姉の家で知り合いになったのだけど、無理やりされたんだ。僕にはその気はなかった。本当だよ。もうしてないよ……。誓ってもいいよ」

「何という人なの？　知らなかった私がバカだわ……」

「嫌いになったでしょ？　僕のこと……」

「バカ……」茉莉は中腰に身を乗り出し、リョウの頬っぺたを平手で思い切り叩いた。

そのとき、レストランのお客が一斉に二人の方を振り向いた。

茉莉は沈黙していたが、その目は真っ赤で、一筋の涙が零れていた。

リョウは、茉莉に申し訳がない気持ちで満ち「出ようか……」と言った。

茉莉は頷き、ウェイターに合図をした。

リョウは、先に入り口のドアを開け、外で茉莉を待った。

「ごめんね……、痛かった?」

「うん、少し……」

「明日は、予定通りに相手をしてね……。いや?」

「いいよ、五反田の川のそばの煙草の吸えるコーヒーショップにいるよ」

千代田線の中でも茉莉はピッタリ、リョウに寄り添った。

第五章　至福の時

（五月二十四日 金曜日）

金曜日、リョウはインターホンの音で目を覚ました。

パジャマのままドアを開けると、隣の大学生が立っていた。

「突然ごめんね。昨日、実家からパンを送ってきたから、食べてもらえるとうれしいんだけど」

と、中井さんはパンの入った袋を二つ差し出した。午前八時だった。

リョウは、茉莉との約束があるので迷ったが「中にどうですか？」と中井さんを部屋に通した。

二人でソファーに座るときついので、リョウは勉強机の椅子に座った。

「今日は、午前中の授業がないので、少しだけお邪魔していいですか？」

「僕も、ここを九時半ごろ出ないとならないので、それまでお付き合いします。ミルクティーかストレートティーがあります。どちらにしますか？」

「ストレートティーを頼むよ」

リョウは、飲み物をテーブルに出し、服を着替えた。

「松井さんは、文学志向なんだね。趣味？　受験のための本はないんだね……」

「そうですね……。なぜでしょう……。そうなってしまって」

「女性がいる気配は全くないね」

「女性とは上手くできそうにもないんです……、不器用なんです。昨日は、頬を思い切りひっぱたかれました」

「えっ、それは、激しく愛されているということ？　普通はそうだよね……」

「なんか、正直に話したら、叩かれました」

「真面目そうに見えて、面倒くさくて、中々やるじゃない？」

「んー、もう、面倒くさくて……。どうして、いいか分かりません……」

「君はこの前、映画の話をかなりしていたけれど、面白かった。僕も映画には詳しい方なんだ。今度、ゆっくりまた話したいと思う。どう？」

『そうですね……』

『今日は、あまり時間がなさそうだから、これで失礼するよ』

「いつもパン頂いてすいません。でも、二袋は多すぎるので、一つでいいです」

「夕食にでも、また食べてよ。僕の所にもいっぱいあるんだ……」

「では、お言葉に甘えて頂くことにします。本当に、どうもありがとうございます」

中井さんが帰った後、リョウは、薄いラベンダー色の半袖のポロシャツに薄い白のジャケットを羽織り、濃紺の細いズボンをはいた。

渋谷で買った手錠が入ったリュックに、美舞に使った歯ブラシを入れ、中井さんからもらったパンを詰め込むと、パンパンに膨らんだ。


少し早かったが、アパートを出て、駅に向かった。

今日のリョウは、一日で二人の女性を、別々に相手にしなければならなかった。

五反田のコーヒーショップに着くと、もう茉莉が来ていた。大きな旅行用のショルダーバッグを持っていた。

リョウは、アイスコーヒーを買って、茉莉の隣に座った。

二人とも黙っていた。挨拶もしなかった。第三者が見れば、全く関係のない二人に見えただろう。リョウは、黙って煙草に火を付け、煙を吐いた。

「もしかしたら、来ないかもしれないと思った」

「どうして？」

二人は前を見たまま、お互いの顔を向けずに話した。部屋の中には、軽い昔のジャズのBGMが流れていた。

「私は、愛しているけど、リョウは分からないもの……」

「でも、今日も、行くべき所には行くでしょう？」

「そうね……」

リョウは脇に置いたリュックの中を開けて、茉莉に見せた。

「これ、大量のパンなんだ。隣の大学生が出がけにくれたんだ。お昼ご飯にちょうどいいと思って……。実家がパン屋さんで、たくさん送られてくるんだって……」

「そう、どういうパンか楽しみね」

「今日も吠える？」

「さあ、どうかしらね……。ゼミは集団だから疲れるわ。だから……」

「だから、何？」

茉莉は、腕でリョウの腕を一回押した。

「何？　分からない……」

そこで、初めて茉莉はリョウの横顔を見た。

「悪い男ね……、あなたって……」

「お酒が入っていないと静かなんだね……。途中でお酒買って行こう。いっぱい吠えるといい」

「何て人なのかしら……」

茉莉は、わざと頭をリョウの頭にぶつけた。二人とも前を見たままだった。

リョウは、茉莉のスカートの中に手を入れた。それは一瞬だった。

「バカね……、本当にバカだわ……。こんな所で」

茉莉は、リョウの手を振り払った。

「私は売り物じゃあないの」

茉莉は静かに言った。

「僕も売り物じゃあない……」

二人同時に声が出た。

「よく読み取れたね」

「バカにしていると、ひっぱたくわよ」

「おお、怖ッ……。ひっぱたかれないウチにここを出よう、お姉様」

「うん、それなら許す」

二人は、店を出てコンビニに寄り、ウィスキーとミネラルウォーターを二本買った。

誘導したのは、茉莉の方だった。リョウは、五反田の街を知らなかった。ただ、後を付いて歩いただけだった。後ろから歩くリョウは、ふざけて茉莉の脚の運びにまるっきり合わせて歩いた。

手続きをリョウがして、二人は部屋に入り、一緒に仰向けにベッドに倒れた。

「まだ、昼間なのにね」

「最初のとき、そうだったじゃない……」

「でも、あのときは酔っぱらっていたよ?」

「今から、酔っぱらうからいいの……。早くシャワー浴びてきなさい」

リョウが浴衣を着て、バスルームから出てくると、茉莉は着がえて飲み始めていた。

「うん、このパン美味しいわ……」

「どれどれ」

「それに、このシーバース美味しい。パンによく合うわ」

「中井さん、気が利いている。すごい。感謝だ、中井さん」

とリョウは大きな声で言った。

茉莉は、次第に機嫌が良くなった。酒が回り始めた。

ビデオをつけて観ていると、エムの女優が縄で縛られ、手錠を掛けられているシーンがでてきた。

「今日はエス男さんになってもいいですか？　お姉様」

リョウは、リュックから手持ちの道具を出し、手錠を茉莉の両手にはめた。

「まあ、どこで買ってきたの？　こんなモノあるの？」

「ひっぱたかれないようにするのさ。それに、猿ぐつわもはめるんだ」

まるで、美舞にするように、リョウは茉莉を完全なエム女に変え、今までにない究極のセックスを始めた。

それは、徐々に始まり、時間をかけて深みに達していった。首を絞めたことが最後の一撃になった。

茉莉は、体が痙攣し、これまでにないオルガスムスに達した。意識も失った。

リョウは、それからゆっくり、パンを食べ、ビデオを消した。静かだった。

音がしているのは、空調と冷蔵庫だけだった。

まだ二時半にもなっていなかったが、なるべく早くホテルを出たほうがよかった。

しかし、茉莉の意識は中々戻らなかった。

リョウは、茉莉の体を拘束しているものを全て取り払い、茉莉の秘部に男性自身を押し込んだ。

ようやく、茉莉は目を覚まし、また、快感に酔いしれた。

「茉莉だけイクなんて、ずるい」

「ああ、何ていう人なの……。またイキそう……、ううーっ」

リョウが射精すると同時に茉莉もまた達し、痙攣した。

また、茉莉はぐったりして動かなくなった。

リョウは、茉莉を肩に担ぎ上げ、バスルームに運んだ。床に寝かせ、シャワーを浴びせた。

茉莉が息を吹き返したので、リョウは湯を張ったバスタブの中に茉莉を抱えて入れた。リョウ自身もその中で添い寝をし、茉莉の気持ちの良さそうな声がバスルームに響いた。

二人が、身支度を整えて、ホテルを出たのは、結局入ってから三時間以上後だった。

二人とも、スッキリとした顔で駅のホームに立った。何事もなかったかのように静かに別れた。


リョウは、JR恵比寿駅で降りた。その頃茉莉は品川に到着し、新幹線の切符を買って飛び乗った。

リョウは、時間が余った。日比谷線で六本木に向かってもいくらもかからないので、一度外に出て、煙草の吸えるコーヒーショップを探して入った。そこは、雑誌も幾つか置いてあり、時間潰しにはよかった。一時間半ほど、さまざまなことを考えた。

リョウは、恋の本命が美佳であることを意識していた。

美佳は、春美や美舞とは全く異なる性質の美しさと精神を持っていた。言わば、太陽のように光り輝く、包容力のオーラだった。

それは、リョウにはないものだった。一方的な自分の母親の愛とも違った。

しかし、それは美佳の中に在る母性愛とも言えるものだった。リョウの性質が一変し、美佳に人生を捧げる気持ちに支配されつつある自分を感じた。

それは、立っていられないほどの眩暈を感じるものだった。

道造が感じたように、ゲーテのマイスターに本道を感じるようなものかもしれないとリョウは思った。生きることに前向きな、それ故に浄化される自分の精神を感じ、体の中から力が芽生え、沸き上がった。とは言え、まだ成立していないこれからの恋に緊張もした。


リョウは、六本木に向かい、国立新美術館にたどり着いた。建物の手前にあるチケット売り場に並んだ。結構な人の出で、リョウは驚いた。チケットを買うのに十五分ほどを要した。

建物の中に入り、奥へ行くと飲み物が飲めるラウンジがあった。

椅子に座って待っていると、美佳が六時ピッタリに姿を現した。

リョウは立ち上がって、近寄った。美佳は軽く手を振り、前まで来るとしっかりとお辞儀をした。それに、つられてリョウもお辞儀をした。

デートをする女性とお辞儀をし合うのは初めてでもあり、そのことでリョウは上がってしまった。コチコチになり、取りあえずチケットを渡した。

「ありがとう。これが終わったら、ヒルズのレストランでごちそうしますから、付き合ってください」

「はい」

二人は、展覧会場に入った。クリムト、シーレとうたわれてはいるものの、十九世紀末から二十世紀初頭にかけてのウィーンの文化を展示したものが多かった。まだ、古典様式の絵画もかなりあった。しかし、質としては良かった。

ハプスブルク家が繁栄していた頃の芸術や文化で、その中でクリムトは前衛芸術の旗振り役を果たしていく。

「ウィーンは僕、好きですよ。まだ行ったことはありませんが、芳醇な感じがします」

「そうね、私は大学時代に旅をしました。とても美しい街ですの」

当時の生活様式や都市改造、オットー・ワーグナーなどの建築家の建物の模型や写真もあった。

奥に、ビデオ会場で説明されているものもあり、最後の最後に、クリムトやシーレの作品が出てきた。しかし、シーレなどはごくわずかだった。見て回るのに一時間半ほどかかった。それでも、かなり、駆け足だった。

「美佳に漂う気品は、ウィーンにピッタリだ」とリョウは思った。

会場を出て、もう暗くなっている道を歩いた。

リョウは、美佳の後をついていった。途中、神社があった。小さな神社だった。

「せっかくなので、お参りしてみません？」と美佳が言った。

本殿の階段を上るとき、美佳はそっとリョウに手を差し出し、初めて手に触れた。

茉莉よりも大きかったが、それでも小ぶりな手だった。しかし、芯がしっかりしていて、ふくよかな弾力性があった。手の感触が、リョウの全身に伝わった。言い知れぬ幸福感を一瞬感じた。

賽銭を投げ、二礼二拍手をしたが、美佳は長かった。全ての動作が包み込むようにゆっくりだった。

境内を戻るときに「何をお願いしたんですか？」と聞いた。

「出会った人を大切にできますように……、とお祈りしたの」

「信心深いのですか？」

「そういうわけではないですけど、せっかくお会いできたので……」

リョウは、間抜けな質問だったと反省したが、道すがら美佳はリョウの手を取ってくれた。

ヒルズに着き、チェックがあったが、美佳はレストランを予約していたので、高速エレベータで展望階に上がった。ヒルズの半周以上が、ガラス張りの展望ルームだった。

東京のほぼ全てと言ってもいいくらい、見渡せた。

「すごい」

まるで、お上りさんのようなリョウの感想だった。

「初めてなのね」

「もう、何回も来られているんですね？」

「そうね、二十回くらい」

「オーッ、グレイト」

「あら、面白い……」

ガラス越しに、東京湾、皇居、スカイツリー、さっき行った美術館、渋谷、赤坂、新宿など回って行くごとに見渡せた。皇居や青山墓地、新宿御苑などの公園などは光がなく暗かったが、渋谷に向かう高速道路の車のテールランプが綺麗だった。

三十分ほど眺めた後、レストランに入った。

予約時間に少し遅れたが、ウェイターは親切だった。

席に案内されて、リョウは緊張しっぱなしだった。本格的なレストランだった。席からも東京タワーが見えた。実は東京タワーが一番綺麗な夜景だった。オレンジに輝いていた。

美佳はグラスワインを頼み、リョウも一杯だけ付き合うことにした。

料理は、コースに沿って一品ごとに、時間を見計らって運ばれてきた。

「初めてのデートにしてはいい所でしょう？」

「はい、グレイトです。僕は、こんな高級なお店は初めてです」

「私ね、正直言うと、あなたに興味を持ったの」

「僕は、美佳さんのことが好きです。でも、いけないですね……。すいません」

「謝ることなんてないわ……。わたしもそうだから……」

「……僕、本当に、恋をした感じって、これが初めてです」

「でも、女性が初めてではないわね。少なくても茉莉とは進んでいるのでしょう?」

「最初、茉莉さんの方から声を掛けられたんです……」

「体の関係もあるのでしょう?」

「……はい、悪いことをしました。許してくれないですよね……」

「私たち、偶然、出会うのが遅れただけよ。でも、もう、あなたと私は共犯者だわね……」

「はい、覚悟はできています。でも、どうしたらいいかわかりません……」

「まだ、私たちは秘密の逢瀬よ。これから先は神様が決めるわ」

「でも、僕は実は、嘘を言っていました」

「年齢のことでしょう? 知っているわよ」

「怒らないんですか?」

「どうして? 私の方があなたより六つ年上よ……。私の方が犯罪者により近いわ……。怯えるのは私の方よ。でも、可愛くて、自分を抑えることができなかった……。だから、茉莉に頼んで書道に連れて行ってもらったの……。あなたと二人きりで会っているなんて、両親にも茉莉にも言えない状況よ。だから、あなたも分からないように協力してくれないとね……。後は、あなたは私の膝の上に乗っているだけでいいのよ」

「そうですか。受け止めてくれてうれしいです。ホッとしました。ところでこのお店高価なんでしょ?」

「場所的にフレンチにしてはお安いのよ。心配しなくていいの。私、働いているんだから……。あっ、そうだ。明日、明後日の予定を聞いておきたいの……。どう？　それに、もう敬語を使わなくていいわ。私のことは美佳と呼んで。お願いね」

「えっ、明日ですか？　素早いですね……。今、茉莉は伊勢志摩の方にゼミで行くと言っていまして、帰りは月曜とかの話だったと思います。僕は、正直、茉莉からべったりくっ付かれている感じなので、茉莉が遠くに行っている間は、今は何も予定なしです」

「茉莉の行動は要注意よ。何となく感じるのだけど……。土、日は私の会社も休みだけれど、あなたさえよければ時間を作るわ。どう？　私と会うの」

「大丈夫……。僕は休学中なので、どういうふうにでも合わせられます」

「そう、うれしいわ。では、なるべく人目に付かない所がいいわね。この辺の人が、あまり行かない所……。そうね、菖蒲園あたりどうかしら……。少し、早いかしら？　そうだ、少しドライブでもどう？　私、車を運転するのよ。菖蒲は咲いていなくてもいいわ。水元という所に広大な公園がある。ちょっと待っていてね。家に電話して、お父様が明日、車を使うかどうか聞いてみる」

美佳は、店の外に電話をかけに行き、すぐ戻ってきた。

「大丈夫、明日はゴルフなしで一日家だから、車を使ってもいいと言っていた。

私ね、ペーパードライバーではないのよ。一度免許の更新しているし、父と一緒にゴルフにも行くし、運転は私がするのよ。三軒茶屋のキャロットタワー一階の、銀行の前の道路で待ち合わせましょう。ここよ。車は長く停めておけないので、悪いけれど、リョウの方が先に来ていてほしいの」

美佳は、自分のスマホの地図を開き、リョウに見せた。

「わかった、割合近いね……。何時にします？」

「十時にキャロットタワーね……。大丈夫?」

「オーケー」

「それと、明後日だけど、一緒に札幌に行ってほしいの……。朝早くに……」

「えっ……札幌ですか?　僕は行ったことがないです」

「大丈夫よ。さっき、同級生で航空会社に勤めている友達がいて、飛行機とホテルを取ったわ……。私、どちらにしても月、火と一泊で札幌に出張なのよ。私が設計したマンションの現場に立ち会わなければならないの。リョウは、月曜の夕方までに家に帰るの……。茉莉が帰ってくるまでにね……。上手くやってね。それまで茉莉から電話はひっきりなしだと思うけど、とっさにアリバイ作れるように、あらかじめ考えておいて……」

「素早いですね……。わかりました。札幌一泊は同じ部屋に泊まるのですか?」

「そうよ。私、ふしだらな女ではないけれど、あなたに恋しているからもう覚悟はできているの……。隠れて愛し合うしかないの。今度は茉莉が偶然いないから、ラッキーなチャンスだと思う」

「会社って忙しいのですか?」

「いつもは、八時くらいまでの残業も結構あるわ。これから会える日は、それを逆手に取った逢い引きをしないといけない……」

話している間にメインデッシュも終わり、デザートと好きなだけ食べていいチョコレート、それにコーヒーになった。時間はもう十時になっていた。

「ここは、商談や上司との付き合いで結構使ったの。だから、本当は他の店でもよかったんだけど、馴染でつい使ってしまったの。誰かに見られたら、従弟だって嘘を付くからいいわ。明日は白いベンツに乗って行くわ。わからなかったらスマホに連絡して……。続きは、明日話しましょう」

「わかった。僕は、一目見たときから美佳のことが好きになった。こうして会えて幸せだ」

美佳だけが、前田侯爵邸の近くで降りた。美佳がお金を払い、手を振りながら歩き始めた。

二人は地上に降り、美佳がタクシーを拾った。

「ありがとう。私も同じよ。さあ、帰りましょう」

（五月二十五日 土曜日）

目覚めると、晴れていて暑かった。少しくすんだラベンダー色のポロシャツに、ほぼ白に近いグレーの細いスラックスをはいて、九時にアパートを出た。

キャロットタワーには、三十分ほどで到着した。道路には、既に白いベンツが止まっていた。ちょうど入ってきたところらしく、ドアが少し開いて女性の脚が見えた。リョウが近寄り「おはよう」と声を掛けると「あら、いたの？　こっちに乗って」と言われて、リョウは助手席に乗った。

「高速で八潮まで行って、水元に向かう」と美佳はナビをセットし、ＣＤもセッティングした。

走り始めると、セダンのベンツは雲に乗っているようだった。車内は綺麗に保たれていて、リョウは豊かさを感じた。

「リエンツイですね？　ワーグナーの序曲集ですか？」

「よく分かるわね。ここにあるＣＤは、父のモノばかりなの」

「お父さん、ワーグナーがお好きなんですか？」

「そうね、ワーグナーは私も好きよ。父とは好みが共通しているのよ。建築の仕事もね」

首都高では途中若干の渋滞もあったが、都心から遠ざかるほどスムーズに車は流れた。

「今日は、江戸川の河川敷で、ゴルフの練習をしていることにしてあるの。リョウと一緒だとは言えないからね……」

「わかりました……。ワーグナーは僕も好きですよ。中三の終わり頃から聞き始め、高一の頃には本当によく聞いていました」

「ワーグナーのどの曲がお好き？」

「『ローエングリン』、『タンホイザー』、『トリスタンとイゾルデ』などの曲はほぼ聞いていますが、指輪のワルキューレ第三幕、最後のヴォータンとブリュンヒルデの別れの場面が一番好きです」

「そう……、私も好きよ。ロマン派の音楽は、ブラームス派とワーグナー派と少し対立的なものがあるけど、リョウはどっちが好きなの？」

「確かにワーグナーとブラームスは、性質が全然違いますね……。ブラームスは基本的に冷静で、緻密に創られていますが、ワーグナーには聴衆を陶酔させるものがあります。それは、自分を見失ってしまう怖さも含んでいますが、麻薬のような魅力も持っているような気がします。ブラームスはユダヤ人擁護派ですが、ワーグナーはユダヤ人が嫌いだったようです」

「そうね……、そういうこともあって、ヒトラーから愛されたのよ。でも、ワーグナーがどうしてユダヤ人嫌いになるのか、私にはよく理解できないわ。特に、メンデルスゾーンを攻撃したりして」

「そうですね。僕はメンデルスゾーンも好きですし、あの時代にバッハのことが見直されたのも、メンデルスゾーンが評価したからです。マーラーなんかもユダヤ人ですが、僕は大好きですよ。特に、五番の第四楽章なんかは本当に癒される最高の音楽ですよ……。ワーグナーがドイツ的なものを追求する気持ちは分からないわけではありませんが『ニーベルンクの指輪』なんかは、北欧神話を原点に着想しています。ほぼ近親相姦の物語です」

「確かに、双子の兄妹が愛し合ってできた子供がジークフリートで、その英雄が伯母さんとまた愛し合ってしまうのだから、すごい世界ね……。でも、その気持ちは分からないわけではないわ。でもね、生物は多様性と突然変異の中で進化し、人間に至ったのよ。多様性のない社会は、きっと滅びるのよ」

「僕もそう思います。ワーグナーはまるで麻薬でも使ったかのように、聴衆を陶酔させますが、言わば、滅びの音楽の要素も持っているように思います。ドイツ音楽は、古典派のバッハ、モーツアルト、ベートーベンの偉大な天才が後のロマン派の作曲家に大きな影響を与えています。ワーグナーもそれを受け継いで、しっかりと芯が通っているような気がします。でも、少し、酔わせ過ぎです。それが、魅力でもあるのですけど……」

「そうね、ヒトラーにも近親相姦嗜好があったし、滅びの美学の方向に舵を切ってしまったのね。最後は、モルヒネ漬けだったみたいよ。そんなことをテレビでやっていたわ。でも、愛してしまったら止まらないのね。悲しいけれど……」

　リョウは、美佳の話は人間の本質を語っていると思えたが、何を伝えたいのかをとらえ切れずにいた。しかし、沈黙することはなかった。

「トリスタンとイゾルデ」で一枚目のCDが終わり、違うものに入れ直した。

　今度は、まるっきり雰囲気が違う、緩いテンポの物憂いジャズだったが、心地良かった。

「ジョン・コルトレーンよ。父が好きなの。良い曲でしょう？　ジャズの最高峰の一つだと思うわ」

「初めて聴きますが、良いですね……。とってもいい気分です」

「そう、気に入ってくれてうれしいわ……。水元公園に行く前に、お昼にしたいわ」

　車は、八潮インターで高速を降り、一般道を水元に向け走っていた。

「途中にある、川魚料理で有名なお店にいきましょう。以前、知り合いの人に連れて行ってもらったの。鰻が美味しいのよ。混んでいて入れるかどうかわからないけど、通り道沿いにあるから行ってみましょう」

　車は、店に近づいたが、道路沿いの駐車場は満車だった。裏手のもう一つの駐車場に行くと、空きがあった。車を入れて、二人は店に向かって歩き始めた。

「ギリギリ間に合うかどうかね。とにかく、並んで待ちましょう」

お店は、まだ開店していなかったが、客が十人以上並んでいた。二人が最後尾に並んでいると、さらに何人かお客が並んだところで、店員さんが前から順に前もっての注文を取り出した。二人の所に来たときに「入れるでしょうか？」と聞いた。

「ええ、一回目で入れると思います。ウチは並んでいただく方だけなので……」

「良かった。では、ウナギの特上を二つ下さい」

確かに、並んでいるだけで三十分近く待たされた。列が動き始め、順番に客が店の中に入っていった。二人は奥の座敷に通され、大きな座卓に対面して座った。

店員が来て、お茶が出された。改めて注文を確認され、美佳はお新香を一つ追加した。

リョウは、ようやくホッとした気分になり、漂ってきたウナギを焼く匂いで、急にお腹が空いてきた。

美佳は、足を少し横に投げ出して、片腕を座卓にもたれて話し始めた。

「明日のことを、話しておきましょうね。飛行機は早い時間に取ったの。六時にハチ公の前よ。それから、品川経由で京急で羽田に行く。宿は札幌の中心部にある大きなシティーホテルよ。夕食は、すすき野辺りなら何でもあるわ。月曜は、午後に私が仕事だから、早いお昼をして、リョウだけ先に帰ることになるわ。もう一泊してほしいところだけど、私の上司もいるし、茉莉が夕飯時までに帰ってきてしまう。それがスケジュール」

「とにかく、六時にハチ公の前ですね。でも、月曜日の晩は、上司の人と同じ部屋に泊まるのですか？」

「バカね……、心配したの？　違うビジネスホテルで、仕事が終わったら上司は先に帰るのよ。ただの上司と部下の関係よ。その人、奥さんいるもの。それに、私、リョウ以外は受け入れないから心配しないでね」

「美佳さんは、これまで恋愛したことはないのですか？」

「あるわよ、何人かお付き合いした人はいるの。でも、今はあなただけ……。嘘ついてもしかたのない世界でしょ？　自分でもよく分からないわ……。でも、茉莉から奪うことになるから、私とても悪いことをしている」

「僕もとても悪いことをしています。もし、茉莉に知られてしまったら、彼女は絶対許さないと思います。でも、僕が初めて恋という感覚に陥ったのは美佳さんなんです。自分でも、どうにもならないんです」

「私も同じ……。先のことを考えると辛いから、今しか考えないようにしているの」

美佳は、リョウをじっと見つめた。リョウは、その瞳に吸い込まれるようだった。

「僕、どうにもなりません。愛しています。いや、恋です。自分が自分でなくなっています。もし、この恋に破れたら、生きていたくありません。すごく身勝手ですけどどうにもなりません」

「ダメよ……、死ぬなんて。そんな悲しいことないわ」

沈黙が続いた。もう、店に入って三十分近く経っていた。

ようやくそこへ、鰻重と大きな器に入ったお新香が出てきた。鰻重のお盆には小さなお新香とお吸い物が付いていた。

鰻重の蓋を開けると、いい匂いが漂った。リョウの消化器から一気に液が出たようで、お腹が鳴った。

「ここの特上は鰻がダブルで入っているの」

リョウが、箸でつまむと分厚くて弾力がありそうな鰻で、飴色をしたタレに覆われていた。口に入れると、タレは少し甘めだが濃厚な味で、油が滴りそうな鰻との相性も良かった。山椒をかけると少しさっぱり感が出て、鰻の旨味が増した。

ご飯とともに、口の中で溶けていくような美味しさだった。胆の入ったお吸い物は、出汁が利いて風味も良くさっぱりとしていて、鰻によく合った。食べ進むうちに幾分まだ、こってり感が残ったが、お新香がそれを和（やわ）らげてくれた。

「美味しいです。こってりした味で、ここの土地の風土によくあっているような感じです」

「そうね、ここの鰻は、身が厚くて柔らかくて、味も濃いめなのが特徴よ」

鰻重は、連日、女性を相手にして疲弊したリョウの体に、エネルギーを注ぎ込んだ。

「ああ、美味しかった、私、仕事を一生懸命やっているから自分にご褒美よ。リョウも満足した？」

「はい、とても、幸せな気分です」

美佳が会計をし、二人は車まで歩き始めた。

「ごちそうさまでした。鰻って高いんですね……」

「あら、あそこは安いのよ。あんなにボリュームがあって美味しいお店なんて、他にはないわ」

水元公園の公共駐車場までは、車で何分もかからなかった。

「リョウは、煙草吸いたくないの？　大丈夫？」

「ええ、吸いたいですけど、車を汚してもいけないと思って……」

「ドアを開けて半分身を外に乗りだして、外に向かって煙を吐き出すのならいいわ。駐車場の中も、公園の中もきっと禁煙よ。私物の車でなら、きっと何も言われないと思う」

「そうします。今は、世の中が煙草にうるさくて、なんか虐められているような感じです」

リョウは、煙草を吸い終え、二人は広大な公園の中に入った。整備された舗装路があり、マラソンをしている人や家族連れが多かった。

公園は、中央に広い広場があり、周囲は草木や森や小川、池に囲まれていた。都会では信じられないほどの広い空間だった。

美佳がリョウの手を取り、つないで歩いた。偶然にも、お互いにラベンダー色のポロシャツに白に近い薄いグレーのスラックスと同色のミニスカートだった。靴も同じように、白のパンプスのようなかたちのカジュアルなものを履いていた。

どうして、偶然にもそうなったのか、リョウには不思議だった。

「今は、美佳との良質のデートを楽しみなさい」と神様が言っているように、リョウには思えた。

美佳の手は、大きくはなかったが、ふくよかで柔らかく、そこから伝わる得体の知れない幸福感がリョウを支配した。美佳はゆっくり歩いた。

貴族のような気品と大人の女性としての妖艶さに溢れていた。

「今日は暑いけど、気持ちいい風ですね……。明日、札幌は寒いですか？」

「そうね、念のためウインドブレーカーと薄いセーターは持って行こうと思っているわ」

「そうですね。でも、ここは広すぎて、全部見て回ったら、二時間以上かかりそうですね……」

「この辺には、柴又の帝釈天や堀切菖蒲園などの観光スポットもあるの。そこはそんなに時間はかからないわ。今度、行ってみましょうね」

リョウは、夢を見ているようで、それでいて緊張もしていた。しかし、自然に自分の下半身が反応していて、恥ずかしさを覚えた。

それは「静まれ」という脳の命令を、無視しているかのようだった。

やがて、二人は広場に出たが、家族連れが騒々しく、反対の森の木陰の方に進んだ。

リョウにとって、公園でのデートは春美との生まれて初めての経験以来だった。

美佳は、春美とも茉莉とも美舞とも、全く違うオーラを持っていた。全てを美佳が主導していた。

美佳は、木陰で立ち止まり、リョウに腕を回した。美佳の胸の膨らみが感じられた。リョウの心臓は高鳴った。リョウも腕を美佳の腰に回した。少し手を下に置くとしっかりした腰があった。

美佳はリョウの首に両腕を回してぶら下がった。それは、キスをせがんでいるようでもあった。

永い、いつ果てるともない抱擁が続き、美佳は唇を突き出した。リョウは、美佳に従った。質感のある、これ以上ないという密着感を感じるキスだった。美佳の方が積極的に唇や舌を動かし、その激しさに、リョウの体も口も反応していた。

口を離すと、美佳は息切れをしていた。しかし、リョウの体に回した腕を離そうとはしなかった。

リョウには、もう何十分も経過しているように思えた。リョウは幸せを感じていたが、それはまるで、ランボーの「おお、季節よ、おお、城よ……、どんな魂が無比なのだ……。ああ、僕はもう羨望もしないだろう、幸福が、僕の生活を引き受けたのだ……」という詩のようだった。

美佳は、リョウにとって城のように強く、豊かに存在していた。

「ああ、幸せよ……。とうとう、求めていたものが手に入った。あなたのためなら、例え地獄に落ちてもいいわ……」

リョウは「好きです……」と言うのが精一杯だった。どう行動してよいかわからなかった。

二人は腕を組みながらゆっくりと公園の周囲を歩いた。花もあり、川のような穏やかな水面もあった。リョウは眺めながら緩やかな風を感じた。その風は、美佳の品の良い体臭も運んだ。やがて、菖蒲が植えられている所に来たが、蕾はまだ咲く気配がなかった。

「僕は、菖蒲の花を見たい。きっと、美佳のように美しいと思う」

「リョウは、母性本能をくすぐるのね。私、もう炎が燃え盛っている。その炎を超えてきて……、愛し合うために……。この幸福は永遠よ……」

「僕は、美佳のためなら何でもする……。しかし、茉莉がきっと許さないだろうと思うことが僕の行く先を塞いでいる……。でも、ちゃんと責任を取る覚悟はできている」

「この愛の行き着く先が、刑務所だったらどうする？　私たち、そのくらい罪を犯している」

リョウは、少し黙った。メラメラ燃える炎の先に、茉莉が立ち尽くしているように思えた。

「神様は、試練を与えたのか……」

「そうよ……。でも、それ以上、言わないで。その時は、その時よ」

二人は、駐車場に戻り、リョウはドアを開けたまま煙草を吸った。美佳は四つの窓を全開にした。室内にはまたジョン・コルトレーンが鳴り始めた。

「ああ、美しい……美佳のキスほどではないけどね……」

「あら、私の唇、そんなに美味しかったの？」

「うん、そうだよ。今日は美味しいこと尽くしだった。神様に叱られそうなくらい」

「明日の夜が楽しみだわ。グルメのリョウにもっと美味しいものをあげようかな……」

リョウは、駐車場の路面でドアに隠れて火を消し、吸い殻をポケットにいれた。そして、どちらからともなく、車の中で短いが中身の濃いキスをした。

車は発車し、元来た道をキャロットタワー目指して走り出した。

「まだ、茉莉は伊勢の方にいるとは思うけど、警戒しないとね。混まないうちに帰りましょう」

「そうだね、茉莉からメールが来ていた。どこで遊んでいるの？　とか言っている。実家に行っていることにしておいた。それが一番、無難なんだ」

「僕は、茉莉も美佳も、父や母に合わせることができないでいる。休学中なんだし、やり直して東大目指すということにしてあるんだ。だから、異常な中での恋愛なんだ。僕も茉莉も美佳も……」

「そうそう、ハッキリと聞いておくのを忘れていた……。私と茉莉とどっちを取るの？　どっちを本当に愛しているの？」

「聞くまでもないよ。美佳とは唯一、僕の本心からの愛で結ばれている……」

「そう、そうよね……。あなたを信じる」

『また、茉莉からメールが来ている。『月曜は、午後六時くらいには渋谷に着けそう、いつものコーヒーショップで会おう、お土産買って行くから』と言ってきた」

「困った人ね……、仕方ないわね。取りあえず会うのね。でも、あなたを信じているわ、次第に遠ざけるようにするのよ」

「そうだね……、わかった」

リョウは、沈黙した。極めて難しいことに向かい始めているのが分かったからだった。

夕方にしてはスムーズに車は動き、六時前にキャロットタワーに着いた。

リョウは、美佳の頬に軽くキスをし、車を降りた。

車は、何事もなかったかのように走り去った。

メールの着信は茉莉からだけでなく、美舞からもあった。そのことはあえて美佳には言わなかった。

「今日の夜はパパがいないし、一晩付き合って」というものだった。

リョウは「会ってもいいけど、明日、同級生の友達と北海道に行く予定で、朝が早い。だから、それでもよければ」と返事をした。

リョウは一度、アパートに帰り、服を着替えた。下着から着ているものをすっかり着がえた。

半袖の黒いポロシャツにダークブルーのズボンをはき、グレーのジャケットを羽織った。

旅行鞄の中に、長袖の下着やワイシャツ、ジャージなどを入れ、美舞用の歯ブラシも入れた。そうしているところに美舞から電話が来た。

「渋谷のどこに、何時に行けばいいの？」

「道玄坂下の煙草が吸えるコーヒーショップにいて……」

リョウは、もう美舞とは途切れたつもりでいたが、そうはなっていなかった。

昼間の、美佳との本物の恋を壊さないように、美舞とどう付き合えばよいのか、必死に考えた。

リョウは、忙しかった。アパートを出てすぐに渋谷に向かった。七時半を回っていた。

「遅かったじゃない？」

「実家に帰っていたんだ。ここまで時間がかかるんだ」

「あなたは、私のひよこちゃんよ。私も養っている人がいるなんて、生きる上で張り合いがあるわ」

「僕のお母さんみたいなことを言っているね……。美舞は僕のどこが良くてつき合おうとするの？　お金払ってまでして……」

「前に言ったわよ。中年のオッサンと付き合うのにストレスが溜まるからよ。私が中年のおばさんになっても、リョウを買い続けたい。だって、私にフィットしたセックスができる人はリョウしかいないもの。究極のオルガスムスを与えてくれるのは、あなたしかいない……。これは、理屈ではないの。それは私を解放するのよ。意識を失うほどのセックスで、私はリセットされるの。私と結婚してくれるなら、あなたに何をあげてもいいわ」

「本気なの？」

「決まっているじゃない……。あなたとなら心中してもいいわ」

リョウは、黙った。

「今日は死ぬほど愛してくれていい。リョウの好きなように……。イク時、絞め殺してもいいわ……。Mのオッサンたちも同じように言うけどね」

リョウは、ジッと美舞を見つめた。

「明日、早いんだ。森本という休学している同級生と北海道に行くんだ。渋谷を六時までに出ないと、羽田の飛行機に間に合わないんだ」

「それじゃあ、ちょうどいい。渋谷のホテルに宿泊して、早起きして行くといいわ」

「明日は忙しいスケジュールだから、あまり疲れたくはないな……」

「でも、リョウならできるわ。今日は夜中までやって三回はイカせて……ね？　はずむから、旅行代くらい出るわよ。それに、先にコンビニに行って食料買い出ししてしまったけど、焼き肉屋さんかどこか、精の付く夕食をとらない？」

「いいよ、好きにして……。今日は、従うことにした」

二人は、外に出て、たらふく焼き肉を食べ、キムチやニンニクも食べた。美舞は、日本酒を飲み、リョウは、ウーロン茶を飲みながら付き合った。

ホテルには十時に入り、部屋に入ると、美舞はさまざまな道具とともに、ドリンク剤と男性が飲む錠剤と塗り薬を出し、リョウに渡してよこした。

「一緒にお風呂に入ろうよ。焼肉とニンニクの臭いを消さないとね……」

二人は、まずは一緒に体を洗い合い、そのまま、体に泡が付いたまま、セックスを始めた……。リョウは、覚えたテクニックを総動員して、美舞を満足させた。

浴衣を着た二人は、ドリンクと薬を飲み、しばらくベッドで煙草を吸った。

煙草に関しては、美舞だけが気を使わなくてもいい相手だった。

その晩、リョウは美舞を三度イカせて、気絶させた。


（五月二十六日 日曜日）

セットしていた目覚ましで五時に起き、バスルームで簡単にシャワーを浴びた。

着がえようと部屋に裸のまま戻ると美舞も目を覚まし、リョウの仕度を手伝ってくれた。

「美しい体ね。お金はいつもより余計に入れたからね、餞別代わりよ……」

「ありがとう。また、メールしてくれていいよ……。空いているときならば付き合うよ」

封筒は確かにいつもより厚かった。コンビニのパンを二つ、リョウに持たせてくれた。

リョウだけ着換え、部屋を出た。

受付で断って、ホテルを後にした。

「多分、少し、美舞は眠るのだろう……」とリョウは思った。

最愛の人に逢えると思うと、リョウの気持ちははやった。昨晩、一度もリョウは射精しなかったが、コンドームだけは着けていた。妊娠の防御と塗り薬のためだった。


ハチ公の前に行くと、もう美佳がハチ公に向かって歩いているのが見えた。

「おはよう」と声を掛けると「あら、おはよう、一緒の電車ではなかったみたいね……」

「千代田線経由で来たんです。早いので起きられないかと心配しました」

「そうだったの……、急ぎましょう……。札幌には十時ごろには行けそうよ」

二人は山手線に乗り、北海道行きが始まった。

電車は、まだ六時なので空いていた。

「本当なら、阿寒湖とか函館とかに行きたいけど、仕事も一緒だから仕方がないわね。リョウが行きたいのはどこ？」

「知床は無理ですが、小樽なら行けるでしょうか？」

「そうね、小樽に行って夕食食べるのもいいわね」

二人は、出発ロビーに向けて、エスカレーターで上に上がり、受付カウンターでチケットを機械にかざした。それから、セキュリティーゲートをくぐって、搭乗口へ動く歩道で移動した。

ガラスの外には、大きな飛行機が何機も待機していた。その光景にリョウは興奮を覚えた。

そこには、日常から離れた感動があった。

搭乗口の近くの椅子に座り、美舞がくれたパンを美佳と分け合って食べた。間もなく、搭乗開始のアナウンスがあり、搭乗口に客が並び始めた。

飛行機の座席に座った美佳の顔には、若干の緊張と喜びの表情があった。少し時間をかけて、飛行機は離陸のために、滑走路に出て待機した。やがて、大きくなったエンジン音を感じながら、飛行機は滑走路上を加速し始めた。その振動と心の緊張は心地良かった。

やがて、飛行機は空中にフワッと浮き、空に上昇を始めた。

東京湾を周回して、高度を上げると、やがて飛行機は陸地から離れ、海の上を飛び始めた。

ベルト着用サインが消え、飛行機は安定した飛行を続けた。リョウは、キャビンアテンダントから配られた機内サービスのジュースを飲むと、安心感が湧いて、居眠りを始めた。

飛行機に乗っている間中、二人は、あまり会話をしなかった。

リョウが目を覚ましたのは、飛行機が着陸したときだった。エンジンの逆噴射の音と、滑走路を走る振動を感じた。

飛行機は、乗るよりも降りる方が楽だった。どんどん歩いて、鉄道駅の方に行くだけだった。

リョウは、電車の中でも寝てしまい、札幌駅で美佳に起こされた。

「あなた、疲れているのね……。さっきから寝てばかりよ。朝早かったから仕方がないけど……。お昼は、ボリューム満点のお肉をごちそうするから楽しみにしておいてね。リョウはどこか回りたいところある？」

「札幌は、初めてでどこが良いのかよく分からないけど、テレビで時計台とか大通公園とかは見たことがある」

「そう、では、時計台から大通り公園辺りを歩こうか？」

二人は、駅の南口広場から真っすぐに伸びた、大きな通りを歩いた。

「今は、日本中どこの大都市も、それほど大きな変わりはないの。ヨーロッパのように、それぞれの個性はさほどないのよ。でも、札幌は道路が広いし、建物の密度が東京都は全く違うわね」

十五分ほど歩くと、時計台に出た。思っていたよりも小さくて、木造二階建ての瀟洒な屋根の上に時計台の塔が乗っていた。明治の開拓時代を思わせる歴史的な価値を感じた。

「元は、教会として建てられたようね。上から建物を見ると、十字の形になっているの、素朴で美しい建物だと私は思うわ」

「そうだね。本当に良い雰囲気だね。明治って感じがする……」

二人は、建物の内部と外をグルーっと見て、大通り公園に向かった。わずかの距離だった。

「ここでしょう？　雪まつりをするところ。広い空間の通りだ……。テレビ塔も見える……。なんか、スッキリしていていい」

「そうね……。北海道は、良い所がたくさんあるから、そのうちまた旅行したいわね」

二人は目抜き通りをさらに南に向かい、ススキノに出た。

「ラーメンで有名な所でしょう？」

「それだけではないのよ。夜はガラッと変わってしまう歓楽街よ。この先少し行くと豊平川に出るわ……。リョウは、川を眺めたいんでしょう？」

「そうだね。僕は、川を眺めるのが好きだ。ぼーっと何も考えずにね……」

「豊平川は石狩川の支流よ、水の流れは良いわね。北海道は自然が良いわ。食べ物も美味しいし、開拓魂もあるし……。私、そういう北海道って大好き……。歩いたから、お腹空いてしまった。タクシーを拾って、サッポロビール博物館に行きましょう」

日曜日の札幌市内は、比較的道が空いていて、ほどなく博物館に着いた。

リョウは車を降りて、その建物の迫力と存在感に、まずびっくりした。明治時代に建てられたような赤レンガ造りのレストランが幾つかあった。堅固で、豊かな雰囲気がした。

くすんだエメラルドブルーの屋根も美しく、中に入ると二階に吹き抜けの広い空間があるレストランもあった。最期に、ライラックという瀟洒な落ち着いた色のレンガで作られたレストランに入り、席に着いた。

「ここはね、ラム肉のジンギスカンが有名なのよ。ガッツリ食べておきたいわ」

「美佳はやっぱりラム肉が好きなんだね。家を訪問したときも、お昼にラム肉を出してくれたね」

「そうよ、ウチは家族全員がラム肉派よ」

美佳が注文し、もちろん美佳はビールも頼んだが、リョウはウーロン茶だった。

北海道ならではの料理が並んだ。主役はラム肉だった。濃厚で、奥の深い味の肉だった。

「朝が早かったから、お腹が空いて、幾らでも入りそうよ。ラム肉食べ放題ですからね。パワーを付けてちょうだいね……」

リョウは、美舞を三回イカせたことを思い出した。夜に思いを馳せて、どんどんラム肉を食べた。

二人は、一時間強、黙々と食べ続け、すぐにタクシーに乗り、ＪＲの駅に向かった。

二時十三分発の快速にギリギリ間に合い、駅で買ったアイスクリームを電車の中で食べた。

「お行儀悪いけど、仕方ないわね。太るかしら？　こんなに食べて……」

「でも、美味しいからいいです」

快速に乗ると、三十分で小樽に着けることがわかり、リョウはびっくりした。三時前には小樽駅を降りた。

二人は、運河に向かって歩き始めていた。

「天狗山に登ろうよ。タクシーで行って、ロープウェイで登るのよ」

ロープウェイから小樽の街が一望できた。そして小樽湾の海が青く、空も青かった。

「すごい景色だ」

「気持ちがいいわ、こんなに天気が良くて最高の観光だわ。リョウの好きな水際が見えるわよ」

二人は、ロープウェイを降りて、展望台に行き、眺めの良さに感動した。

お土産屋では、天狗のお面を売っていた。お土産をあげられるのは美舞しかいなかったが、その目的で一つ購入した。

二人は、再びタクシーに乗って、今度は運河に行った。気温はうなぎのぼりに上がり、半袖でもいいくらいだった。しかし、時折、心地良い風も吹いた。

運河には、クルーズ船が出ていた。少しの時間、静かな運河の舟遊びを楽しんだ。

「小樽の海は青い。そのためか、船には青の洞窟クルーズとか書いてある。でも、青の洞窟はナポリにある島の洞窟でしょう?」

「そうね……、学生の頃行ったことがあるけど、ここは全然比較にはならないわね。そこの洞窟は運がないと入れないんだけど、プルシアンブルーやエメラルドブルーに光が変化するの。もし、リョウと新婚旅行で行けたら幸せだわ……。結婚できなくても行きたいわ」

リョウは、結婚という言葉に緊張を覚えた。

「茉莉は、どうするの?」

「できればの話よ。この先、どうなるか分からないでしょう?　あなたが茉莉と結婚しても、私は義理のお姉さんよ。このまま、リョウとの不倫を続けて、一生独身でもかまわないわ」

「ん？　このまま、茉莉にばれずに愛し合うのは難しいかも……」

「そう、危険だらけね、だから余計燃えるのね……。愛は奪うものっていうでしょう？　私はリョウを奪いたい」

美佳は、僕が生まれて初めて恋をした相手だけど、運命というのは全く分からない。神様に身を預けるしかない」

「では、お祈りしましょう。海に向かってこうやって手を合わせるの……」

二人は、船から上がると夕食の場所を探して、街中を散策したが、最後は寿司屋に入った。

「小樽に来たら、お魚を食べなくてはね……。お任せでいい？」

ウニやイクラやサケなどをたらふく食べ、美佳は日本酒を飲んだ。

「お酒、強いんだね」

「あら、うちの家族は皆、強いのよ。それに、強いのはお酒だけではない……。心も体も愛するパワーも半端ではないのよ。リョウは、きっと今晩は寝られないと思うわ……」

美佳の顔は笑っていたが、リョウの顔は幾分ひきつった。

店を出て、ゆっくり手をつなぎながら駅まで歩くと、七時二十分になっていた。しかし、八時前には札幌に着き、美佳はコンビニでウィスキーと飲み物を買い、コインロッカーに預けたバッグを出してホテルに向かった。

何分もかからない所に、大きなホテルがあった。

「今時、ダブルよ。今晩はくっついて寝ようね……」

チェックインして、部屋に入ると、

「リョウ、先にシャワーを浴びて……。汗、かいたでしょう?」

リョウは、着ているものを全て脱ぎ、ガウンを羽織った。

「美しい体だわ……、信じられないほどね……」

リョウは、軽く体全体を洗い、二十分ほどでバスルームを出た。

美佳は、ガウンを羽織ってベッドに横になっていた。

「私の体、見たい?」

「うん……」

「でも、まだお預けよ。その代わりキスをして」と美佳は腕を広げた。

リョウを腕で抱くと、美佳は体を回転させ、上下が逆になり、リョウの口を覆った。

「いい子で待っていて」

美佳は、すぐにバスルームに向かった。

リョウは、気が付かないうちに眠り込んでいた。

バスルームのドアが開く音で、リョウは目が覚めた。ベッドの脇に、下着姿の美佳が立っていた。妖艶に輝くような濃い青の下着だった。部屋は暗くなっていたが、フットライトがほのかに美佳の体を浮かび上がらせた。

主導権は美佳にあった。ブラジャーを外し、リョウの体に覆い被さった。白いビロードのような肌だった。釣鐘のような乳房には、ピンク色の乳首と乳輪があった。

リョウは、抱かれた。全てを美佳がリードした。永い、永い夜だった。

ふくよかな体にリョウは埋没した。美佳は、リョウの体液を一滴残らず搾り取るかのように、離さなかった。

リョウの欲望というより、恋の自然な成就だった。

（五月二十七日 月曜日）

目覚めると九時を過ぎていた。二人は一緒にシャワー浴び、お互いに体を洗い合った。そうすることで、日常の時間を忘れた。

十時前にチェックアウトし、ホテルのレストランで昼食を済ませた。その後、リョウは駅に向かい、美佳は仕事に向かった。

リョウは、電車の中でも、飛行機の中でも眠らなかった。一人の緊張があったからだ。一人でいることに、初めて寂しさを覚えた。

茉莉からは、毎日のようにメールが来ていた。家に帰っていることにしてあり、渋谷で五時に待ち合わせになっていた。

美佳に、体の全てを捧げつくしたリョウは、これから茉莉を相手にするかと思うと恐怖を覚えた。

コーヒーショップで煙草を吸っていると、茉莉が現れ、お土産を渡してよこした。伊勢神宮のお守りと名古屋のお菓子だった。

茉莉は、家に持って帰るお土産もたくさん抱えていた。

「私がいない間、どうしていたの？」

「実家で、勉強していたよ」

「それにしては、日に焼けているわよ、変ね……」

「庭の芝生の上で、少し横になっていたからだよ」

「そう……。今日は私、このまま帰る。ゼミのレポートのまとめで時間がないの。一段落したら、また連絡するわね……。リョウもしっかり勉強してね」

「そうだね。最近、予備校に通いはじめたから、僕も少し忙しいよ」

「そう、頑張ってね、ではね……」

予想外に茉莉はしっかりしていた。リョウもそのまま一緒の電車で帰り、途中で別れた。

リョウは、家に着くと七時を回っていたが、体に旅の疲れがあった。

ソファーでゆっくり煙草を吸い、美佳の豊かな体を思い出した。

ほぼ、一晩中密着していたような気がしていた。美舞がくれた、飲み薬や塗り薬が効いていたように思えた。飲み薬は長時間効いていた。それ故に、記憶は薄らいでいるが、おそらく、密着している間中、勃起をしていて、二人が達したのかさえも、はっきりと思い出せなかった。

初夏の熱い抱擁だった。しかし、これまでリョウが体験したセックスとは全く異なっていた。体が溶けていくようだった。

リョウは、自身の変化を感じていた。茉莉や美舞を求める気持ちが少なくなったことを悟った。


そうして、ぼんやりしているところに、ドアのノックがあった。隣の中井さんだった。

「こんばんは。大分留守をされていたんですね。パンが余っていまして、よければ食べませんか?」

「はい、ありがとうございます。どうぞ、お上がりください」

中井さんは、パンの袋とペットボトルが入った袋を持って、部屋に入り、ソファーに座った。リョウは、くっ付くのが嫌だったので机の椅子に座り、食事をした。

「松井さんは、友達多いの?」

「いや、今は、ほとんどいません。女性は何人かいますが……」

「松井さんの学校って、男子校でしょ? 女性って、どういう人たちですか?」

「恋人です」

「一人だけではないの？」

「うーん、何人かいます……。この一ヶ月くらいの間にそうなってしまって……。これでは、勉強に身が入らないのが実態です」

「ナンパしたの？」

「いや、偶然、そうなったんです」

「その人たちと、体の関係もあったんだ……」

「そうですね……、全員」

「全員って、何人なの？」

「四人と体験したんですが、今、付き合っているのは三人です」

「それでは、忙しいね……。よく、続けられるね……。カサノバみたいだ」

「よくわかりません……。最近付き合い始めた人に、初めて本当の恋をしたような気がします……。でも、一緒になることは難しいんです。悩んでいます」

「どうして難しいの？」

「三人とも僕より年上なんですが、そのうち二人は姉妹なんです。両方に知られないように、秘密につき合っていて、それが大変ですし、どちらかと結婚することもできないんです」

「そう、難しい恋をしているね……。どちらが好きなの？　相手はどうなの？」

「本当に恋をしたのはお姉さんの方です……。でも、妹の方は納得しないと思います。どちらも、僕を愛してくれていて、これがわかったらどうなるかわかりません……」

「んー、それは困ったね、どちらかが傷つくということだねえ」

「そうですね。僕が身を引いて、二人から逃走するしかないと思います。でも、それは僕の本意ではないんです」

「こういうことを言うと、失礼かもしれないが、君は、恵まれ過ぎだ……。世の中には、誰とも恋ができない人が大勢いる。時に、人間は自分の身を律しなければならないときもある。悪いけど、君の年代でのそういう挫折や学校での挫折などは、まだ大きなことではないように思える……。でも、愛は深いからね、年齢ではないかもしれないが……」

「そうですね……、おっしゃっている意味はよく分かります。先のことは、考えないようにしています。今は、別にへこんではいません」

「そうだよ、自分の本分で頑張るしかないよ」

「いろいろ、僕の話ばかり聞いていただいてありがとうございます。少し疲れています。休ませていただいてよろしいでしょうか?」

「そうだね……、夜遅くに悪かったね。僕は引き上げるよ」

（五月二十八日 火曜日）

リョウは、なかなか目が覚めなかった。スマホの着信音で起き上がった。春美からだった。

「久しぶりね……。シーちゃん、気を使って全然来ないのだもの。心配していたわ」

「ごめんね、いろいろあって行けなかったんだ」

「これから、お昼をそっちに持って行ってもいい?」

「うん、いいよ。助かるよ……」

リョウは、急いでシャワーを浴び、服を着た。そこへ春美が、おにぎり三つとホイコーローのような炒め物を持って、入ってきた。もう昼時で、空腹のリョウは一気にたいらげた。

「シーちゃんに、取りあえず、私の今の報告をしようと思って……」

「お見合い、上手くいっているの？」

「うん、シーちゃん悲しむとは思ったけど、相手から正式にプロポーズされてしまったの」

「それは、良かったね……。もう、僕は何とも思ってはいないよ……」

「そう？　仕方ないわよね。私、お姉ちゃんみたいに裕福で幸せな人生を生きることにしたの……。もう、シーちゃんには何もしてあげられないけど、ごめんね……」

「いいんだ。春姉ちゃんが幸せになれれば、それで……」

「ありがとう。わかってくれて……。でも、私の処女はシーちゃんにあげたんだからね。忘れないでね……。私も忘れないから……。でも、一生の秘密よ。お願いね」

「うん、わかっている。約束守る」

「ありがとう。あら、なんか雨降りだしそうだわ。私、帰るね」

春美は、空の食器を持って、アパートを後にした。

午後の雨の中、リョウはじっと美佳との旅を思い出し、幸福感に浸ったが、本当に現実なのか、まだ半信半疑だった。茉莉や美舞との愛の行為とは、全く別の世界を体験した。

自分自身の欲を全て放棄したような愛だった。

学校のことも重いプレッシャーだった。これから、どうして過ごせばいいのかが見通せなかった。雨の中、そういう思いが交錯し、孤独が怖かった。

お酒が飲めないリョウは、煙草だけが平常心を維持する手立てだった。

夕方はいつもより暗く、五時を過ぎて、またドアのノックがあった。

中井さんだった。また、パンを持ってきたが、中井さんの部屋に行くことになった。

「僕は、アルバイトもしていないし、両親は食費を心配して毎日のように送ってくれるんだ」

「良いご両親ですね」

「そうだね……。僕は一人っ子で甘やかされて育ったから、大学も哲学を専攻なんかしてしまって、この先どうなるんだろうと思うよ。それに、僕は人付き合いが下手でね……。あまり友達ができないんだ。君は、女性が得意そうだけど、少し教わりたいくらいだ」

「得意というわけではないですけど、今がモテ期なのかもしれません……。それに、女性は追いかけたらダメなんです。向こうから追いかけるように仕向けないと」

「実は、僕、女性をお金で買ったことがあるんだ……。たった二時間で三万円取られたけど、君はそういうことをやったことある?」

「ないですね……。中井さんは何歳なんですか?」

「十二月で二十一歳なんだ、去年の誕生日にそういう場所に行って初めて女性とセックスしたんだ」

「良かったですか?」

「ただ、しただけさ。向こうは商売だから淡々としていて、面白くも何ともなかった……。三十前後の女性に見えたけど『早くイッテください』とか言われてしまって、セックスするから愛があるのではないと、しみじみと感じた。君は愛があるセックスなの?」

「そうですね……。僕が童貞でなくなったのは、まだ一ヶ月くらい前ですよ。相手は、書道教室に通い始めて出会った女性です。大学三年の……。向こうから声を掛けてきたし、積極的なのは向こうの方でした。でも、僕も女性には興味はあったんです……。男子校なので、女性に出会わなかっただけなのだと思います。それが、次から次へと運と偶然に恵まれて、付き合うはめになったんです。そのうちの一人は、僕にお金をくれるんです」

「えっ、本当かい？　信じられない……」

「パトロンをちゃんと持っている女性ですよ。でも、その女性が一番セックスが激しかったです。Mになりたがります。普段は、男性に対してSだって言っていました。その女性は、Mにしてくれる男性はあまりいないと言っていました。Mになるとオルガスムスが激しいんです。気絶してしまうんです」

「そのとき、君はSでイケルのかい？」

「僕は、女性を優先しています。相手が求めることに合わせているだけです。もちろん、射精はしますが、心も相手の求めに応じているんです」

「んーん、哲学を幾ら勉強しても、そこにはたどり着かないな……。永遠の謎だ」

「そうですね。男と女の付き合い方は、極めて難しいです。異性を引き寄せるには、説明がつかないオーラが必要です。でも、それが尊いものなのかどうなのか、その人の価値観によると思います」

「でも、チャレンジは大切だと思うけどね。オーラを身に着ける研究でもしてみようかな」

「中井さんは、ランボーって好きですか？」

「フランスの詩人の？」

「そうです、十九世紀後半に生きた、アルチュール・ランボーです」

「正直、深くは読んだことないけど、早熟だったようだね」

「そうですね……。僕は、ランボーが好きなんです。もちろん、僕にはそういう才能はないですけど……。ランボーは十六歳くらいから詩を書き始め、ほぼ二十歳頃に詩作を捨ててしまう……。十七歳の頃から十歳年上の詩人ヴェルレーヌと関りを持ち、同性愛もしたけど、詩作は開花します。十九歳で、ヴェルレーヌの嫉妬の果てに、ピストルで撃たれ、負傷してしまう。この年、『地獄の季節』を書きあげ、出版までこぎつけました。しかし、ヴェルレーヌは監獄に収監されてしまいます。二十歳で『イルミナシオン』を書きあげ、二十一歳のときに、監獄から出てきたヴェルレーヌに『イルミナシオン』を預け、放浪生活に舵を切ります。その後、商人として生活の糧を得ることになりますが、三十七歳で癌を発症し、命を落とします。もう十代にして、詩作は行き着くところまで行ってしまうんです。二十歳で詩を捨てたランボーは、もう詩を顧みることはなかったと言われています。ランボーは十代にして、もう自らを見者と言っている。若くして、人間や社会の本質を見抜いたのです。

「破天荒で、感性の優れた人間でした。死ぬ頃に、ようやく社会はランボーの詩の価値を認め出したんです。不世出の詩人です。その彼が、『地獄の季節』の終盤で、こう言っています。『集団の戯言など要らない、必要なのは科学と忍耐だ』僕もそう思います。僕は集団が嫌いです。集団の中で偉そうにしている男ほど、女性にモテないような気がします。ランボーの詩は、青春の一時期の一瞬の火花のようでもありました。しかし、怖れを知らない人間でもありました。守りに入った人間ほど、つまらないものはありません。女性は、感性において男の魅力を見抜くのです。僕は、お金を出して女性を買ったりは絶対にしません。それほどつまらないものはない……。僕は、むしろ、本音で恋に苦しむ女性を見たいのです」

それを聞いた中井さんはびっくりしたような顔をして、言葉を発しなかった。

(五月二十九日 水曜日)

雨が降ったり止んだりの、はっきりしない天気だった。朝、美佳からメールがあった。

「まだ北海道にいるけど、仕事が一段落したので、これから東京に帰る。多分、十二時ごろには羽田に帰れる。報告をパソコンで簡単にしてから帰してもらうことにした。二時に京成高砂駅の改札で待ち合わせよう。柴又に行こうよ」とあった。

羽田から京成高砂までは、一本で行けるのだった。

リョウはすぐ仕度をして、品川経由で京成高砂に向かった。地下鉄と乗り入れていて、一本の電車で高砂に着いた。改札は一つなので、内側で美佳を待った。

合流して金町線に乗り換え、一つ目の駅が柴又だった。荷物はコインロッカーに預けた。

「僕は、こっちの方に来るのは初めてだ」

「私も……」

二人は、手をつないで帝釈天に続く参道を歩いた。

テレビで見たことがある映画のシーンと、まるで同じだった。人出が多く、古い街並みの中に、食べ物屋や土産物屋がギッシリ並んでいた。

突き当りに帝釈天があり、建物を拝観するのには、入場料が必要だった。

拝観の順路は決められていて、奥の古い建物の下も含めて、あちらこちらに彫刻が施されていた。

さらに、奥に庭園があり、池があった。鯉や亀がいて、周りの植木が手入れをされ、綺麗な庭だった。池の周りを回廊がつながり、二人はゆっくりと一周した。

「都心とは次元の違う世界だわ……」

二人は、小一時間ほど帝釈天にいて、参道を引き返した。

もう、四時を回っていて、柴又の駅から高砂経由で京成立石という駅で降りた。また、コインロッカーを利用し、身軽になって地上に降りた。

そこは、駅前が小さいアーケードになっていて、幾つかのもつ焼き屋や小さい飲み屋、総菜屋がギッシリと並んでいた。行列が出来ている店もあった。

そのアーケードには仲見世と書いてあり、昭和レトロがそのまま残った雰囲気だった。東京のどこを探しても、多分同じような街はないだろうと思われた。

そのまま、細い道のアーケードを奥に進むと、大きな犬の置物が外に置いてある飲み屋があった。美佳がドアを開けて、中を覗くと六人も入ればいっぱいになるような小さい店だった。

「初めてなんですが、入れますか?」

「何人さん?」

「二人なんですが、大丈夫ですか? 長居しませんから」

奥にいた年輩の男性客が「あら、美しいお姉さんじゃない、どうぞ入りなよ」と言い、もう一人の男性もうれしそうに笑った。店主も「どうぞ」と言うので、二人は中に入った。

低いカウンターだけの席で、四畳半くらいの広さしかなかった。天井も低く、茶室のような癒される空間だった。

店主が、お通しと箸を出しながら「何を飲みますか?」と聞いた。

「生ビールを一つとウーロン茶を一つ、それとメニューに書いてある岩塩卵焼きをお願いします」と美佳が注文すると、客のオジサンが、

「何で、ウーロン茶なのさ、アルコールダメなの?」

「僕はまだ未成年なんです」

「あら、年齢が分からないものね。最初は二十歳くらいかと思ったけど、少年みたいにも見えるね……。ご姉弟ではないんでしょう?」

「親戚です」

「いやー、恋人みたく見えるね、どっから来たのさ」

「世田谷です、立石は初めてです。でも、テレビで見て、一度来たいと思っていたんです」

店主のおばさんは、美人で胸がすごく大きかった。真近で見たリョウは圧倒された。

「こっちにおいでよ。ここは体を寄せ合って飲んでお話をするんだ。それが立石のお店の特徴、お姉さん美人だね……。マミちゃんの若いときみたいだろう。なあ、ワッキー……」

ワッキーと呼ばれたオジサンはニコニコして、少し耳が遠いようだった。

カウンターはLの字型になっていて、奥の壁に知らないオジサンの古い写真が貼ってあった。

「あっこれね、マミちゃんの亡くなった旦那さん。これさ、オジサンたちの差し入れ、食べなよ」

オジサンはタコ焼きを小皿に分けてくれた。

そこに、店主とよく似た同年齢の女性が入ってきて、リョウの隣に座った。

「いらっしゃいませ」と言うので
「お客さんではないのですか?」とリョウは聞いた。

「二人は双子の姉妹、この人はキミちゃん」

「ほんとに双子なんですか? お二方も、美人でいらっしゃいますね」

「あら、お客さんも美人だわ。それに恋人も良い男ね。私が若かったらきっと襲っていたわね」

「ああーっ、キミちゃん、ダメダメ。僕がいるでしょ?」と耳の遠いオジサンが言った。

「二人とも男にモテルからね。僕はミッちゃんと呼ばれているんだ。これも何かのご縁だね」

店の中は狭い空間だったが、心地の良い、和む世界で、人が優しかった。

「あのさ、まだ、時間が早いから、あちこちお店、見て歩くんでしょう?」

「どうしようか? リョウ、私たち、どこへ行っていいかわからないので、良いお店を紹介してください」

「そう？　んー、もつ焼きで有名なのは仲見世のもつ焼きやが有名だけど、線路沿いにもあるよ。「歌を歌うんだったら数限りなくあるけど、安くて音響が良いのが線路の向こうの路地の『きよみ』だね。僕たちはこのお店が終わる頃、たまに寄るんだよ。もし、電車がなくなったら、青砥にビジネスホテルがあるからね、もし、よければ、後で『きよみ』で会おうよ」

「いろいろありがとうございます。では、少しこの街をぶらついてみます、お会計、お願いします」

店主が計算をしている間に何人かが店に入ってきた。

「こんなにお安くていいんですか？」

「ここはね……。あと、どこの立石のもつ焼き屋もボラないから、安心して来なよ」

二人が外に出ると、待っていた客がぞろぞろと、双子ちゃんのお店に入って行った。

線路の脇を歩き、踏切まで出てくると「ホルモン屋」という看板の店があった。

入り口には「既にアルコールを飲まれている方のご入店お断りします」と書かれた紙があった。

「あら、無理そうね……」と立っていると、四十くらいのお兄さんが、後から来て

「入らないの？」と聞いた。

「少しだけビール飲んでしまったものですから、飲んでいると入れないこと知らなくて」

「大丈夫だよ、言わなければ分からないよ、僕が知り合いということにしてあげる」

「こんばんは……。ちょっと知り合いがいて、三人入れる？　アキちゃん」

「うん、ちょっと奥に詰めてもらえば大丈夫よ、すいません、横に移動してもらっていいですか？」

店の中を覗くと、ゴソゴソ客が動いている姿が見えた。この店も、カウンターだけの店で狭かった。椅子が三つ空き、誘導してくれたお兄さんが一番入り口に座った。

隣にリョウが、奥に美佳が座った。

お店の店主は若いお姉さんで、威勢が良くハキハキした口調だった。

「お飲み物はどういたしましょうか?」

「生ビールとウーロン茶をいただけますか?」

「わかりました。ここ初めてですよね。食べ物はこのメニューから選んでください。味は塩か素焼き、唐辛子が効いた辛いタレなどがあります。辛いタレはこのお店の伝統なのでよろしければ、いかがでしょうか」

「ここは、焼き物の他にナマもあるんですよ。ナマと言ってもボイルしてあるから大丈夫」

二人は、メニューを見ても知らない言葉ばかりで、全く分からなかった。取りあえず、冷蔵庫に貼ってある「今日の一品」を頼み、考えているところに、入り口のお兄さんが助言してくれた。

「僕のお薦めはシロ、カシラのチョイカラ、つくねの素焼き、タン生かな……」

「タン生ありますよ……。普段はないんですが」

「では、それを下さい。それと、今言われた品も合わせて、二皿ずつ下さい」と美佳は一皿が二本ずつなのを見て、注文した。

「はい、ありがとうございます。焼き物は少しお待ちください」

「教えていただいてありがとうございます」

「いいんですよ……。お会いできたのも何かのご縁です。僕、サカモトと言います。どちらから、来られたんですか?」

「彼は世田谷で、私は目黒区です」

店主のアキちゃんは「遠い所からわざわざありがとうございます」と言い、サカモトさんは「お二人はお幾つくらいなんですか?」と聞いた。

どこに入っても、聞かれることは一緒だった。すぐに食べ物が出てきた。まず、タン生だった。

「お好みで黒コショウ、それに西洋カラシがよく合います」

アキちゃんが説明していると、美佳の隣に座っていた年輩の男性が「これよければ食べなよ」と、串焼きが二本入ったお皿をくれた。

「私は美佳で二十三、彼は二十歳です」

「おう、年上女房だ……。どうして、立石に来たの？」

「柴又、帝釈天に行った帰りに寄ったんです」

「でも、お姉さん綺麗だね。彼氏も良い男だ……。若くて羨ましい」

「僕、リョウと言います、頂いてありがとうございます」

すると、その隣にいた中年の大人しそうなオジサンが聞いてきた。

「リョウってどういう字を書くの？」と。

「良い、悪い、の良という字です」

「あらー、やっぱし。僕、二良って言うの、川上二良……」

「偶然ですね」

「人生は偶然なのよ……。失敗してしまう人もいれば、成功する人もいる、ね？」

サカモトさんが「ご出身も世田谷ですか？」と聞いてきた。

「私は目黒ですけど、この人は小平です」

「僕は大阪なんです、転勤でこっちに来ているんです。でも、立石って良い所ですよ。ここで彼女がで出来ましたし……。もうすぐ来ると思いますけど」

「良いところですね、人が温かくて……」

美佳の隣りのオジサンは「アキちゃん、氷を入れたコップを一つ出してあげてくれる？」

オジサンは、焼酎のボトルを入れて、美佳にコップを渡し、焼酎を水で割ってススメてくれた。

「飲みなよ。俺のゴチだよ。俺、大塚と言うんだ。今日は、これからどうするの?」

「電車があるうちに帰りたいですが、なくなったらタクシーです。でも、『きよみ』とか良いお店あるとか聞いたんですが、どこにあるのか分からないんです」

「ああ、『きよみ』かあ……。よく知っているよ、川上さんもサカモトちゃんも、常連みたいなものだ。後で案内してあげるよ……」

そう言っているところに、二人連れの奥のお客が帰り始めた。入口の方のお客は皆、椅子を引き、中腰になって、壁と椅子の隙間をあけた。

お客同士が気を遣い合うお店だった。二人が注文した焼き物が次々出てきて、二人は満足した。

「辛いモツが美味しいですね」

「ありがとうございます。それがウチの売りなんです」と奥にいたお母さんが言った。

川上さんは「歌いたくなってきてしまった……。じゃあ、アキちゃん会計お願いします。君たちも『きよみ』行こうよ。連れて行くよ」と言い、
大塚さんも「それじゃあ、行くか、アキちゃん、俺も会計。この二人の分も俺が出す」と言って会計が始まった。

美佳が「それは、困ります……」と言ったが、大塚さんは下町堅気の「宵越しの金は持たない」タイプの人のようだった。

「いいんだよ、気にすることはない。幾らもしないから大丈夫」と言い、全部お金を払ってくれた。

四人は、踏切を渡り、交番の先の路地を曲がった。そこは、迷路のように細い裏路地だった。

「きよみ」は和風の居酒屋で、中は明るい店だった。ちょうどボックスが空いていて、そこに四人が座った。

もう一つのボックスには男女二人連れが座っており、七人くらい座れるカウンターには四人くらいの客がいた。ボックスの客は早くからきているようで、焼酎のお茶割を飲んでいた。

川上さんも大塚さんも、ボトルを入れてあった。大塚さんは「今日は俺たちのボトルを飲んだらいいよ」と言ってくれた。まかせることにした。リョウだけはウーロン茶だった。

ママさんが、コップと氷の入った器を持ってきた。

「いらっしゃいませ、今日もよろしくどうぞ……。若い方も連れてきていただいて、ありがとうございます」と挨拶した。店主のママさんが、一人で切り盛りしている店のようだった。

客の平均年齢も六十を超えているように思えたが、ママさんは五十代に見えた。

リョウには正直、これまで見たことのない世界だった。飲み屋自体入ったことがなかった。美佳は、お酒を飲めるタイプでもあり、こういうお店で客あしらいをしていける雰囲気もあった。

しかし、美佳は、歌謡曲を知らなかった。皆が歌う曲は演歌が多かった。

大塚さんも川上さんも六十くらいだったが、それでも古い時代の歌が好きなようだった。

カラオケの機械は空くことがなく、次から次へと曲が入った。

お客さんは、皆、歌が上手だった。それに、音響が良かった。

美佳が皆から歌うように言われた。美佳は当然、他のお客さんからも注目を集めていたからだ。しかし、クラシックやジャズしか知らない美佳が歌えるわけはなかった。

美佳は、自分が歌えそうな、ジャズの曲やクラシックの曲をデンモクで探した。

リョウにとっては、さらに大変なことだった。クラシックしか知らないからだ。

「何か歌いなよ、童謡でも、英語でもいいよ」と声を掛ける客がいた。

何も歌わないで帰るのも、失礼な雰囲気を感じた。思い切って美佳がデンモクに曲を入れた。曲が回るまで、美佳は川上さんや大塚さんと話をした。

何曲か大塚さんや川上さんも歌った後、ゆっくりしたテンポでクラシックの曲が流れ始めた。

美佳が、マイクを取った。店の中がシーンと静まり返った。

曲は『アヴェマリア』だった。美佳の声は、ソプラノ歌手のようだった。声量ある声が響き渡り、リョウも客も圧倒された。それは、プロのソプラノ歌手のようだった。

皆が聞き入り、カルチャーショックを受けた。

日本の飲み屋のカラオケでは、聞けない歌だと思えた。曲が終わって、皆が一瞬、ボーっとなった。言い知れない感動が深く刻み込まれた。

その後「ブラヴォー」という人がいて、店の中が拍手の嵐になった。

「立石でこんなに歌える人は初めて。何か地面の下から湧き上がってくるような歌ね。素晴らしい」とママさんが言った。

リョウ自身も、カルチャーショックを受けた。

座った美佳は、

「私ね、ソプラノ歌手になろうと思って習ったことがあるのよ」とリョウに言った。

そこへ、サカモトさんともう二人、知らない女性と入ってきた。

「ワァー、すごいですね。和ちゃんとここで一緒になって、ガラス越しにずっと聞いていました」

一人の女性とは恋仲のようで、もう一人の中年の女性とも知り合いのようだった。

和ちゃんと呼ばれた人は、

「そう、あまりにすごいんで、三人でガラス越しに聞いていたの……。まあ、この後は歌えないわ」と言った。

奥にいた二人連れが、立ち上がり帰る準備をし始めた。

サカモトさんとその彼女は奥のボックスに、入れ替わりに座るようだった。

和ちゃんは、入り口付近のカウンターに座った。

リョウは、こんなに客同士が緊密に知り合っている世界にびっくりした。三軒行った店がどれともそうだったが「きよみ」は、店をお客が運営しているような感じだった。

今まで、一人暮らしでへこんでいた自分の世界が奇異に感じられた。

和ちゃんがリョウに話しかけてきた。ママさんよりも幾分若い感じがする人だった。

「このお店に初デビューのお坊ちゃまがいらっしゃるわ」

川上さんが紹介し、リョウは「はいそうです、松井良と言います」と挨拶した。

「良い男ね、役者みたいじゃない？　でも、私の息子より全然若いわ。何か歌ってよ」と言われ、病院でオジサンからもらったＣＤで覚えた「キャンドル・イン・ザ・ウィンドウ」を入れた。

「僕、カラオケ、生まれて初めてなんです。下手で、しかもわからない曲ですがお許しください」

大塚さんが「ふりむかないで」を歌い、次に同じ和ちゃんでも男性の人が「山河」を歌った。

それは、プロのような歌い方だった。聞き惚れる歌だった。リョウは、びっくりした。

リョウは、字幕を追いかけるだけで精一杯だった。難しい歌だった。エルトンジョンが、亡きダイアナ妃に捧げた曲だった。

曲が終わって拍手が起きた。リョウは逆に恥ずかしかったが、誰かが「すごい」と言ってくれた。

男性の和ちゃんが「上手いよ。俺、この曲知らないけど、リズム感が良いよ」と言ってくれた。リョウにとっては、初デビューの記憶に残る葛飾の旅になった。

学校での挫折感から死のうと思ったことが嘘のような、カルチャーショックの連続だった。

もう、十時近かった。美佳は「帰ろうか」と言い、精算をママに頼んだ。

すると、川上さんが「いいよ、ここは俺たちに任せて、全然お金かかっていないから大丈夫」と人の良さそうな顔で言ってくれた。

女の和ちゃんが「J」を歌うのを聞いて帰ることにした。和ちゃんと言われている人は両方とも半端ではなく、上手だった。

リョウは、偶然にも立石で良い人に巡り合えたことに感謝した。

「きよみ」のママさんも機転の利く、自分を出さない素敵な女性だった。


二人は、駅のロッカーから荷物を出して、ちょうど駅に入ってきた電車に飛び乗った。

しばらくして、眠りに落ち、目が覚めると五反田の駅だった。反射的に電車から降り、地上に出た。

「どうしよう……。山手線あるから渋谷に出てタクシー拾おうか？」

「泊ってもいいよ、今から入れるホテルがあるなら……」

「まあ、あなた元気ね。私、明日仕事なのよ……。でも、いいわ。取りあえず渋谷まで出て、泊まれるところがあれば入るし、なければタクシーで帰ろう」

二人が渋谷でホテルの入口に入ると、なんと一部屋だけ空いていた。

リョウは、ビロードの肌に抱かれ、翌日まで愛し合った。


（五月三十日 木曜日）

表は晴れていた。八時にホテルを出て、二人はコーヒーショップで朝食をとった。

美佳は三十分ほどいて、会社に出勤した。

茉莉からメールが来ていた。どうして、書道を休んだのかと責めてきた。

リョウ自身、書道のことをすっかり忘れていた。

「体の具合が悪く、実家で休んでいた」

「そう、体調、今日はどう？」

「大丈夫そうだ、今日はアパートに戻りたい」

「それなら、渋谷のいつもの所で、五時半に会ってよ」と茉莉から言われ、いつもの渋谷のコーヒーショップで会う約束をした。

リョウは、アパートで入院中オジサンからもらったCDを聴いた。

音が聞こえたのだろう、ドアのノックがあった。

「すいません、すぐ止めます」とドアを開けると、隣の中井さんだった。

「良い音楽、聞いているね。お邪魔してもいい？」と言って、パンを持って入ってきた。

「音うるさくなかったですか？」

「やっぱり、壁があっても音が大きいと少し聞こえるね……。でも、全然大丈夫。僕は聞いたことないけど、古い時代のロックだね……。どうしてそういう音楽、聴いているの？」

「入院中に、年輩の方からいただいたんです。でも、聴いていると、正直とても良いです。カラオケ居酒屋で初めて歌ってみたんです」

「どこのカラオケに行ったの？」

「葛飾区の柴又帝釈天という所にお参りしてから、立石という駅で降りて、何軒か飲み屋さんをハシゴしたんです、そのうちの一つに和風のカラオケ居酒屋さんがあって、そこで歌ったんです。僕は、日本の歌謡曲は知らないので、たまたま知っていた英語の曲を歌ったんです。でも、立石という所は小さい飲み屋さんがいっぱいあるのですが、良いお店、良い人たちに巡り合いました。皆さん温かくて、気の良い人たちで、信じられませんでした。初めて出会ったのに、どんどんごちそうしてくれるんです。偶然かもしれないですけど」

「すごい人たちだね、今時、信じられないね……。君は、今日は、予定あるの？」

「今日は、ある人と夕方、会うことになっています」

「相変わらず、女性との付き合い、多いの？」

「そうですね……。最近、そればかりです」

「今度、僕にも立石という所を紹介してくれない？」

「いいですよ。時間があるときなら……」

とは言うものの、リョウにはまだ立石を歩き回る自信はなかった。


中井さんが帰って、リョウはそのままの服で渋谷に向かった。何も持たなかった。

時間どおりに茉莉は来た。

「お姉さんね、ずっと札幌にいて帰ってこないのよ。電話してみたら、今日は会社にいるって言っていた。変ね……、札幌から直接会社に行ってしまったのかしら……。リョウは、私と合わないとき、何をしていたの？」

「少し体調も悪かったし、実家で休養していたよ」

「そう、ここのところなかなか会えなかったけど、リョウ、少し変わったよ……。今までのリョウではないみたいな感じがする。何かあったの？」

「体調がすぐれないからだと思う。それに、隣の大学生の人がいろいろ話しかけてきて……。嫌ではないけど、根掘り葉掘り聞いてくるんだ。疲れちゃって……。アパートに来て、まだ一ヶ月余りだけど、どこか違う所に移りたい」

「そう、体調が悪いのね。でも、何か、大人びてきたような気もするよ……。リョウはませているから、放っておくと危ない……。段々、悪い男になってきたような気がする。心配だわ。まさか、他に女性が出来たのではないわよね？」

「僕は、今までと同じだよ。茉莉だけしかいない……」

「そう？　ほんと？　じゃあ、今日確かめる……」

リョウは、ドキリとした。立石の後、渋谷で朝まで美佳に抱かれた疲れが、まだあった。

「私、明日は、高校の同級生の会があって、会えないし、土曜日は、書道休んでリョウのアパートに行く。あなたも書道休んで、アパートにいて……。二時ごろ行く。お姉さんは書道にきっと行くと思うから、一緒になるのが嫌だもの……」

「僕は、茉莉がそうしたければ従うよ」

「今日はちょっと飲もう。食事しながら……。それから、いつものコースよ……」

リョウは、コーヒーショップを出てから茉莉につき合った。余計なことは言わず、沈黙を守った。

そして、酔った茉莉の相手をし、ホテルに入ると、これまでのように振る舞い、茉莉を満足させるために、意識的に努力をした。帰りは、終電に近くなった。

第六章　諦

（五月三十一日金曜日）

曇り空だったが、目覚めが悪かった。不吉な予感がした。

姉妹の女性を交互に相手にして、この先行き詰まるような気がしたが、リョウに解決策はなかった。

煙草吸いながら、そう考えているところに、美佳からメールが来た。

「東新宿のレストランに、夜の六時に来てください。ホテルのレストランでお食事して、泊まる覚悟もしてください。可能ですか？」

茉莉は、美佳とリョウとのことを知らなかったが、美佳は知りつつリョウとの関係を結んだ。

リョウが、本当に恋をしたのは美佳だったが、茉莉がリョウから離れるとは思えなかった。

リョウの本心は、美佳からのメールがうれしかった。美佳はリョウを奪おうとしていた。

これがバレれば、姉妹同士の決闘になるかもしれない……。リョウ自身どういう巻き込まれ方になるのか、予想もつかなかった。

罪を負うべきは、リョウ自身のような気がしていた。死ぬことも、リョウの頭をよぎった。

そう考えていながら、リョウは眠り込んだ。

一時間半ほどだった。

夢を見た。茉莉と美佳がピストルを持ち、お互いに打ち合おうと構えていた。決闘になるのかと思っていると、二人は、リョウにピストルを向けた。

リョウはビックリして、腰から地面に倒れた。二人を見ると、二人とも薄笑いを浮かべながら、リョウに向けて銃弾を発射した。

リョウの胸に、二カ所穴が開いて血が噴き出した。

もがき苦しんでいるところで目が覚めた。びっしょり汗をかいていた。

荒い呼吸が収まるまで少し時間がかかった。


そうしていると、ドアのノックがあった。午後一時だった。中井さんだと思った。通常は呼び鈴を鳴らすのだが、中井さんだけはノックをする。

中井さんが、リョウの味方なのかどうかはわからなかった。リョウは、ゾッとした。

しかし、ドアを開けざるを得なかった。

「今日は午後休講なんです。よければ一緒に食べませんか?」

「ありがとうございます。すぐ、そちらに行きます」

リョウは、急いで汗を拭き、冷蔵庫からミルクティーを取り出し、半分ほど飲んで深呼吸をした。

中井さんの部屋に入ると、いつもと変わらない顔があった。

「どうしたの? 今日は、いつもと雰囲気違うね」

「ええ、少し疲れまして」

「どうせ、余ってしまうもので、助けてくれると助かります。どうぞ」

「はい、ありがとうございます。変な夢を見まして……」

「どういう、夢だったんですか?」

「辛い夢でした……。女性を愛することは大変なことなんですね。結局、殺されるんです、僕は……。そういう夢でした。僕は情けないですね。結局、女性に流されっぱなしで、解決できないんです……。反道徳的です。しかし、元々自分で死のうという気もありましたから、もう死んでもいいです」

「穏やかではないですね……。本当に悩んでいるなら、誰かに相談されたらどうですか?」

「いや、世間に顔向けできる話ではありません」

「神を信じたらどうです? 紹介しましょうか?」

「いや、何かに頼ることはできないです……。自然になるしかないかもしれません。もう、学校に戻れなくなったという状況も、僕の心を圧迫しています。甘いと言われればそれまでですが、僕自身、純粋培養されてきたようなものです。もっと苦労されている人たちから見れば、甘い人間です……。でも、僕なりに必死に生きてきたんです。愛も恋も必死でした。相手に魅力があり過ぎたんです。相手も、離れてはくれないんです……。強力な磁石のようにくっついてしまったんです。もう、行くべき所に行くしかないのかもしれません」

「怖いですね。太宰治が心中した気持ちも、よくわかるような気がします。結局、出口がなかったのでしょうね……。自分を壊すしか……」

「つい、余計な話をしてしまいました。すいません。でも、人間にとって、善とは本当に、なんなのでしょうね……。集団が嫌いだった僕は、それ故に行き詰まったのかもしれません」

「そんなに、自分を責めることはないですよ……」

「いや、僕は大きな罪ばかり犯しました。期待してくれた母を裏切り、愛してくれた人を裏切り……。もう、取り返しがつかないような気がします」

「まだ、何とかなります。若いですから……」

「今日はこんな話ばかりでごめんなさい。また、夕方出かけなくてはなりません。会わなくてはならない人がいるんです。これで、失礼します」

リョウは自分の部屋に戻り、シャワーを浴び、新しい服を着て、玄関のドアを出た。

美佳は、追加のメールで、具体的な場所を教えてきた。

リョウは、六時ジャストにホテルのロビーに行った。美佳が黒い銀行員が着るような服を着て、ソファーに座っていた。

併設のレストランに入り、美佳は水割りとウーロン茶を頼み、食事はメニューから選択してウェイターに告げた。

「長い、一週間だったわね。お疲れ様……」

「そうだね……。先週の金曜に六本木に行ってから、いろいろな所に行きいろいろなことをした。まだ、僕は信じられない」

「浮かない顔をしているわね？　何かあった？」

「いや、特にないけど……、初めてのことばかりで……。こんなに思い出に残る一週間は、きっともう経験することはないだろうと思う」

「そう、でも、茉莉のことが気がかりなんでしょう？　分かっているわよ。大丈夫よ。あの子に諦めさせるから……。あの子は学校がずっと女子ばかりだったから、初めての男性に舞い上がっているだけなのよ。良い男を紹介したら、きっとそっちに夢中になるわ……。あなたと私が愛し合っている以上、仕方がないわ……。あなたは、どっちを選ぶの？」

「僕が恋をしたのは、美佳だけだ……。でも、罪を犯していると思う」

「私は離さないわよ。あなたのこと……。絶対、自分からは身を引かない。自分を裏切れないもの」

「美佳に従う。それしかない……」

「そうよ、私たちは強力な磁力線で結ばれているのよ、他の誰も寄せ付けはしない。愛は肉体だけではない。お互いに癒し合える心よ……。それに、独占できるものなのよ……」

「僕は純粋に美佳を愛している。鎧は全て脱ぎ捨てた」

既に、美佳はチェックインを済ませていて、食事の後は、そのまま部屋に入った。

「明日は土曜だけど、私は残業で徹夜になると、家には言ってあるの……。チェックアウトまでゆっくり愛し合えるわ」

二人は、今週、三回目の愛の寝床についた。体が溶けそうなくらいの愛の行為に耽った。

性交というよりは、お互いにずっと抱きしめ合い、柔らかなビロードのようなキスをし合った。

何時に眠ったのかさえ、分からなかった。


（六月一日 土曜日）

ホテルをチェックアウトして、朝食を取ってから、曇り空の表に出た。そして二人は、痕跡を消すように別々のルートで家に戻った。

二時には、茉莉がアパートに来る予定だった。土曜の駅の周辺は人通りが多かった。

リョウは、これまで四人の女性と付き合ったが、アパートに泊めたのは茉莉だけだった。

茉莉を拒むことはできなかったが、中井さんのこともあり、気が進まなかった。少しだけいさせて、都心まで出た方がいいという気持ちの方が強かった。

駅前のコーヒーショップで煙草を吸いながら、自分が行っている背徳的と言える愛に考えたが、解決策はなかった。

それよりも、勉強から完全に離れたことを悔いた。

親の期待を裏切ったことへの自責の念と、落第という重いハンデが恐怖のようにのしかかった。

中原中也にしても、神童というプライドが、落第という不名誉でズタズタになった……、と思わざるを得なかった。

何をしても、今は中途半端な状態にあり、希望を見出すことができなかったが、茉莉と美佳の一件は、そこからの逃げ口でもあるような気がしてきた。


二時に間に合うようにアパートに帰り、ちょうどドアを開けたところで、後ろから思い切り体を押された。

リョウは、キッチンの前の床に倒れ込んだ。

「嘘つき……」

茉莉だった。こわばって、怒り狂った顔だった。

茉莉がドアを閉めてくれたので、まだ幸いだった。

リョウがようやく立ち上がって、部屋に入ると、ドカドカと茉莉は部屋の奥へ行き、

「床に正座して……、正直に話して」

リョウは、正座をして沈黙した。何を言いたいのか分かったが、言葉が出なかった。

「あなた、私が伊勢に行っていない間に、お姉さんとデキていたんでしょ……。昨日ね、同級生だった子が、あなたとお姉さんが柴又帝釈天で手をつないで歩いているのを見たのよ。どう見ても、恋人同士にしか見えなかったって……。私を出し抜いたんでしょ……。さあ、正直に全部話して」

リョウは、体と声が引きつった。

「いつから?」

「一週間前の金曜からだ……」

「それじゃあ、私が伊勢に行っている間に、デートしたのね?」

「そうだ……」

「どこへ?」

「六本木の美術館に行った……」

「それだけではないわよね……」

「次の日、水元公園にドライブした……」

「体の関係もあったのね……」

「うん……」

「柴又は水曜に行ったのね」

「そうだ……」

「お姉さんのことどう思ったの?」

「僕は、誘われてそうなった……」

「好きかどうかを聞いているの……」

リョウは、黙った。

「好きなのね?」

リョウは言葉が出なかった。

しばらくして「茉莉を愛しているけど、美佳さんにも魅かれた……」

突然、茉莉は泣き出し、ソファーにしゃがみ込んだ。体をくの字に曲げ、咽(むせ)ぶように長い間泣いた。

ようやく、上げた顔は泣きはらしていた。

「私は、お姉さんだけには負けたくなかったの……。リョウだけを一途に思ってきたけど、それが裏切られて、もう、生きていたくはない……」

立って、台所の方に歩いて包丁を取った。そして、刃を向けてリョウの方に寄ってきた。

「覚悟して……。あなたを殺して、私も死ぬ」

振り乱した顔は、アイシャドウも流れ落ち、青白い幽霊のようだった。

リョウは、仕方ないと思った。刃が背中に当たったと思った瞬間、包丁が床に落ちた。

茉莉は、床に臥せって長い間また泣いた。

「ああ、どうしようもない……。私は生きていたくない……」

リョウは、ジッと黙っているしかなかった。

茉莉は小一時間、引きつるように泣き通した。

その声が少し小さくなったときを見計らって、リョウは茉莉の背中を少し摩り、

「悪かった……。茉莉を捨てることなんか考えてもいない……」と語りかけた。

しかし、茉莉は「あわぁわぁわぁ……」叫び声とも会話とも区別がつかない、わけの分からない話し声になった。

まるで、気が触れたような感じがした。床にぐったりとしていた。

リョウは、茉莉の体を抱えるようにして歩き、ソファーに寝かせた。

「ごめんね……、茉莉……」と話しかけると、少しリョウの方を見たが、その顔は放心状態だった。

「少し、何か飲む？」

茉莉がわずかに頷いた。

「薄めのウィスキーにする？」

また、茉莉が頷いた。

リョウは、茉莉の体を少し起こし、薄めのウィスキーを一口飲ませた。

しかし、茉莉は液体を口に入れた瞬間、むせた。仕方なく、背中を摩ると、少しして、茉莉は自分からコップを求め、三分の一ほど薄いウィスキーを飲んで、また横になった。

相変わらず、目は虚ろだったが、それから少し落ち着いてきたように思った。

リョウにも、いつ刺されるか分からないという恐怖があった。なるべく刺激しないようにした。

リョウ自身、深く、永く考えた。

結論的に言うと、二人で死んでもいいという答えだった。

しかし、死ぬにしても、方法が問題だ。死は美しいものではない……、と思った。

「茉莉……」と呼びかけると、少し顔を動かす仕草があった。

「茉莉、一緒に死のうか……。僕は、覚悟は出来ている。僕が悪いんだから……。もし嫌なら、僕は一人で死ぬことにするよ」

少し間があって、茉莉は声を振り絞って言った。

「死のう……」

「わかった。そうする……」

リョウが、死をもって償う意志を示したことで、もう誰にも奪われないで済むという安心感が茉莉の中に芽生えた。

それは、元々死を意識していたリョウの本心でもあるが、しかし、もう一方で美佳への恋の終焉の苦しさを抱え持つことでもあった。

リョウの中に全く迷いがないというには、少し嘘があった。

しかし、命を懸けた茉莉の恋に対する同情のようなものの方が大きくなった。

元々、茉莉の性質が陽か陰かと問われれば、陰だとリョウは感じていた。茉莉のその性質は、リョウに恋したことによって、今まで抑えられていただけだとリョウは感じ取っていた。

それが崩壊し、茉莉とリョウの陰と陰が重なった。

茉莉に対する同情は、情死をリョウに決意させた。

リョウは、茉莉の手を握った。

すると、茉莉の顔に薄っすらと笑みが戻った。

しかし、幻聴がきこえるのか、誰か第三者と話をしているように思えた。わけのわからない言葉も続いた。

「もういい……。そんなに虐めないで……。どっちにしても、私の勝ちだから。いいわ……、もう相手にしない……」

リョウに話しかけてくるわけではなかった。

リョウは、自分が入院していたときのことを思い出した。他の患者で、同じような症状の人がいた。架空の人との会話は統合失調症の症状にも似ていた。

リョウは、そういうときの対応として、静かにしている方がいいと思ったし、膵臓から放出されるインスリンが脳に良い影響を与えると誰かが言っていたことを思い出した。

「茉莉、少し待っていて、少し食べ物を持ってくる」

リョウは、中井さんの部屋の呼び鈴を押した。

中井さんは中にいて、ドアを開けて顔を出した。

「松井君、どうしたの？」

「申し訳ありませんが、残っているパンありませんか？」

「何だ、そういうことか。たくさんあるから好きなだけ持って行きなよ。誰かいるんでしょ？」

「はい、ご迷惑をおかけしてすみません」

リョウは、なるべく甘いパンを選んだ。四つ受け取り、千円出して玄関の靴箱の上に置いた。

「お金は要らないよ」

「いえ、今日は僕がお願いしたので受け取ってください。ありがとうございました」

リョウはすぐ戻り、パンをテーブルの上に置くと、冷蔵庫から甘いミルクティーを出して、コップを持ってソファーに戻った。

ソファーに寝ている茉莉を抱き起こし、ミルクティーを入れたコップを差し出した。

「茉莉、これを飲んだ方がいい」

「うん、喉が渇いた……。うーん、美味しい……」

茉莉は、コップを一気に飲み干した。

「よかった……、パンもあるんだ。これ、アンパンだ。一緒に食べよう」

しかし茉莉は、まだ誰かから何か言われているようで、テーブルの上のパンをはねのけた。

「茉莉、美味しいパンだよ、一緒に食べよう」

リョウは、パンの包みを剥がして半分に割り、茉莉の手に持たせた。リョウ自身も半分食べている所を見せ、

「さあ、一緒に食べよう、僕たちは一緒になるんだ……。その記念だ。お願いだから食べよう」

「うーん、リョウ？　あなたはリョウ？」

「そうだよ、愛しているリョウだよ。もっと食べよう、さあ……」

茉莉が食べるのには時間がかかった。しかし茉莉は、食べ終わるとようやく虚ろな目の視点が定まってきた。

リョウは、茉莉の肩を抱いた。

「茉莉、僕たちは愛し合っている。何も失うものなどないんだ……。心配しなくていい、茉莉の言う通りにす

るから……」

茉莉はしばらく黙り、ソファーの背もたれに頭を乗せた。

「あーっ、お姉さんなんか大嫌いだ……。私はいつも我慢ばかりで、良いことなんかなかった」

「そう、でも、僕は茉莉のモノだ。安心して……」

茉莉はまたしばらく黙っていたが、ひと言小さい声で、

「一緒に死のうね……」と言った。

それは、リョウをさらに覚悟させる厳しい言葉だった。しかし、一方でホッとする言葉でもあった。リョウ自身、一人ではなかなか自殺を実行することができないような気がしていたからだ。

「どこか、綺麗な海岸に行こうか……」

「海？　そうね、波の音を聞きたい……。その中で抱き合って死のう……」

「もうすぐ、梅雨になるかもしれないから、数日中に行こう。きっと気候もちょうどいいよ。これまで、行ったことがない所がいいな……。それほど遠くない所で、一泊で行けそうな所だと、どこがいい？」

茉莉は、相変わらず無表情だったが、頭をリョウの頭に寄りかかるようにくっ付けた。

「下田、下田に行きたい……。紫陽花の公園があるって聞いたわ」

「いいね……、紫陽花か……。もう六月に入ったし、まだ早いかもしれないけど、来週の中頃行こうか。きっと、ベルリンブルーのような綺麗な海も見れるよ」

「下田で海に入る。そこで、死にたい……」

「わかった。そうしよう。僕は、全てのことに追い詰められているような気がする。そこで茉莉と死ねるなら、きっと一番美しく死ねると思う。夜空を見ながら海に入ろう……」

ようやく、茉莉との会話が成立し、次第に外も暗くなってきた。リョウは、茉莉を家に帰すために、タクシー

を拾うことにした。

『茉莉、今日はあまり遅くなると家で心配をすると思う……。だから、今タクシーを拾って来るから、ここにいて……』

リョウは、豪徳寺の駅前まで走り、タクシーをつかまえてアパートに戻った。

『さあ、来たよ……。帰ろう』

リョウは、茉莉を抱き起し、茉莉を抱えるようにして、二人でタクシーに乗った。

『お体でも悪いのですか?』と運転手に聞かれたが「大丈夫です。駒場東大前駅の方に行ってください」と答えた。

結局、家の前まではたどり着いたが、リョウは家に入らず、そこで別れて、またアパートまでタクシーで戻った。茉莉の家族に会いたくなかったし、電車に乗る気力がなかった。

アパートに帰ったリョウは、ソファーに横になり煙草を吸った。誰にも邪魔されずにいたかったし、話すことも気持ちが拒んだ。結局、眠剤だけいつもの倍の量を飲み、意識を遠のけることにした。

(六月二日 日曜日)

朝、リョウは体がだるかった。紅茶を沸かして飲み、ホッとしたところに、ドアのノックがあった。

「お早うございます。よければ、こっちに来ませんか?」

「ありがとうございます。顔を洗って、すぐ行きます」

リョウは、冷たいシャワーを浴びた。「下田の海の中は、冷たいのかな……」と思いながらも、気分が少し戻った。家族や他の女性と会う気が失われた。

中井さんの部屋に入ると、またたくさんのパンが置かれていた。

「松井君、今日は時間あるの？」

「ええ、今日は特に予定ないです」

「では、少し話につき合ってもらってもいい？　昨日はなんか大変そうだったね、大丈夫だった？」

「ええ、パンを頂いて助かりました」

「僕は、女性から押しかけられたことがないから、そういうときの気持ちってよく分からないけど、恋って何人もと同時に出来るものなの？」

「正直、分かりません……。でも、恋はめったにはできないような気がします。僕は相手に合わせるのが得意なのかもしれません……」

「欲望はないの？」

「よく分かりません……。僕は挫折した状態で、そのことの方が心を支配しています……。でも、性欲や美に対する欲や、孤独を癒すための欲はあるとは思います」

「うーん……。今は非常に困難な時代だ。一般的に、スマホやパソコンを使った不特定多数の人からの情報や意見が、ひっきりなしに入ってくる。それも、どうでもいいことが多い……。多くの人間がある意味で架空の世界に呼ばれ、そこで中毒を起こしている。愛なんてお金で買える時代でもある。弱者と強者の格差は拡大するが、そういう中毒をコントロールできない人間は、やがて弱者に成り下がるしかない。それに、自分のプライドと欲に凝り固まった人間が多い。そういう人間は、全く美しさがない。しかし、松井君は醜いところがない」

「これからの時代は、どうなっていくのでしょう？　集団と個の関係が問われています。世界のオプティミズムは多様性を排除し、偶然を支配しようとしているかに思われますが、実際には、そう上手くいかないと思います。偶然を支配することなんかできないと思います。中井さんはどう思いますか？」

「そうだよ……、その通り……。今は、自分の悲惨さを他者の責任にしようとしている人が多い……。あるいは集団のせいにする傾向がある。テレビで見たけど、ケネディ大統領は就任演説時のスピーチでこう言った。『国が国民に何をしてくれるのではなく、国民が国に何をできるのかを考えてほしい』と。あの民主党のケネディ大統領が、国民がうっとりするような上手いことを言わないで、国民が自分たちの責任感を再確認するよう促したのだ。国民にとっては耳が痛い話だ。実際は……。でも、それが一番必要なことだと感じる。今の時代は、何でもかんでも、政府の責任にする風潮が強い……。日本では、自分たちが国のために何ができるかなんて考える人は少ない。それは、日本の民主主義が、棚ぼた式に与えられた民主主義だからだ。戦って勝ち取ったものではないからだ。自己責任という考えは、やがて集団を強くする。例え、犠牲者が出たとしても、社会が強く存続するためには、必要なことだと思う。民主主義は、自己責任とセットであるのが本当の姿だ。結局、生き物の世界ってそういうことなんだよ。他の国が日本を守ってくれるなんてありはしない……。そんなのは幻想だ。ただ、共生という方向はあり得る。できる限り、犠牲者が出ないように共に助け合うという考え方だ。それは、これからも必要になる。自分ファーストなんて要らないし、日本ファーストなんていうのも要らないと僕は思う……。それより、自分が何かの中毒になっていないか、点検し直すことの方がよっぽど大切だ。それより、君の毎日は今後どう考えているの？　また、女性に追いかけられるの？」

「昨日は、すいませんでした……、聞こえたんですね。ご迷惑をおかけしました。実は、今後のことは考えていません。というより、とらえ切れません……。精神的にも追い詰められているというか、せっかく恋の味を知ったのに、捨てなければならないかもしれません。自己責任です。僕は責任を取らなければなりません。

どうせ、僕は宇宙の塵の一つのようなものです。そう思えば、欲望なんて感じなくて済みます。しかし、愛とか恋とか、罪と紙一重です。間違えば、人を傷つけることもあります。一度傷付けてしまえば、元には戻らないのだと思います」

「人間関係って難しいし、他人同士が愛したり、セックスしたりするわけだから、本来とても大変な世界なんだと思う。今の時代、結婚する人が減ったし、結婚しても離婚する人が増えた。ましてや、子供を作らないケースも多々ある。時代が個人主義に舵を切っている証拠かもしれないが、SNSやラインで集団と個人の区別もしにくくなった。フェイクの時代かもしれない……。だますことが得意な異性に簡単に騙されるし、一生異性を知らないで過ごす人もいれば、カサノバ以上に異性に励む人間も出てくる」

「でも、罪と罰は紙一重ですよ。そのために、辛い思いもすることがきっとあります……。AIはそういう苦労は知らないですよね……。でも、いずれ未来社会はAI化していくと思います。いずれロボットみたいな人間になって、社会は人間は内部から滅びるかもしれません。SNSやラインで情報共有なんかしなくていいですよ……。僕は好きではないです。AIは、人間以上に綺麗でセクシーで、命令をよく聞くロボットを作り出すかもしれない……。それは、虚しいですよね。でも、きっと人間はそれを取り入れると思う」

「そうだね……。人間の実存って何なのだろうね？　太宰治や三島由紀夫の文学の価値は、きっとそこにあると思う。現代の作家はそのレベルになっていないと思う。命を懸けて書いたんだ……。悲惨な死に方だったが、それが、人間である証拠かもしれない」

「そうですね……。本当にそう思います。人間一人の命は、宇宙の塵の一つより軽い時代に入っていきますね。でも、そこに本当の愛なんてない。あるのはフェイク社会から搾取されるだけなんですよ。誰かが何もしてくれないとか、国が悪いんだとか言っている人に限って、人間社会のあるべき姿を見失うような気がしてなりません。最後は自分が責任を取るんですよ。そういう根性がなかったら、何も生まれないし、進歩などありはしないのではないでしょうか？　自分からも逃げ回っている人間に、本当の幸福などないのではないでしょうか？　とは言うものの……、僕はきちっとできてはいないし、偉そうなことを言っているようで、本当にごめんなさいですが……」

「んー、今日は良い話ができました。こういう話をできる人って、実はいそうでいないんですよ」

「もう、夜です……。今日は、これで失礼します」


リョウは部屋に帰って、スマホを取り出した。茉莉からのメールだった。

「下田の旅館の予約が、取れました。六月五日水曜から一泊です。たくさんリョウと愛し合えて、永遠に結ばれればいいね」

リョウは、茉莉の意志が確認できたが、後に未練を残したくなかった。死に方を研究し、なるべく誰にも迷惑がかからないようにしなければならないと思った。

医者からの眠剤は溜まっていて、かなりの量はあったが、それだけで死ねるわけでないことは十分承知していた。眠剤を使いながらも、海での水死を選ぶ他はないと思った。死体はむごたらしいが、発作的な自殺ほど死んだ後の処理が大変なように思えた。

また、遺書は残したくないと思ったし、死ぬまでの間に家族や知人に会いたくないと思った。そんな、未練は残したくなかったし、海の事故で溺れたと捉えてもらっても差し支えないと思った。

リョウは、死ぬ時のイメージを浮かべた。その通りにいくかわからないが、夜、海を見に行きたいと旅館に断って、浴衣の下に水着を着て浜辺に行き、夜空を見ながら最後の煙草を吸い、お酒と眠剤を飲んで、抱きしめ合う。

それから、眠剤が効いてきたところで、浴衣を脱いで、二人で海に入って行く。

二人は、覚悟の心中のつもりだが、周りがどう扱おうと気にしないでいいと思った。


美舞からも、美佳からもメールが来た。

美舞は「パパが帰ったから、会いたい」というもので、
美佳は「連絡くれないけどどうしたのか」というものだった。

美佳には「伯母さんが危篤で家に帰った」と嘘の返事をした。

美舞とは最後にもう一度会って、これまでの償いをしたかった。

「東新宿でなら、会ってもいい」と返事をした。

「午後八時に駅の近くのコーヒーショップで」とメールが来て、リョウは急いでそのままの格好で出かけた。

コーヒーショップにいると、美舞が現れ、近くのレストランに食事に出かけた。

「いつもと違うよ、リョウ、元気ないし……」

「ちょっと、いろいろあって……。今日は少し聞きたいことがある」

「何？」

「美舞は、僕をいつもお金で買っている感じがあるし、僕の前でMになるのを楽しんでいるけど、どうしてそうなるの？」

「本当は、自虐的な性質なのかもしれない……。でも、お金を払わなければリョウが離れていくのではないかと不安になるし、仕方ないのよ」

「僕を本当に愛してはいないんだね……」

「愛しているわよ……。付き合っていて、愛を感じたのはリョウだけよ」

「どのくらい愛している？」

「計り知れないくらいよ……。でも、あなたに悪いと思って自分を抑えてきたのよ」

「本当？」

「本当よ」

「では、僕が一緒に死んでくれと頼んだら、どうする？　付き合う？」

「今、死ななければならない理由はないわね……。だって、私、今必死で生きているのよ」

「僕が、自殺したらどうする？」

「んー、どうしてそう気持ちになるの？」

「僕自身が行き詰まっているから……」

「あなたは、狭い世界しか知らないのよ。もっと広い世界を知れば、そういう気持ちにならなくて済むと思うわ。いずれ、時間が解決してくれるわよ……」

「んー、そうかな……。美舞が僕を愛してくれているとすれば、どういう形で示せるの？　その形の一つが心中ということではないかとも思うんだ。もし、僕が頼んでも拒否するでしょう？」

「そうね……、今は難しいわ。だって、それは全く違う世界よ。私、これまで欲望で生きてきたのよ。それは、醜いことではなく、努力を伴ったことよ。自分で良い生き方をしたいと思って……。そんなに刹那的にはなれないわ……」

「そう……。でも、美舞がセックスするときは気絶するような状態になるよ……」

「それは、リョウのときだけよ」

「では、今日はお金は要らないから、欲望に走らないで、優しく愛し合えないかな……。僕は、これまでこれが最後だと思って毎回付き合ってきた。この先わからないし、心から癒されるように愛し合いたいんだ」

「なんか変ね……。私、普通に愛し合えない癖がついてしまったのよ。でも、リョウがそれを望むなら、そうしてみましょうか……」

「そう、ありがとう。心で抱き合ってみよう」

二人は、レストランからホテルに場所を移した。

服を脱いだ美舞は、均整のとれた美しい体だった。リョウは、改めて見惚れてしまった。

美舞は、浴衣を持ってバスルームに行き、リョウも後を追った。二人は、湯を張り、浴槽の中で抱擁し合った。

ベッドに戻ってからも、溶けるように一晩抱擁し合った。

それは、心がつながる、癒されるような抱き合い方だった。肌の接触を楽しみ、穏やかな気持ちに包まれた。


(六月三日 月曜日)


二人は、朝八時ごろにホテルを出たが、空は曇っていて、蒸し暑く、梅雨が近いことを告げていた。美舞は学校に向かい、リョウはアパートに戻った。

リョウがアパートのドアを開けようとすると、スマホが鳴った。春美からだった。

「今日、お昼頃、アパートにいる?」

「多分……」

「お昼、一緒に食べたいから、行ってみいい?」

「うん……」

「海鮮ちらしを作って持って行く」

十二時半に春美が来た。リョウは、カーテンを閉め、外から見られないようにした。

二人は、食べている間はあまり会話を交わさなかったが、食べ終わってリョウが話し始めた。

「ごちそうさま、とても美味しかった。久しぶりだね、春姉ちゃんと会うの……」

「そうね、取りあえず、私の今後のことも話しておこうと思って……」

「順調にいっているの?」

「そうね、結納の日取りは決まったの。結婚はまだ先だけど、体あげてしまった……」

「よかった？」

「わからない……。だって、シーちゃんと比較できないもの。私、処女のふりをしたの……。それ以外に、余計なことはしなかった。相手に従ったの……」

「幸せになれるといいね」

「ありがとう、シーちゃんは元気？」

「正直、あまり元気がないよ……。あらゆることが上手くいかない」

「どうして？　女性に興味持たないで一生懸命勉強しなければいけないよ。皆が心配するよ」

「そうだね。でも、今日春姉ちゃんに会えて良かった。思い出の中にしまっておく」


春美が出て行った後、茉莉からのメールの着信に気が付いた。

「学校に、休学届を出した。今日、渋谷で会いましょう」

リョウは返信し、渋谷のいつものコーヒーショップで会うことになった。

煙草を吸いアイスコーヒーを飲んでいると、茉莉が来たが、笑顔はなく顔は能面のようだった。

「水着を買った。恥ずかしい姿で死にたくないから……」

「僕も買わなくては……。もう、あまり考えられないんだ。どこかで、飲もうか？」

「そうね……。今日は、飲んで帰る」

二人は、静かに話せそうな、ドイツ系レストランに入った。ドイツの甘口の貴腐ワインを頼み、ソーセージとジャガイモを食べることにした。

茉莉は、飲み始めると幾らか表情が戻った。

「茉莉、今はガッツリ食べて、甘い系も食べた方がいい」

「あら、そう、ではブランデーにチョコレートでも食べようかな……。下田に持って行こう」

「こういうドイツワインは初めて飲んだけど、なんか舌が痺れるようだ。でも、僕はもう思い残すことは何もない……。家には、何も言っていないし、日記も遺書も書いていないし、書かないよ」

「私も特別なことは何もしていない。明後日は、品川のホームに十一時に待ち合わせよ。新幹線で熱海まで行って、踊り子に乗り換える。二時には着いてしまうから、紫陽花の公園に寄って、旅館に行こう。家には、学校のゼミで一泊すると言ってある。家を早く出て、渋谷で時間を潰して行く」

「それなら九時にいつものコーヒーショップで待ち合せよう……」

「そうね、その方がいいわね」

「星が見えるといいけど、ここのところ曇り続きだからね……。でも、潮騒はきっと確実に聞こえるね……。何か美味しいものが食べられるといいね」

「そうね、最後の晩餐だから……。踊り子の中でも昼食に何か用意しておくわ。それにブランデーとドイツワインを持ち込むわね」

「なんか、もう覚悟を決めると、気持ちが楽になってきた……」

「わたしもそう……。死ぬって、わがままなことね。でも、なんか、純粋でいられるように思える。周りの人のことを何も考えなくていいんだもの……。わがままよ」

「一緒に旅立ってくれる人がいるだけ僕は幸せだ。それ以外、何も要らない」

「リョウへの愛だけがあって、他のものは全て外れていくような気がする。綺麗なお月様でも観たいな……」

「茉莉は最後に何を食べたい？」

「そうね、普段、食べれないものがいい。例えば北ヨーロッパのチーズにキャビアを載せて食べてみるとか、カラスミにトリュフを載せて食べてみるとか、想像できないような組み合わせよ……。濃厚で舌が痺れる方がいいわ……。明日、デパ地下とか探してみるわ」

「そう、楽しみだね……。お互い探してみよう。それで、海岸で食べてみよう。死ぬ前の夜のピクニックだ……」

「死ぬ時だけのわがままでいい。波の音を聞きながら、潮風に吹かれながら遠くを眺めながら宴会しよう」

「そうね、明日また会おうか？　お互い買ってきた物を見せ合おうか……」

「そうだね……」


リョウが、アパートに着いたのは十時を回っていたが、部屋の電気を付けるとまたドアのノックの音がした。中井さんが、美味しいものがあるので、来ないかと言うので、隣の部屋に入った。

「明日の午前中は学校がないので、少し変わったパンを食べてみませんか？　それに、それに外国の高級なブランデーもあるよ。昨日、両親が仙台から出てきて、持ってきたんだ」

「僕は、あまりお酒飲めないですが……」

「実は、両親がヨーロッパに旅行して、お土産にトリュフやブランデーを買ってきてくれたんだ。二本あるから、一本持って行きなよ。それに、全粒粉百パーセントで作ったパンもある。日本では、多分、どこのパン屋さんでも百パーセントのパンは売っていないと思う。旅行でヒントを得て、試作してみたそうなんだ。持ってみて……」

中井さんが出してくれたパンは焦げ茶色で、ずっしりとした重さだった。リョウは他のパンとは比べ物にならない世界を感じた。

中井さんは、パンを薄く切ってくれた。高級バターとクリームチーズ、薄く切れている外国産のブルーチーズが添えられていた。リョウは、焦げ茶色のパンにブルーチーズを載せて、食べてみた。全てがこれまで食べたことのない、深いコクのある別世界の味の食べ物だった。

「このブルーチーズはどこの物ですか？」

「デンマークだよ。僕がデパ地下で買ったんだ。普通のブルーチーズは癖があるけど、これはコクがある割にサッパリとしていて、臭みもないでしょ？」

「本当ですね……。美味しいです」

「バターとクリームチーズも塗ってみて？」

「んー、美味しい……。でも、少しパンチが足りませんね。この上にキャビアでも載せて食べても美味しいかもしれません……。ブランデーとも合いそうな気がします」

「そうだね、このパンをひとカタマリあげるから、試してみたらどう？」

「ありがとうございます。新しい味の世界を体験できて、うれしいです」

「ところで、松井君の実家はサラリーマンなの？」

「いえ、建築材料を販売する会社を経営しています」

「へぇー、どおりで高校生にしては、贅沢なくらしをしていると思った」

「贅沢ですか？」

「やっぱり、お坊ちゃまみたく見えるよ」

「そうですか……。言われても仕方がないですね。中学のときと比べると、今は自由過ぎる暮らしで、こんな風になるとは思っていなかったのですが、この先がわかりません……。ところで中井さん、あの世ってあると思いますか？」

「うーん、あの世ね……、宗教っぽい話だね。僕は、あまり信じていないけど、この宇宙の背後に神のような存在があるような気もする。偶然だけで宇宙を論じるのは、人間として儚い気持ちになり過ぎるからね。ただ、それだけだ。キリスト教も仏教もあの世はあると言っている。しかし、サイエンスではない。死んだらそれだけ……。何も存在しないということかもしれない。無我の境地ってあるでしょ？　仏教はそういう世界を目指している。しかし、いずれの宗教も他者への貢献や配慮を前面に打ち出している。それは人類がつながっていくことが必要だからだし、社会の秩序も必要だからだ」

「難しい話ですね……。宇宙の果てってどうなっているのでしょう？　それに、今の人類が誕生するまでかなりの偶然が重なり合っていますよね？」

「その通りだと思う。サイエンスの世界では、ある程度、宇宙誕生の状況は論じられている。しかし、分からないことも多い。ダークエネルギーや宇宙の終焉がどうやって来るのか……。まだ、仮説でしかない、果てのことも確実には分かりきっていない。死後のことも僕には何も言えない」

「そうですか……。死んだら肉体はなくなってしまい、もう自分の意志もなくなります……。そして、記録としての祖先とのつながりとか、僕を育ててくれた人たちが持つ、僕への思いが残るだけなんですね。

ところで大学の勉強、忙しいんですか？」

「そうだね……。未だ進路ははっきり定めていないよ」

「いいですね……。確実に生きられて……。では、もう遅いので帰ります。ごちそうさまでした。ブランデーと全粒粉パン頂いていきます。ありがとうございました」

「また、話をしようよ。松井君は面白い……。お休みなさい」

リョウは、部屋に戻り、スマホのメールを見た。茉莉からだけだった。

「明日、午後、渋谷で買い物をしよう。午後一時にいつものコーヒーショップにいる」

「わかった、ブランデーと全粒粉パンは隣の人からもらって大丈夫。もう寝る」

(六月四日 火曜日)

明け方、リョウは夢を見た。春美や文兄ちゃんが出てきた。一緒にトランプをしていた。文兄ちゃんが一人勝ちで、リョウに「お前が勝手なことをしているからさ……」と言った。リョウは十万円くらい負け、財布を出そうとしているときに、家の中に車が突っ込んできた。リョウと春美はその下敷きになり、足が動かなかった……。春美は声を上げていた。

「春姉ちゃん、大丈夫? 僕が悪かった……。僕がもっとしっかりしていれば、こんなことにはならなかった。愛している、春姉ちゃん……」

とリョウは叫んで、春美にすり寄ろうとしたが、なかなかすり寄れず、ハアハア息がきれた。

そこで、夢が覚めた。春美とリョウが引き裂かれたのは現実だった。

リョウには夢がショックだった。「もう、春姉ちゃんは戻っては来ない……。唯一、リョウを置き去りにした女性が春姉ちゃんだ……」と思った。リョウは、身の周りの女性について振り返りながら、ボーっとしていた。また、ウツラウツラ眠り込んだ。

そして、再度、目が覚め、体が熱かった。シャワー室に入り、栓をひねった。

とうとう、下田への旅立ちの前日になった。「下田で死んだ後は、茉莉とのことは家に全てばれる……」リョウはそう思って、その覚悟を改めてした。空は曇っていた。

リョウはシャワーを浴びながら考えた。

「自殺は、発作的な方が本人には都合が良い……。しかし、後がおそらく惨たらしいし、社会に迷惑をかけることになる。綺麗に死にたいし、一緒に死んでくれる人がいれば死に向かっていきやすい。茉莉と僕は綺麗にこの世にお別れをするんだ……。それが、僕たちに与えられた特権だし、愛を全うすることでもある……。もう、挫折にもおさらばだ……。もう、悩まなくて済む、あれこれ考えては駄目だ。最後は贅沢の限りを尽くして、茉莉が満足のいくように抱き合って死ぬんだ。きっと、茉莉も同じように考えているはずだ……。陰と陰が重なって、まるで双子の姉弟が死んでいくようだ……」

リョウは、冷蔵庫の中を空っぽにするため、入っている牛乳と紅茶を飲み切り、コンセントを抜いた。冷蔵庫の電気が消え、まるで自分の電気も消えたかのような寂しさがあった。

リョウは、渋谷駅に十二時前に着いたので、デパートで水着を買うことにした。食品は茉莉と後から相談しながら買うことにした。

コーヒーショップで煙草を吸いながら、リョウは何も考えなかった。しかし、美佳のことを思い出さざるを得なかった。

美佳に最後になるかもしれないメールをした。

「実は、いろいろあって、当分メールはできないかもしれない。会えなくてとても寂しい。僕は、自分を取り巻いている鎖を全て外した。でも、仕方がないんだ……。愛しているよ」

美佳の返事はこうだった。「私も愛している。でも、今起きていることがなんとなくわかる。今はジッと我慢しかないと思う。愛するリョウへ」

そうしているところに、茉莉が後から来て、ポツンと座った。二人とも壁に向かって並んで座っていた。

「こんにちは」も言わなかった。しかし、お互いに気持ちは通じ合っていた。

もうなすべきことはわかっていた。淡々とそこに向かって行くだけだということも分かっていた。

「海パン、買ったよ」とリョウはリュックから出して見せた。

「あら、青なのね。でも、くすんだ青ね。もっと派手なのかと思ったわ」

「茉莉の水着はどういう色？」

「当ててごらんなさい」

「緑か赤？」

「違うわ、私もブルーよ。綺麗に死ねる色のように思えて……。最初から私の方が誘惑した、ずっとそうだった。けれど、死ぬ時はさっぱりした気分でいたい。色が一致したのは偶然ね」

「デパートに行って、食品を買おう。チーズは、デンマーク産のスライスされているブルーチーズがいい」

デパ地下は、高級食材が並んでいた。二人にはまだ時間のゆとりがあった。

ドイツ産のロゼの貴腐ワインを選び、お目当てのチーズと高級バター、トリュフにキャビア、ビターチョコレートを買った。

リョウは、封筒に入った十数万円を茉莉に渡した。

「これ、僕が働いて貯めたお金。茉莉と一緒に使う」

「あら、何のアルバイト？」

「怪しいけど、怪しくないお金だ。大丈夫、生きているうちに使ってしまわないとね」

買い物が終わって、ファミレスに行き、食事をすることにした。

「前夜祭だ、カーニバルの始まりだ。今日は気品があるお姫様に見えるね……」

「お姫様は、ガッツリステーキよ。それにワイン」

「では、僕も同様に……。でも、僕は食べるだけ」

「まだ、最後ではないけど、でも晩餐よ。これから、リョウのことも食べるわよ……」

「僕は美味しいと思うよ。キャビアやトリュフよりも……」

「今日は軽くしておきましょうね……。明日に取っておかないと……」

「うん、僕は茉莉に従う。でも、なるべく楽に死にたいな……」

「鎖を買った、少し重いけどお互いに腕を縛り合う。そうすれば、二人で一緒に死ねるから」

「でも、今日は優しく抱き合いたい……苦しくないように」

「そうね、今日はお風呂の中で潜水でもしよう。どっちがもつか……？」

二人は、ファミレスを出て、通い慣れたホテルに入った。

「渋谷のホテルもこれで見納めね……」

「結構、よく来たね……。まだ一ヶ月なのに……」

二人は部屋に入り、バスルームに直行した。湯を出し、洗面室で二人とも服を脱いだ。

「リョウの体は、ここのところ急に男っぽくなったよ。私だけではないのね、お相手は……。でも、もう許すわ。明日、天国へ往くんだから」

「うん、今日は、ゆっくり愛し合おう」

二人は、タオルにたっぷりボディーソープを付け、お互いに洗い合った。

体中、泡の付いたまま抱きしめ合い、キスをし合った。

それから、そのまま、お互いの体を抱えるように湯船の中に入った。

湯の中に体を沈め、さらにきつく抱擁し合った。

「ああ、気持ち良い。でも、私、少し太ったかしらね？　最近、やけ食いしてしまったから」

「そんなことはないよ、瑞々しい体で今が旬だよ」

「ありがとう……」と茉莉は言いながら、リョウの頭を押さえつけ湯の中に沈めた。自分も頭を湯の中に沈め、リョウに覆いかぶさった。

二人とも息をしないで、頑張れるだけ頑張った。限界まできて、二人とも上半身を上げた。

茉莉は咳をし、極限状態で少し湯を飲んだようだった。

「下田の海は冷たいのかな。でも、それで全てが終わるんだ。苦しみも、しがらみも」

「私たち、離れないで往くからね。私、水泳はあまり上手ではないから、すぐに溺れて死ぬと思うわ。どちらかが助かってしまうなんて嫌ね。殺人者になってしまうもの……」

「僕は、眠剤が溜まっていてたくさんあるから、最後の乾杯のときに飲むと、きっとフラフラになりながら海に入って行く……。綺麗な風景だったらいいね」

「そうね……、星や月が見れればいいんだけど……。予報では曇りね」

「仕方がない……。波に誘われて往くしかない……」

二人は浴槽から出て、頭にシャンプーを付けて洗った。お互いにシャワーで流し合い、バスルームを出て、バスタオルで体を拭き、浴衣を着た。

ベッドでの愛し合い方はいつもとは違った。肌を寄せて、きつく抱きしめ合い、ほとんどお互いに動かなかった。

二人がホテルを出たのは、午後七時を回っていた。

「明日は、九時までに渋谷のコーヒーショップね。私、少し早めに行くわ」

（六月五日 水曜日）

リョウは鎖やブランデーが入った重いリュックを背負いながら、豪徳寺に向かった。

コーヒーショップには八時半に着いてしまったが、アイスコーヒーを飲みながら、ボーッと煙草を吸った。死ぬ時の光景を思い浮かべていた。

家にも、春美にも連絡しなかった。ただ、命を絶ち、消えてなくなることだけを目標としていた。感傷的なものは何もなかった。

そうしているところに、茉莉が横に座った。

「おはよう、今日は、早く出た方がいい？」

「うん……」

「そうね、スマホで調べたら、品川経由で横浜に出て、踊り子に乗り換えた方がいいみたい」

「では、すぐ出よう」

二人は、渋谷駅で片道乗車分だけパスモにチャージした。品川の駅中で幕の内弁当を買った。

横浜で、踊り子に乗り込んでから、茉莉はお弁当とワイン、紙コップをバッグから出した。

電車が動き出し、茉莉は「これが最後ね、乾杯しよう」と紙コップに白ワインを注いだ。

昼間に飲むのは、赤より白の方がいいわね、ね？」

「そうだね……、少しだけ付き合うよ。ようやく、落ち着いた。成功するように、乾杯」

茉莉は、車窓を眺めながら、ずっと飲み続けていた。精神状態は安定しているようだった。

なぜか、二人の間にはほとんど会話がなかった。

やがて、熱海に近くなり、時折、トンネルの中を走るようになり、時々、海がよく見えるようになった。海は、青くもあり鉛色のようでもあった。

リョウは、お弁当を食べ終え、少し居眠りをした。目が覚めると、海の向こうに大島が見えた。電車は海岸沿いをくねくね走った。比較的穏やかな天気だったが、厳しい現実がリョウを寡黙にした。下田に着くまでに、茉莉はワインを一本空けた。リョウは酔い覚ましにボトルの水を飲んだ。

お昼時に二人は終点駅に着いた。二人は、タクシーで下田城跡のある公園に向かった。

公園は、一つの山で、森に包まれ、所々、青や紫の紫陽花があった。もう梅雨が近いことを告げているかのようだった。

二人は展望台まで歩いたが、茉莉は酔っていて、足元がふらついた。リョウは片腕を抱えるように寄り添った。少し息が切れた。展望台から見える太平洋は、海と空ばかりが広がる絶景だった。雲が流れ、海は厳しく沈黙した。

「いいね、人生の最後に見れて良かった」

「そうね……、こんなに美しい海を見ることができて幸せよ」

二人はバス停に行き、タクシーを呼んだ。

旅館は木造家屋で海が見渡せるようになっていた。

「お土産を買う必要のない片道だけの旅ね。行き止まりだから最後にゆっくりお風呂に入ろうね」

「露天風呂とか、いろいろなお風呂がありそうだよ」

二人は、フロントでチェックインを済ませると、茉莉がおおよその経費を聞いた。

「あのう……。これ、フロントで預かっていただくわけにはいきませんか?」

「お部屋に金庫がありますよ」

「でも、浜にも出てみたくて、不安なのでできればお願いします」

「そうですか……。では封筒に名前を書いてください」

案内の仲居さんが、二人を部屋に連れて行った。中年の女性だった。

部屋は、和室で、綺麗で広い部屋だった。館内利用の説明があり、夕食の時間を聞かれた。

「六時でいいわよね、リョウ」

「そうだね、早く着いたし」

「夜、浜辺に出てみたいのですが、何時までだったら大丈夫でしょうか」

「何時でも大丈夫ですよ、フロントには大抵誰かいますので……。この旅館はどこの部屋からでも海が見渡せるところが売りなんです。それに、自然の風景に溶け込むように出来ているんです」

「よかった、リョウ、夜、浜辺を散歩してみましょう」

「うん、そうだね……」

茉莉は、仲居さんにお札が入った小さい封筒を渡した。

「まあ、すいません、では遠慮なく頂戴します。何かありましたらお申し付けください」

仲居さんは、旅館のお風呂やさまざまなサービスを丁寧に説明し、引き下がった。

窓を開けると、眼下に海が広がった。

「ああ、良い風だ……」

「そうね、良い見晴らし……。浴衣に着替えて、縁側でくつろぎましょう」

茉莉は、服を脱ぎ、下着の上から、浴衣を羽織った。リョウも浴衣に着替えた。

「リョウの体って、本当にエロイね」

「いやらしい？」

「ううん……、カッコいいってことよ。私は他の男性は知らないけど……。禁断の世界は余計に燃えるのね」

「そう、ありがとう。でも、僕たちはしてはいけないことをさらにするんだね」

「そう、してはいけないこと……。それは紺青の枠の色の世界のように私には思える」

リョウは、良い空気と眺めの中でじっと窓から空を睨みながら、

「生まれて初めてした美佳との恋の味を、茉莉は許さなかった。そのままにしておけば、死を選ぶ可能性もあった。一方で、リョウ自身、死にたい気持ちを胸に抱えていた……。こうなるしかなかったのだ……」と思った。

十分ほどして茉莉が戻り、ビールを飲み始めた。リョウはチーズを出して茉莉に一枚渡した。

「ん、んー、美味しいこのチーズ、確かに舌が痺れるわ……。リョウも食べてみなさいよ」

「僕は、何回も食べているけど、傷むのが早いからね。先に食べてしまわないと……」

「残ったら、お風呂の後でブランデー飲むから、そのときのおつまみにいいと思う。リョウは先にお風呂に行ってきなさいよ」

「いや、一緒に行こうよ。待っていて、僕も一杯頂く」


二人で一缶飲み干し、仕度をしてお風呂に向かった。男女で別れる手前にラウンジがあり、そこで待ち合せることにした。

お風呂は大きく、露天風呂やジャグジー、サウナも付いていた。まず、リョウはゆっくり大きなお風呂に浸かり、体を洗ってから外に出てみた。海が見渡せた。風に吹かれて火照った体を癒した。露天風呂に何度も入ったり出たりしながら、汗を出した。

「真夏や冬とは、違う海の見え方だ」とリョウは思い、ちょうど良い季節を堪能した。

最期に、冷水で体を冷やし、脱衣場に行って体を拭いた。

ラウンジに行くとまだ、茉莉は来ていなかった。ラウンジからもどこからでも海が見えた。

明日、ニュースになったら、春美はどう思うだろう……。母と一緒になって、馬鹿だと言うだろうか……。自分が恥ずかしいとは思う……。

美佳にもショックなことだろう……、お互いに気持ちがわかり合えるところまで愛し合ったのだから……。他に出口はなかったのか……？

いや、いいんだ、もう決めたのだから……。

愛は罪だ、その罪の中を彷徨っているし、危険と隣り合わせだ……。

人間の幸福なんて何なのだろう……？　美舞は、お金を出すお偉いさんたちをバカにしたようなことを言っていたが、そのエリートにさえ、僕はなることができない。

もし、茉莉や美佳と出会わなかったら、自然と美舞との関係が続いていたかもしれない。それで、ヒモのような人生を選んだかもしれない。学校なんてやめてしまって……。

でも、僕にはできない世界だ……。本当は、美舞のように社会の裏側も知っていて、自立して自分の目標を持って生きている女性の方が尊い……。

茉莉や美佳に出会えたのは僕にとって幸せだった。二人と、愛の交換ができたのは幸せだった。

しかし、そのことが下田まで来て心中しなければならない根本原因でもあった。

童貞を捧げた茉莉と死ぬんだ、これから……。だけど、死ぬ時に苦しむのは嫌だな。

鎖で無理やり、茉莉に沈めてもらいたい。きっと人間って、そう思うときがある。やっぱり僕は逃げているけれど、やっぱり負け犬だけど、でも、悪いことをしてきたわけではない。森本のことも、茉莉とのことも偶然だ。しかし、一番悪いのは僕自身だ……。

弱いから……、こうなった。しかし、一点の曇りもなく、ピュアな気持ちで死んで行ける。世間からは、きっと、馬鹿野郎と言われると思うが、致し方ない、反社会的と言われてもいい。

高校生がやるべきではないこともたくさんしてきた。全ては僕の責任だ。茉莉の所為ではない、そういう愛もある。だって、学校も救ってはくれなかった。運命は救ってはくれなかった……。

こういうことを相談できるわけがない。哲学で解決できないことも多くある。茉莉も僕も生き残らない方がいい……、きっちり死んだ方がいい……。

茉莉は、僕の体をエロいと言ったけれど、それは僕がそう見せたせいではない。もし、僕にそういう性質がなかったら、茉莉は僕に寄ってこなかっただろう……。

そう、考えているところに、茉莉が女湯の暖簾をくぐって出てきた。

「お待たせしたわね。お風呂がすごく良くて、入り過ぎて、少し眩暈がして休んでいたの」

「大丈夫？　少しお水でも飲んだ方がいいよ、給水機があるから……。それに、部屋用にペットボトルを何本か買って行こう」

リョウは自販機で水を買い、一本を茉莉に差し出した。茉莉は一気に飲み干し、椅子に座った。

「ああ、まだ汗が出るわ……。下着を着けないで来ちゃった」

茉莉は、簡易なバッグに入っているブルーの下着を見せた。

「少し落ち着いたわ、行きましょう」

「お酒、飲み過ぎると危ないよ……。お水と一緒に飲んだ方がいい、はいこれ持って」

とリョウは、残りの二本を茉莉に渡し、自販機でもう二本水を買った。

部屋に入り、まだ、夕食まで時間があった。茉莉が、ブランデーを飲みたいと言うので、リョウはリュックから出してテーブルの上に置いた。

「ウワッ、これ高級なのよ。こんなの持っているんだ……。一緒に飲もう」

「茉莉、そんなに飲んでばかりでは、中毒患者みたいだよ……」

「そうよ……、中毒患者。私、リョウの体に……」

「仕方ないな、冷蔵庫のチーズと茉莉のキャビアを出そうか？　茉莉、コップ持ってきてよ」

二人は、コップに半分ほどブランデーを注ぎ、別のコップに水を注ぎ交互に飲み始めた。

「コクがあって奥が深くて強い香り……。それに、チーズとキャビアも美味しい。舌が痺れる」

「本番の夜の前菜よ、痺れる夜にして……。電気ショックより強烈なのをお願いね」

「そうだ、人にもらったのだけど、セックスが強くなる薬があるんだって。一緒に飲んでみよう」

「ええ、いいわよ。鎖でつながれて死ぬんだから、何でも飲むわよ」

二人は、水と一緒に錠剤を流し込んだ。

「二、三時間すると効いてくるみたいだよ」

「うーん、何でもいいわよ。それに、避妊はしなくていいわよ。どうせ、海に流れるから……」

ブランデーは強かった。味だけでなく、アルコール度数も強いように感じられた。

「美味しいけど、少し酔った」

「お水を飲みなさい……、それにキャビアも食べなさい……、わかった？　私がお姉さんなんだからね、今日はもう帰れないんだから、私の言うことを聞くのよ……」

茉莉の飲むペースは速かった。話が絡み口調になってきていた。

そうしているところに、玄関が開き、襖の向こうから「そろそろ配膳させていただいてもよろしいでしょうか？」という声が聞こえた。

二人は、縁側の椅子に移動した。仲居さんは、手慣れた手つきで配膳を始めた。

「下田はどうですか？　幕末に黒船のペリーさんが来られて有名になりましたけど、お魚も美味しいんですよ。通常のオプションからは金目鯛の煮つけ、特別注文の伊勢エビのお造りもございますが、これでよろしいでしょうか？」

「結構です。お食事、楽しみです……」

「ゆっくり食べてくださいましな。お若くていいですね。羨ましいごカップルで……」

「そうですか？　カップルですか？　僕たち……」

「本当は、姉弟なんです……。だから、エッチはしないんです」

この晩は、茉莉はご機嫌で、何でも言えるようだった。

「いえ、本当はしているんです……、義理の姉弟なんです……。だから、不倫です」

「まあ、お忍びの宿ですか……。今日は、どうぞ、楽しんで帰ってください。何か御用がありましたら、お呼びください」

配膳された料理は品数は多かったが、小鉢に小分けされたものが多く、食べきれない量ではなさそうだった。

御造りや海の食材は新鮮で美味しかったが、一番美味しく感じられたのは金目鯛の煮つけだった。食事の前にブルーチーズとキャビアを食べたせいもあって、出された食事はインパクトがあまり感じられなかった。

二人は、ブランデーを少しずつ飲みながら食を進めた。

「茉莉は、もう迷ってなんかいないでしょ？」

「そうね、全く迷わないわ。だって、これしか方法がない。お姉さんから奪い返すには、リョウと死ぬしかないのよ……。それだけでなくて、元々私の性質にはこういうものに向かうものがあるのかもしれないわ」

「それは、僕も同じだ。こういう行為は過去に経験がないから、実際やってみないとわからないと思う。でも、やるしかないと心に決めている。最後に、思い出に残るセックスをしたい……。いや、愛はセックスだけではないと思うけど、でも、神様が与えてくれた快さを享受する大きなツールだ……。だけど、愛はセックスが目的ではないと思う」

「そうよ、その通りよ……。一時だけでも嫌なことは全て飛んでしまうもの……。愛を確認し合える最も大きなツールよ。セックスのような濃厚な接触は人間同士の絆を深める最も優れた行為なのよ。神聖なものなのよ」

二人は、ブランデーと水を交互に飲みながら、二時間ほど食事をした。

それから、茉莉はフロントに食事の後かたづけをしてくれるよう、依頼の電話をした。

すぐに仲居さんがやって来たので、茉莉が、

「私たち、デッキの露天風呂に入りますので、後はよろしくお願いします」と言った。

夜空は曇っていて星はほとんど見えなかったが、一番明るいシリウスが見えた。

二人は、着ているものをデッキの上の椅子に置き、茉莉の方から湯に体を沈めた。

「ああ、気持ち良い……、リョウも入って」

二人が入ると湯がザアザアと零(こぼ)れたが、並んで仰向けに湯に浸かった。

「海風が気持ち良いね……。それに、良い波の音……、海の香り……」

やがて、茉莉がリョウに被さってきた。

「仲居さんがいるよ……」

「いいの、キスだけよ……。どうせ見られているんだから、気にしない……」

仲居さんは、食器を下げた後、部屋の中から
「お布団も敷かせていただいてよろしいでしょうか？」

と聞いてきた。

風呂の中で、二人はキスだけでは済まなかった。デッキは部屋の吐き出し窓からのカーテン越しの明かりで、

自分たちの体は見ることができたが、周囲からは見られている感じがなかった。

男女が二人だけで入るためにしつらえたような風呂だった。寒くもなく、暑くもなかった。

「後は、部屋の中でしようよ……」

「嫌……、今欲しい……」

茉莉はリョウを抱いた。体を動かしたのは茉莉の方だったが、呻き声を上げたのも茉莉の方だった。二人が風呂から出ると、バスタオルが二枚、吐き出し窓の外側に置いてあった。

「気の利いている、仲居さんね」

二人は体を拭き、そのまま浴衣を着て部屋に戻り、布団に寝転がった。

「これから、人生で最後の愛の交わりをするのね……」

「でも、浜辺は出るでしょ？　そこではしないの？」

「できないわよ。岩陰に隠れてお別れの盃を飲んで、キスをし合うだけよ……。

水着を着て海に入るわよ、私たち、死体を見られても恥ずかしくないようにね……」

「では、今から愛の行為をいたしましょうか、王女様」

「お願いします、王子様……」

二人は、一時間近く愛し合い、最後に一緒に上り詰めた。

二人は、息が上がり、静まるのに時間を要した。もう十時近くになっていた。

「ああ、幸せだったわ……リョウ……。もう、思い残すことはない。でも、もう少しでブランデー飲み干せるからね。カラスミとトリュフを食べながら飲みたいわ……」

二人は、眠剤を大量に飲み、水着に着替えた。その上に浴衣を着て、玄関に向かった。その手前にフロント

があり、

「少し、浜辺を散歩してみたいので……」と言い、草履をはいて外に出た。

浜辺まで何十メートルか歩いた。

人は、一人もいなかった。

二人は、浜に腰を下ろし、海の遠くを眺め、風に吹かれた。

「いよいよ、来てしまったね……」

茉莉は、リョウを抱きしめ、最後の熱いキスをした。

「いいのよ、これで……。私たち、永遠に一緒でいられるわ……。さあ、岩陰の方に行きましょう」

浜の西側に岩が突き出ている場所があった。その手前が少し浜で、大きな岩がゴロゴロあった。

二人は、浴衣を脱ぎ、水着姿になり、持ってきた鉄の鎖をお互いの腕に巻いた。一本の鎖ではお互いの片手しか結べなかった。もう一度、岩陰で抱き合いキスをした。

「さあ、磯の突端まで行こう」

「ええ……」

波が岩に当たり、砕けていた。

その潮騒を聞きながら、二人は少しずつ足を海につけ始めた。腰まで海に入ると岩を蹴り、沖に向けて泳ぎ始めた。

少し進むと、もう足が着かない深さになっていた。

二人で横泳ぎをしながら、なるべく沖へ進むように努力をした。しかし、潮の流れに流されるようだった。

水泳の得意でない茉莉は、もう海の水を呑み込んでいるようだった。

リョウも意識が遠のいてきた。もがいている状態で、やがて視界がわからなくなった。

（六月六日 木曜日）

午後一時を回り、リョウの両目が開いた。

見えたのは、白い天井のような光景だった。

人の声がした。

「意識が戻ったわ。私、ナースステーションに行ってくる」

春美の声だった。

リョウが顔を横に向けると、母親が見えた。

母親は、リョウの額に手を当てて言った。

「ああ良かった。深夜の砂浜に打ち上げられていたお前たちを旅館の人が見つけて、救急車を呼んでくれたの。発見したときは意識がなく、助からないかと思ったそうよ。でも、運が良かったわ。旅館と警察から連絡を受けて、私と春美で慌ててここまで車を飛ばしてきたのよ」

そう話をしているところに、医者と看護師が病室に入ってきて診察が始まった。

「大丈夫ですね。鼓動も呼吸もしっかりしています。後遺症があるかどうかは、様子を見ながら検査をした方がよいと思います」

「ああ奇跡のようだ。あの状態から助かったのだから……。先生どうもありがとうございます」

医者が病室を後にして、リョウは初めて声を出した。

「茉莉はどうなった……？　助かったの……？」

「一緒にいた娘ね。助かったみたいよ。お前と一緒に救急車で運ばれて、この病院にいるわ」

そう言いながら、母親は泣き出した。

「本当にバカな子だよ。何があったのかは聞かないけれど、お前たち二人は死のうとしていたのよね？」

リョウは、小さく首を縦に振った。

「警察は自殺と事故の両面で捜査しているけれど、遺書がないことと二人とも水着を着ていたことから、軽はずみな行動が海難事故につながったんじゃないかと言っていたわ」

「お母さん、本当にごめんなさい」

「相手の女性のご家族とは私が話をしておくから、今は心配しないでゆっくり休みなさい」

リョウはホッとして目を閉じた。

ベルリンブルーの波濤が渦巻く海の中で、リョウと茉莉の腕を結んだはずの鎖は、ほどけて海の中に消えていった。そして、波に押し戻されて浜に打ち上げられた運命に、リョウは未来の存在を感じた。

ベルリンブルーの波濤

2023 年 7 月 12 日　初版第 1 刷発行

著　者　神坂　俊
発行所　株式会社 牧歌舎 東京本部
〒 101-0064 東京都千代田区神田猿楽町 2-5-8 サブビル 2F
TEL 03-6423-2271　FAX 03-6423-2272
https://bokkasha.com　代表 : 竹林哲己
発売元　株式会社 星雲社（共同出版社・流通責任出版社）
〒 112-0005 東京都文京区水道 1-3-30
TEL 03-3868-3275　FAX 03-3868-6588
印刷・製本　冊子印刷社（有限会社アイシー製本印刷）

ISBN 978-4-434-32420-8　C0093